曾經健康、開朗的我，
如今卻飽受病痛所苦、
脆弱又無助；
令我憂懼難安！

的存在僅僅只是空虛的榮光，
假的世界也不過是曇花一現；
渺如煙，死神精如賊；
令我憂懼難安！

為人，總在變幻無常中，
健全、時而憔悴；時而愉悅、時而乏味；
忽爾歡欣鼓舞、忽爾消沉失志；
死亡令我憂懼難安！

滄海桑田、物換星移；
好比那迎風搖曳的柳枝，
這世間的虛無也是飄忽不定，
死亡令我憂懼難安！

凡人必有一死，
貴如君王亦然，
不分貴賤，無人能免；
死亡令我憂懼難安！

死神不因貴族有權有勢而赦免之，
亦不因牧師心懷智慧而寬恕之，
無人能逃過祂致命的一擊；
死亡令我憂懼難安！

既然死神已將我的兄弟盡數奪去，
想來也不會獨留我一人，
我必是下一名犧牲者；
死亡令我憂懼難安！

——威廉．登拔，〈詩人輓歌〉

看看那些前來弔喪的人
都是些噁心透頂的偽君子！
孩子們，死亡這檔事真他媽棒呆了，不是嗎？
別在那抽鼻子淌眼淚的
應該要他媽的好好大哭一場！
而且請牢記這一點——活得愈久，
你就愈接近死亡！

——愛爾蘭搖籃曲

一長串的死者

Lawrence Block

勞倫斯・卜洛克 著
林大容 譯

A Long Line of Dead Men

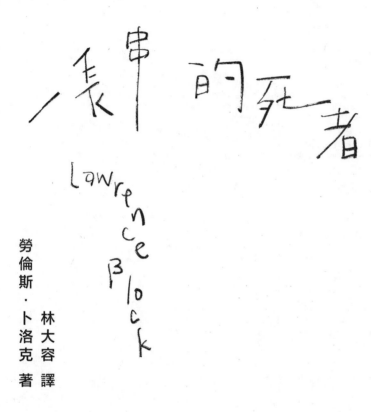

馬修・史卡德系列 12
一長串的死者 A Long Line of Dead Men
作者——勞倫斯・卜洛克 Lawrence Block
譯者——林大容
美術設計—— One. 10 Society
編輯協力——黃麗玟、劉人鳳
業務——李振東、林佩瑜
行銷企畫——陳彩玉、林詩玟
發行人——凃玉雲

出版——臉譜出版
104台北市中山區民生東路二段141號5樓
電話：(02)2500-7696 傳真：(02)2500-1952
臉譜部落格 facesfaces.pixnet.net/blog

發行——英屬蓋曼群島商家庭傳媒股份有限公司城邦分公司
104台北市中山區民生東路二段141號11樓
客服服務專線：(02)2500-7718；2500-7719
24小時傳真專線：(02)2500-1990；2500-1991
服務時間：週一至週五上午9：30~12：00；下午13：30~17：00
劃撥帳號：19863813
戶名：書虫股份有限公司
讀者服務信箱：service@readingclub.com.tw

香港發行所——城邦（香港）出版集團有限公司
香港九龍九龍城土瓜灣道86號順聯工業大廈6樓A室
電話：(852)2508-6231 傳真：(852)2578-9337 E-mail: hkcite@biznetvigator.com

馬新發行所——城邦（馬新）出版集團 Cite(M)Sdn Bhd (458372U)
41, Jalan Radin Anum, Bandar Baru Sri Petaling, 57000 Kuala Lumpur, Malaysia.
電話：(603)9056-3833 傳真：(603)9057-6622 E-mail: services@cite.my

初 版 一 刷 1998年10月
三 版 一 刷 2024年1月
ISBN 978-626-315-420-9
定價 470 元（本書如有缺頁、破損、倒裝，請寄回本社更換）

國家圖書館出版品預行編目資料

一長串的死者／勞倫斯・卜洛克(Lawrence Block)著；林大容譯.
-- 三版. -- 台北市：臉譜出版：家庭傳媒城邦分公司發行,
2024.01
面；公分. --（馬修・史卡德系列；12）
譯自：A Long Line of Dead Men
ISBN 978-626-315-420-9（平裝）
874.57 112019030

〈新版推薦序〉

關於我的朋友馬修．史卡德

臥斧

有很長一段時間，遇上還沒讀過「馬修．史卡德」系列的友人詢問「該從哪一本開始讀？」或「你最喜歡、最推薦哪一本？」之類問題，我都會回答，「先讀《八百萬種死法》，我最喜歡《酒店關門之後》。」

如此答覆有其原因。

「馬修．史卡德」系列幾乎每一本都可以獨立閱讀——作者勞倫斯．卜洛克認為，即使是系列作品，每部作品都仍該是個完整故事，所以倘若故事裡出現已在系列中其他作品登場過的角色，卜洛克就會簡述來歷，沒讀過其他作品或許不會理解角色之間的詳細關係，不過不會對理解手頭這本的情節造成妨礙。事實上，這系列在二十世紀末首度被引介進入國內書市時，出版社選擇出版的第一本書，就不是系列首作《父之罪》，而是第五部作品《八百萬種死法》。

出版順序自然有編輯和行銷的考量，讀者不見得要照章行事，我的答案與當年的出版順序並無關聯，《八百萬種死法》也不是我第一本讀的本系列作品。建議先讀《八百萬種死法》，是因為我認為這本小說最適合用來當成某種測試，確認讀者是否已經到達「人生中適合認識史卡德」的時期；

倘若喜歡這本，約莫也會喜歡這系列的其他故事，倘若不喜歡這本，那大概就是時候未到——生命中的哪個階段會被哪樣的作品觸動，每個讀者狀況都不相同。

這樣的答覆方式使用多年，一直沒聽過負面回饋，直到某回聽到一名友人坦承，自己初讀《八百萬種死法》時，覺得這故事「很難看」。有意思的是，這名友人後來仍然成為卜洛克的書迷，讀完了整個系列。

概略討論之後，我發現友人覺得難看的主因在於情節——這個故事並未完全依循推理小說作者與讀者之間不言自明的默契，結局之前的轉折雖然合理，但拐彎的角度大得讓人有點猝不及防，有部分讀者會覺得自己沒能被說服接受。可是友人同時指出，史卡德這個主角相當吸引人——這系列故事主線均由史卡德的第一人稱主述敘事，所以這也表示整個故事讀來會相當吸引人。能夠吸引讀者、呼應讀者自身的生命經驗、讓讀者打從心底關切的角色，總會讓讀者想要知道：這角色還會面對哪些事件，又會如何看待他所處的世界？

這是讓友人持續讀完整個系列的動力，也是我認為這本小說適合用來測試的原因——《八百萬種死法》是全系列中結局轉折最大的故事，也是完整奠定史卡德特色的故事。從這個故事開始認識史卡德，就像交了個朋友；而交了史卡德這個朋友，會讓人願意聽他訴說生命裡發生的種種故事。

約莫在友人同我說起這事的前後，我按著卜洛克原初的出版順序，重新閱讀「馬修・史卡德」系列，然後發現：倘若當初我建議朋友從首作《父之罪》開始讀，友人應該還是會成為全系列的忠實讀者，只是對情節和主角的感覺可能不大一樣。

史卡德登場

二十世紀的七〇年代，卜洛克讀了李歐納．薛克特的《論收賄》，這是薛克特與一名收賄的紐約警察一起完成的作品，內容講的就是那個警察的經歷。那是一名盡責任、有效率的警察，偵破不少案子，但同時也貪污收賄、經營某些不法生意。

卜洛克十五、六歲起就想當作家，他讀了很多偉大的經典作品，不過一開始並不確定自己該寫什麼；剛入行時他用筆名寫的是女同志和軟調情色長篇，市場反應不錯，六〇年代開始寫「睡不著覺的密探」系列，銷售成績也不差。七〇年代他與出版社商議要寫犯罪小說時，認為《論收賄》裡的警察或許能夠成為一個有趣的角色，只是他覺得自己比較習慣使用局外人的觀點敘事，沒什麼把握能寫好一個在警務體制裡工作的貪污警員。

於是卜洛克開始想像這麼一個角色：這個人是名經驗老到的刑警，和老婆小孩一起住在市郊，有辦案的實績，也沒放過收賄的機會；某天下班，這人為了阻止一樁酒吧搶案而掏槍射擊，但跳彈意外殺死了一個街邊的女孩。誤殺事件讓這人對自己原來的生活模式產生巨大懷疑，加劇了喝酒的習慣、與妻子分居、獨自住在旅館，偶爾依靠自己過往的技能接點委託維持生計，但沒有申請正式的偵探執照，而且習慣損出固定比例的收入給教堂……

真實人物的遭遇加上小說家的虛構技法，馬修．史卡德這個角色如此成形。

一九七六年，《父之罪》出版。

一名女性在紐約市住處遭人殺害，嫌犯渾身浴血、衣衫不整地衝到街上嚷嚷之後被捕，兩天後在獄中上吊身亡。女孩的父親從紐約州北部的故鄉到紐約市辦理後續事宜，聽了事件經過後找上史卡德——就警方的角度來看這起案件已經偵結，這名父親也不大確定自己還想做什麼，他與女兒幾年來鮮少聯絡，甫知女兒死訊，才想搞清楚女兒這幾年如何生活、為什麼會遇上這種事。警方不會處理這類問題，於是把他轉介給曾經當過警察、現已離職獨居的史卡德。

以情節來看，《父之罪》比較像刻板印象中的推理小說：偵探接受委託，找出凶案的真正因由。這個故事同時確立了系列案件的基調——會找上史卡德的案子可能是警方認為不需要處理的，或者是當事人因故無法、或不願交給警方處理的；而史卡德做的不僅是找出真凶，還會在偵辦過程裡挖掘出隱在角色內裡的某些物事，包括被害者、凶手，甚至其他相關人物。

緊接著出版的《在死亡之中》和《謀殺與創造之時》都仍維持類似的推理氛圍，不同的是卜洛克對史卡德的描寫越來越多。史卡德的背景設定在首作就已經完整說明，卜洛克增加的是史卡德處理事件過程的生活細節——他對罪案的執拗、他與酒精的糾纏、他和其他角色的互動，以及他在紐約憑藉公車、地鐵、偶爾駕車或搭車但大多依靠雙腿四處行走查訪當中的所見所聞，這些細節累疊在原先的背景設定上，逐漸讓史卡德越來越立體，越來越真實。

史卡德曾是手腳不算乾淨的警員，他知道這麼做有違規範，但也認為這麼做沒什麼不對——有缺陷的是制度，他只是和所有人一樣，設法在制度底下找到生存的姿態。這使得史卡德成為一個特殊的冷硬派偵探——這類角色常以譏誚批判的眼光注視社會，史卡德也會，但更多時候這類譏誚會轉為自嘲，因為他明白自己並不比其他人更好，這類角色常面不改色地飲用烈酒，史卡德也會，但酒精因而成為一種將他拽開常軌的誘惑，摧折身體與精神的健康；這類角色心中都會具備一套自己的道德判準，史卡德也會，而且雖然嘴上不說，但他堅持的力道絕不遜於任何一個硬漢。

我私心將一九七六年到一九八一年的四部作品劃歸為系列的「第一階段」。這四部作品的情節不只呈現了偵查經過，也替史卡德建立了鮮明的形象——作家替角色設定的個性與特質會決定角色面對衝突時的反應，而讀者會從這些反應推展出現的情節理解角色的個性與特質。史卡德並非完人，沒有超凡的天才，反倒有不少常人的性格缺陷，對善惡的標準似乎難以解釋，但他面對罪惡的態度會讓讀者清楚地感知那個難以解釋的核心價值。

讀者越來越了解史卡德——他不是擁有某些特殊技能、客觀精準的神探，他就是個試著盡力解決問題的凡人。或許卜洛克也越寫越喜歡透過史卡德去觀察世界——因為他寫了《八百萬種死法》。

反正每個人都會死，所以呢？

《八百萬種死法》一九八二年出版。打算脫離皮肉生涯的妓女透過關係找上史卡德，請史卡德代她向皮條客說明。皮條客的行為模式與眾不同，尋找時花了點工夫，找上後倒沒遇到什麼麻煩；皮條客很乾脆地答應，但幾天之後，史卡德發現那名妓女出了事。史卡德已經完成委託，後續的事理論上與他無關，可是他無法放手，認為這事八成是言而無信的皮條客幹的；他試著再找皮條客，雖然不確定找上後自己要做什麼，不料皮條客先聯絡他，除了聲明自己與此事毫無關聯，並且要雇用史卡德查明真相。

在妓女出現之前，史卡德做的事不大像一般的推理小說；接下皮條客的委託之後，史卡德的工作方式則與前幾部作品一樣，不是推敲手上的線索就看出應該追查的方向，而是透過皮條客手下的其他妓女以及史卡德過往在黑白兩道建立的人脈，扎扎實實地四處查訪。因此之故，《八百萬種死法》有不少篇幅耗在史卡德從紐約市的這裡到那裡，敲門按電鈴，問問這個問問那個；其他篇幅一部分用來講述史卡德的生活狀況——主要是他日益嚴重的酗酒問題，酒精已經明顯影響他的神智和健康，但他對戒酒無名會那種似乎大家聚在一起取暖的進行方式嗤之以鼻，另一部分則記述了史卡德從媒體或對話裡聽聞的死亡新聞。

《八百萬種死法》的書名源於當時紐約市有八百萬人口，每個人可能都有不同的死亡方式；這些死亡事件與史卡德接受的委託沒有關係，史卡德也沒必要細究每樁死亡背後是否藏有什麼祕密。如此安排容易讓讀者覺得莫名其妙——我要看史卡德怎麼查線索破案子，卜洛克你講這些無關緊要的東西做什麼？不過讀者也會慢慢發現：這些插播進來的死亡新聞，讀起來會勾出某些古怪的反應，有時是深沉的慨嘆，有時是苦澀的笑意。它們大多不是自然死亡，有的根本不該牽扯死亡——例如有人扛回被丟棄的電視機想修好了自己用，結果因電視機爆炸而亡，這幾乎有種荒謬的喜感——讀者認為它們「無關緊要」，是因它們與故事主線互不相涉，但對它們的當事人而言，那是生命的瞬間消逝，可一點都不「無關緊要」。

是故，這些死亡準確地提出一個意在言外的問題：反正每個人都會死，所以呢？每個人如何迎來生命終點都無法預料，甚至不可理喻，沒有善惡終報的定理，只有無以名狀的機運；在這樣的世界裡，執著地追究某個人的死亡，有沒有意義？或者，以史卡德的處境來說，遠離酒精，讓自己清醒地面對痛苦，有沒有意義？

推理故事大多與死亡有關。古典和本格派將死亡案件視為智力遊戲，是偵探與凶手、讀者與作者之間鬥智的謎題；冷硬和社會派利用死亡案件反映社會與人的關係，什麼樣的環境會讓人做出什麼樣的掙扎，什麼樣的時代會讓人犯下什麼樣的罪行。其實，推理故事一直是最適合用來揭示人性的故事，因為要查明一個或數個角色的死因，調查會以死者為圓心向外輻射，觸及與死者有關的其他角色，釐清他們與死者的關係、死亡對他們的影響、拼湊死者與他們的過往，這些調查會顯露角色們的個性，死因與行凶動機往往就埋在這些人性糾葛之中。

《八百萬種死法》不只是推理小說，還是一部討論「人該怎麼活著」的小說。

「馬修．史卡德」是個從建立角色開始的系列，而《八百萬種死法》確立了這個系列的特色，這些故事不僅要破解死亡謎團、查出凶手，也要從罪案去談人性。

我們終將孤獨

在《八百萬種死法》之後，卜洛克有幾年沒寫史卡德。

據聞《八百萬種死法》本來可能是系列的最後一個故事，從故事的結尾也讀得出這種味道——史卡德解決了事件，也終於直視自己的問題，讓系列在劇末那個悸動人心的橋段結束，是個合理的選擇，也是個漂亮的收場——不過從隔了四年、一九八六年出版的《酒店關門之後》來看，卜洛克還想繼續以史卡德的視角看世界，沒有馬上寫他的故事，可能是自己的好奇還沒尋得答案。

因為大家都知道，故事會有該停止的段落，角色做完了該做的事、有了該有的領悟；但在現實生活裡，時間不會停在「全書完」三個字出現的那一頁，就算人生因為某些事件而轉往新方向，等在眼前的也不會是一帆風順「從此幸福快樂」的日子。卜洛克的好奇或許是：在史卡德直視自身問題、做了重要決定之後，他還是原來設定的那個史卡德嗎？那個決定會讓史卡德的生活出現什麼變化？那些變化是否會影響史卡德面對世界的態度？

倘若沒把這些事情想清楚就動手寫續作，大約會出現兩種可能：一是動搖前五部作品建立的系列基調——既然卜洛克喜歡這個角色，那麼就會避免這種情況發生；二是保持了系列基調但破壞了《八百萬種死法》那個完美結局的力道——真是如此的話，不如乾脆結束系列，換另一個主角講故事。

《酒店關門之後》是卜洛克思考之後的第一個答案。

這個故事裡出現三樁不同案件，發生在《八百萬種死法》之前。案件之間乍看並不相干（不過後來發現其中兩起有點關聯），史卡德甚至不算真的在調查案件——第一樁案件是酒吧常客妻子被殺，史卡德被委任去找出兩名落網嫌犯的過往記錄，讓他們看起來更有殺人嫌疑；第二樁事件是另一家起酒吧帳本失竊，史卡德負責的是與竊賊交涉、贖回帳本，而非查出竊賊身分。至於第三樁事件，史卡德完全沒被指派工作，那是一樁搶案，史卡德只是倒楣地身處事發當時的酒吧裡頭，而且也沒被搶。

三樁案件各自包裹了不同題目，這些題目可以用「愛情」、「友誼」之類名詞簡單描述，但真要說明白它們內裡的複雜層次，卻常讓人找不著最合適的語彙。卜洛克擅長用對話表現角色個性和推進情節，因此故事讀來一向流暢直白；流暢直白不表示作家缺乏所謂的文學技法，因為《酒店關門之後》完全展現出這類文字的力量——倘若作家運用得宜，這類看似毫不花巧的文字其實能夠帶領讀者無限貼近這些題目的核心，將難以描述的不同面向透過情節精準展演。

同時，卜洛克也在《酒店關門之後》為自己和讀者重新回顧了史卡德的完整形象，他的私人生活，他的道德判準，以及酒精。《酒店關門之後》的案件都與酒吧有關，故事裡也出現了非常多酒吧——高檔的酒吧、簡陋的酒吧、給觀光客拍照留念的酒吧、熟人才知道的酒吧、正派經營的酒吧、非法營業的酒吧、具有異國風情的酒吧、屬於邊緣族群的酒吧。每個人都找得到自己應該歸屬、宛如個人聖殿的酒吧，每個人也都將在這樣的所在，發現自己的孤獨。

史卡德並非沒有朋友，但每個人都只能依靠自己孤獨地面對人生，不是沒有伴侶或好友的孤獨，而是有了伴侶和好友之後才會發現的孤獨，在酒店關門之後、喧囂靜寂之後，隔著酒精製造出來的朦朧迷霧，看見它切切實實地存在。事實上，喝酒與否，那個孤獨都在那裡，只是少了酒精，有時就會缺乏直視的勇氣；可是理解孤獨，便是理解自己面對人生的樣貌，有沒有酒精，這都是必要的人生課題。

同時，《酒店關門之後》確立了這系列的另一個特色。假若從首作讀起，讀者會知道系列故事按著時序發生，不過與現實時空的連結並不明顯——那是二十世紀七、八〇年代發生的事，至於確切是哪一年則不大要緊。不過《酒店關門之後》開場不久，史卡德便提及事件發生在很久之前、一九七五年，是過去的回憶，而結尾則說到時間已經過了十年，也就是故事裡「現在」的時空應當是一九八五年，約莫就是《酒店關門之後》寫作的時間。史卡德不像某些系列作品的主角那樣，似乎固定停留在某段時空當中，他和作者、讀者一起活在同一個現實裡頭。

再過三年，《刀鋒之先》在一九八九年出版，緊接著是一九九〇年的《到墳場的車票》。卜洛克準備答案所花的數年時間沒有白費，結束了在《酒店關門之後》的回顧，史卡德的時間繼續前進，他用一種與過去不大一樣的方式面對人生，但也維持了原先那些吸引人的個性特質。

在人間與黑暗共舞

從《八百萬種死法》至《到墳場的車票》是我私心分類的「第二階段」，卜洛克在這個階段重新整理了對角色的想法，讓史卡德成為一個更有血有肉、會隨著現實一起慢慢老去、仿若與讀者一同生活在現實的真實人物。而系列當中的重要配角在前兩階段作品中也已全數登場，史卡德的人生即將邁入新的篇章。

我認定的「馬修．史卡德」系列「第三階段」從一九九一年的《屠宰場之舞》開始，到一九九八年的《每個人都死了》為止，卜洛克在八年裡出版了六本系列作品，寫作速度很快，而且每個故事都很精采，人性描寫深刻厚實，情節絞揉著溫柔與殘虐。

雖說先前談到前兩階段共八部作品時一直強調角色塑造，但不表示卜洛克沒有好好安排情節。卜洛克的確認為角色很重要——他在講述小說創作的《小說的八百萬種寫法》中明確寫道：「幾乎所有讀者持續翻閱任何小說的主要原因，就是想知道接下來發生的事，讀者之所以在乎接下來發生的事，則是因為作者描寫人物性格的技巧。小說中的人物若有充分描繪，具有引起讀者共鳴與認同的力量，讀者就會想知道他們下場如何，並深深擔心他們的未來會不會好轉，」「馬修．史卡德」系列可以視為這番言論的實際作業成績。不過，同一本書裡，他也提及寫作之前應該重新閱讀，不是以讀者的眼光閱讀，而是以作者的洞察力閱讀。卜洛克認為這樣的閱讀不是可以學到某種公式，而是能夠培養出一些類似「直覺」的東西，知道創作某類小說時可以用什麼方式。說得具體一點，「以作者的洞察力閱讀」指的不單是享受故事，而是進一步拆解故事，找出該故事的作者用什麼方法鋪排情節，如何埋設伏筆、讓氣氛懸疑，如何製造轉折、讓發展爆出意外。

開始寫「馬修・史卡德」系列時，卜洛克已經是很有經驗的寫作者；要寫犯罪小說之前，他已經拆解了不少相關類型的作品。史卡德接受的是檢調體制不想處理、或當事人不願交給體制處理的案件，這些案件不大可能牽涉某種國際機密或驚世陰謀，但往往蘊含隱在社會暗角、體制照料不到之處的幽微人性——而史卡德的角色設定，正適合挖掘這樣的內裡。

從《父之罪》開始，「馬修・史卡德」系列就是角色與情節的適恰結合，而在寫完前兩個階段、史卡德的形象穩固完熟之後，卜洛克從《屠宰場之舞》開始加重了情節的黑暗層面。《屠宰場之舞》出現性虐待受害者之後將其殺害、並且錄影自娛的殺人者，《行過死蔭之地》出現綁架、性侵，並以切割被害者肢體為樂的凶手，《一長串的死者》裡一個祕密俱樂部驚覺成員有超過正常狀況的死亡機率，《向邪惡追索》中的預告殺人魔似乎永遠都有辦法狙殺目標。

這些故事都有緊張、刺激、驚悚、駭人的橋段，而在經營更重口味情節的同時，卜洛克持續讓史卡德面對自己的人生課題——前女友罹癌、要求史卡德協助她結束生命；原來已經穩固的感情關係，忽然出現了意想不到變化；調查案子的時候，自己也被捲入事件當中，更糟的是，自己的朋友也被捲入事件當中、甚至因此送命——諸如此類從系列首作就存在的麻煩，在第三階段一個都沒少。

史卡德在一九七六年的《父之罪》裡已經是離職警察，可以合理推測年紀可能在三十到四十之間，因此到一九九八年的《每個人都死了》為止，史卡德處於從三十多歲到接近六十歲的中壯年時期。在人生的這段時期當中，大多數人已經成熟、自立，有能力處理生活當中的大小物事，但也必須承受最多生活壓力——年長者的需求、年幼者的照料、日常經濟來源的提供、人際關係的維繫——而總也在這類時刻，一個人會發現自己並沒有因為年紀到了就變得足夠成熟或擁有足夠能力，毋需面對罪案，人生本身就會讓人不斷思索生存的目的，以及生活的意義。

「馬修．史卡德」系列的每一個故事，都在人間與黑暗共舞，用罪案反映人性，都用角色思考生命。

新世紀之後

進入二十一世紀，卜洛克放緩了書寫史卡德的速度。

原因之一不難明白：史卡德年紀大了，卜洛克也是。

卜洛克出生於一九三八年，推算起來史卡德可能比他年輕一點，或者同樣年紀。在歷經種種人生關卡、頻繁與黑暗對峙的九〇年代之後，史卡德的生活狀態終於進入相對穩定的時期，體力與行動力也逐漸不比以往。

原因之二也很明顯：九〇年代中期之後，網際網路日漸普及，犯罪事件利用網路及相關科技的比例也慢慢提高。卜洛克有自己的部落格、發行電子報，會用電腦製作獨立出版的電子書，也有臉書帳號，這表示他是個與時俱進的科技使用者，但不表示他熟悉網路犯罪的背後運作。要讓史卡德接觸這類罪案並無不可——早在一九九二年的《行過死蔭之地》裡，史卡德就結識了兩名年輕駭客，真要寫這類罪案，卜洛克想來也不會吝惜預做研究的功夫；但倘若不讓史卡德四處走動、觀察人間，那就少了這個系列原有的氛圍。

另一個原因則相對沒那麼醒目：卜洛克長年居住在紐約，世貿雙塔就是史卡德獨居的旅店房間窗景，二〇〇一年九月十一日發生在紐約的恐怖攻擊事件，對卜洛克和史卡德這兩個紐約客而言都是巨大的衝擊。卜洛克在二〇〇三年寫了獨立作品《小城》，描述不同紐約人對九一一的反應與後續生活；史卡德沒在系列故事裡特別強調這事，但更深切地思考了死亡——史卡德這角色是因為死亡才成形的，那樁跳彈誤殺街邊女孩的意外，把史卡德從體制內的警職拉扯出來，變成一個體制外孤獨抵抗人性黑暗的存在。過了二十多年，人生似乎步入安穩境地之際，世界的陡然巨變與個人的生理狀態，則提醒每個人：死亡非但從未遠去，還越來越近。而這也符合史卡德與許多系列配角的狀況，他們和史卡德一樣，都隨著時間無可違逆地老去。

「馬修．史卡德」系列的「第四階段」每部作品間隔都較「第三階段」長了許多。第一本是二〇〇一年《死亡的渴望》，這書與二〇〇五年的《繁花將盡》是本系列僅有「應該按順序閱讀」的作品。下一部作品是二〇一一年出版的《烈酒一滴》，不過談的不是二十一世紀的史卡德，而是《八百萬種死法》之後、《刀鋒之先》之前的史卡德——這兩本作品之間的《酒店關門之後》談的是一九七五年發生的往事，以時序來看，讀者並不知道史卡德在那段時間裡的狀況，那是卜洛克正在思索這個角色、史卡德正在經歷人生轉變的時點，《烈酒一滴》補上了這塊空白。

餘下的兩本都不是長篇作品。《蝙蝠俠的幫手》是短篇合集，可以讀到不同時期史卡德遭遇的事件，讀者會發現即使沒有夠長的篇幅，卜洛克一樣能夠巧妙地運用豐富立體的角色說出有趣的故事。二〇一九年的《聚散有時》則是中篇，也是「馬修．史卡德」系列迄今為止的最後一個故事，事件本身相對單純，但對系列讀者、或者卜洛克自己而言，這故事的重點是交代了史卡德以及系列當中重要配角的生活，他們有的長大了，有的離開了，有的年老了，但仍然在死亡尚未到訪之前，在生命裡碰撞出新的火花，發現新的意義。

最美好的閱讀體驗

「馬修．史卡德」系列的起始是犯罪故事，屬於廣義的推理小說類型，每個故事裡也都能讀出推理小說的趣味，縱使主角史卡德並非智力過人的神探，但他踏實地行走尋訪，反倒看到了更多人間光景、接觸了更多人性內裡。同時因為史卡德並不是個完美的人，所以他的頹唐、自毀、困惑，以及堅持良善時迸出的小小光亮，才會顯得格外真實溫暖。

是故，「馬修．史卡德」系列不只是好看的推理小說，還是好看的小說，不只是好看的小說，還是好的小說——不僅有引發好奇、讓人想探究真相的案件，不僅有流暢又充滿轉折的情節，還有深刻描繪的人性。

讀這個系列會讓讀者感覺真的認識了史卡德，甚至和他變成朋友，一起相互扶持著走過人生低谷、看透人心樣貌。這個朋友會讓人用不同視角理解世界、理解人，或者反過來理解自己。

我依然會建議初識這個系列的讀者，從《八百萬種死法》開始試試自己和史卡德合不合拍，不過或許除了《聚散有時》之外，任何一本都會是很好的選擇——不同時期的史卡德作品會有些不同的質地，但都保持了動人的核心。

這些年來我反覆閱讀其中幾本，尤其是《酒店關門之後》，電子書出版之後，我又從《父之罪》開始依序閱讀，每次閱讀，都會獲得一些新的體悟。史卡德觀看世界的視角未曾過時，卜洛克對人性的描寫深入透澈，身為讀者，這是最美好的閱讀體驗。

〈導讀〉

小說像一隻小鳥

唐諾

劍，像一隻小鳥。
握得太鬆，它就飛走了，
握得太緊，它就窒息了。

——《美人如玉劍如虹》

這回，在閱讀《一長串的死者》之前，讓我們來和勞倫斯・卜洛克先生算個帳吧——做為一個史卡德系列非常非常忠誠的讀者，這絕不是存心挑毛病，而是因為我們喜歡這套小說，認真閱讀且一看再看，很自然的，我們會發現一些應該不來自校對者的失職，而是原寫作者的失誤。

比方說，艾提塔・里維拉，這個不幸被史卡德流彈擊殺、但也因此改變史卡德一生的小女孩，她死時的年紀，依史卡德不同書中的回憶，從六歲到八歲不等——當然，這可以解釋為年紀愈來愈大的史卡德，記憶力有點問題了。

然後，是一家酒店的名字，它有時叫「安塔爾與史畢羅酒吧」，有時倒過來是為「史畢羅與安塔爾酒吧」——當然，這仍可以解釋為這家酒店兩名老闆股份起了消長，股數高的人名字移到前頭去了。

再來，是史卡德先生歇腳所在的西北旅館，那名用原子筆玩填字遊戲、喝含可待因咳嗽糖漿的沉默櫃檯人員，有時他叫雅各，有時叫以賽亞——當然，這兩個名字皆出自《聖經．舊約》，有可能真是一對來自某基督家庭的雙胞胎，有著同樣的長相、嗜好和性格，兩兄弟輪番值班。

錯誤中最有趣的，大概是全系列最重要的女性伊蓮．馬岱了，史卡德告訴我們，她原是他任職警局時的應召女郎性伴侶，直到《到墳場的車票》一書性虐待狂李歐．摩利的出現，讓他們在分別十二年之後重新聚首，然而，我們也注意到本系列的第一本書《父之罪》中，伊蓮．馬岱仍恍若無事的接待史卡德，事後史卡德還放了卅塊錢在她床頭櫃上。

凡此種種。

你問我個人在意這些疑點嗎？老實說，我個人半點也不在意，我說過，之所以發現這些疑點只是讀小說時自然記得，它們一點也不妨礙我動輒犧牲睡眠、熬夜讀小說。

可愛的女人

這裡，讓我們先引用一段《聖經．舊約》的掌故，這段掌故在文學史上很重要，因為關係著小說史上兩位舊俄的璀璨天才，托爾斯泰和契訶夫。

這段掌故記在《民數記》中，話說摩西帶以色列人出埃及，尋求應許之地，以色列人進軍摩押平原時，引起摩押人驚恐，遂用錢賄賂先知巴蘭，讓他築壇詛咒以色列人，然而，耶和華插手了這件事，先是，巴蘭在趕赴摩押途中，被天使擋住去路，他所騎的驢子看到了駐足不前，他卻渾然不覺，好不容易到達摩押步上山巔祭壇，巴蘭說出的卻盡是祝福以色列人的話語，如此連續四次。

托爾斯泰引用這個掌故來讀契訶夫的一篇小說〈可愛的女人〉，小說寫一個非常容易墜入情網的女人歐蓮卡，她先愛上憂鬱的劇場經理古金，在接到他的電報死訊後，又馬上愛上沉靜的木材商普斯托瓦洛夫，木材商急病死去，她跟著又愛上有妻有子的軍中獸醫米洛夫，在米洛夫隨部隊派駐西伯利亞後，她憂傷未盡，卻又一面愛上了獸醫十歲的聰明小男孩沙先卡——

依托爾斯泰的體會，他以為契訶夫「原本要譴責她，可是他把詩人縝密的注意力集中在她身上以後，卻反而把她高舉起來了。」——意思是，契訶夫扮演的是先知巴蘭，而這可愛的女人歐蓮卡則成了被文學家祝福的以色列人。

找一處雪坡

好，這段舊俄文學的公案告訴了我們什麼？

告訴我們，小說（當然也包括其他的創作形式）並不總和原寫作者一開始的意圖相符，依托爾斯泰的講法是，「像巴蘭所經歷到的這種事，真正的詩人和藝術家也常會遇到；詩人受了巴勒（摩押國王）所應許禮物的誘惑，或受了希望的誘惑，或是受了含糊不清先入為主想法的迷惑，遂看不見天使正擋在他的路上（然而驢子卻看到了），他原是打算要詛咒的，可是，你看，最後他卻祝福起來了。」——當然，托爾斯泰是把這不相符拉到極致，成為兩者背反，事情通常並不會這麼戲劇性，著名記號學者兼小說家的安伯托．艾可的分辨方式比較心平氣和，他試圖分出所謂的「作者意圖」和「本文意圖」兩者，明白揭示了這兩者並不完全重疊。

這和我們所指出卜洛克小說的錯誤與矛盾有什麼關聯呢？

這我們得回到卜洛克寫史卡德小說的原始意圖來。據卜洛克親口所說，史卡德系列的原點，在於他想寫一個酗酒退職警員的探案，然而獨木不成林，你得再給他造型和配備，於是，就像米蘭．昆德拉在《不朽》中從一個手勢逐步加上血肉創造出阿涅絲這個美麗女子一般，史卡德住進了紐約一家小旅館，不領私探執照，也一開始就有一個妓女女友等等。說真的，這個初步的造型和配備都是有意思的點子，但仍在類型小說的氣味之中，尤其是「退職警察加妓女」的組合，丟在大紐約犯罪城市中相濡以沫的配套設計，非常具想像力和發展性，一個有經驗的寫作者會清楚知道，事情已經可以開動了，你已找到了一處夠高的雪坡，並順利滾出第一顆小石子——

接下來便是我做為讀者的猜測了：這個史卡德雪球開始順利滾動，而且不斷黏附上新雪愈變愈大，史卡德累積了更多的記憶，認識更多的人，有了更多更清楚的性格、主張和感受五年之後，他終於在追索冰錐殺手（《黑暗之刺》）的過程中，「不當」結識了同為酗酒所苦的女雕刻家珍．肯恩，而且聽任珍．肯恩領頭跑去戒酒無名會。卜洛克的「作者意圖」到此出現了明白而立即的麻煩，他一定隱約察覺出自已快變成先知巴蘭了，所以他選擇反擊——在《黑暗之刺》的結尾，史卡德探頭看了聚會中的戒酒之人，帶著幾分嘲意的說聲：「祝好運，女士。」決定再找一家酒館，再喝一杯波本去——

但這最後的一擊證明也是完全無力的一擊，扮演攔路天使的珍．肯恩並沒認輸，在接下來的《八百萬種死法》中，珍成功的把史卡德「誘」入戒酒無名會，而且逐步解除他的自嘲和沉默抗拒，最後才會出現史卡德自承酒鬼的崩潰舉動。

做為作者的卜洛克說，他覺得這個系列到此該告一段落了——然而，通過上述的討論，我們知道，這句話的真正意思是，原作者的意圖和設計到此完結，往下，小說生出了翅膀，要自己走了。

不完整的上帝

細心的讀者一定注意到了，《八百萬種死法》是個分水嶺，從此開始，小說的厚度陡然增厚了一兩百頁，這絕不是偶然或巧合，我以為是個清楚的徵象。卜洛克自己也不安的察覺了這個變化，做為一個不得不顧慮讀者反應的類型小說家，他自言對買書人是否樂於承受一個前酒鬼私探動輒喃喃自語三四百頁甚為疑慮，但他決意把自己做為成功類型小說家的信用押下去，押在這組往後已不怎麼像類型小說的「史卡德重生探案」之上。

好，我們已多少理解了，「作者意圖」並不必然等於「本文意圖」，但這樣的分離好嗎？難道一個作者不能鐵腕鎮壓他筆下這些蠢蠢欲動的角色嗎？

當然可以，一個小說家關起門來，愛怎麼宰殺他筆下的人都不會被告謀殺凌虐，但這樣好嗎？我以為寫作者的天職在於把作品寫得更好，而不是展示權力。

有很多人講過，一個小說家之於他筆下的生靈，其意等於上帝。這當然不是真的。最大的差別，我個人以為，上帝是全知全能的，包括對未來，但小說家眼前的景觀卻不是透明的，小說世界中所謂的「創造」，也不像《聖經．創世紀》中上帝的創造方式，那種要有光就有光的方式是超越時間的，小說世界的創造是包含著時間的一段過程，時間意味著變化，因此，如果我們勉強要將小說家的創造因式分解的話，它可能包括了：設定、摸索、思考、反省、調整、決心等等。

人，對自身的創造物從來不是全知全能的，而且通常無法控制，我個人以為這應該已是常識了，不信的人可想想人類所創造出的核子武器、貨幣、國家社會暨家庭結構云云，瑪莉．雪萊所寫的《科學怪人》一書早就告知我們這一點了。

鬆緊之際

多年來，我一直記得一部古老電影中的一段道白，電影名字叫《美人如玉劍如虹》，影片中，劍術師傅對學劍報仇的史都華．葛蘭傑上的第一課是，「劍，像一隻小鳥，握得太鬆，它就飛走了；握得太緊，它就窒息了。」

我猜，如果有人想學寫小說報仇，小說師傅也應該在第一課跟他講類似的話。

我們常聽也常說，要把小說中的人寫「活」。「活」的最簡單解釋是什麼？是他有自身的目的，有自身的意志，對周遭的環境事物，他有屬於自身的反應、感受和主張。完全受操縱的人物，我們不會說他活，我們會說他是「傀儡」，這是活的反義字。

從這一點，我便清楚看出小說家這個行業的兩難宿命，要嘛你得損失一部分宰制一切的權力和面子，要嘛你就得到一部死板板的小說，這是魚和熊掌。

然而，換個心情來說，就連《聖經．創世紀》中的上帝，也容許祂依自己形象所造的亞當夏娃被引誘、犯罪、吃分別善惡樹的果子，一個寫小說的人懂得在何時鬆手，鬆什麼樣程度的手，並不一定丟臉，這也可以是樂事——我曾聽過國內的小說名家朱天心談她的創作經驗，她說，寫小說最快樂的時光，是你開始察覺自己筆下的人物眉目逐漸清晰起來，他開始會想會反應，這時，你固然發現自己某些精心準備的安排設計用不上了，有點懊惱，但這也是想像力開始放開四蹄奔馳、卻又準確無比的時刻，用孔老夫子的話來說是為「從心所欲不踰矩」。

我相信卜洛克在寫《八百萬種死法》前後，一定有類似的享受之感。

別打電話到紐約

既然如此，小說家要不要乾脆趁早認輸，早早鬆手，完全讓小說自身帶著你走呢？

這是另一個大問題了，也有很多寫小說、評論小說、研究小說的人做此主張，尤其是在近一、二十年這個後現代、後工業、後結構等等一籮筐冠個「後」字標籤的時代，這裡，我們能說的只是，我們是看到不少勇氣十足的實驗創新之作，但還沒能看到什麼像樣夠水準的成功例子。

我以為，一種稀釋的、柔軟的、可商量的意志，並不等同於沒有意志，放馬奔騰，但大致規制方向的韁繩仍握在騎師手中，小說家何時鬆手和怎麼鬆手，這裡可能找不出先驗好用的指導通則，而是一種鬆緊之際的張力和藝術。從卜洛克的筆下，我們看到，原先被設定為第一女角的伊蓮・馬岱在十多年後的《到墳場的車票》一書總算又被卜洛克安排重現江湖，儘管我相信她已不再是一開始那個甜蜜沒意見的應召女郎伊蓮了，她和史卡德覆水重收的新關係也時時跌宕起伏面臨重重考驗，而且前有雙手是勁的雕刻家珍・肯恩，後有（《惡魔預知死亡》）寂寞小女人麗莎，我們知道卜洛克也許希望史卡德和伊蓮會一直相處下去，但誰也不知道他們會怎麼相處，以及相處的明天究竟會是如何。

好奇的人要不要打電話到紐約，直接去問卜洛克本人呢？我猜，他可能會引述兩句某重要小說家的話做為回答：「在我還沒寫之前，我怎麼知道自己知道什麼呢？」

想必是在九點左右，老人站起來，用湯匙敲敲玻璃水杯的杯身。周圍的談話漸漸止息，等到完全安靜下來後，他又花了好一會兒環視整個房間。然後從剛剛敲過的水杯裡喝了一小口水，放回面前的桌上，兩手掌心向下，覆蓋住水杯的杯面。

他站著，瘦削的身子前傾，骨稜稜的鷹鉤鼻突出，白頭髮朝後梳得服服貼貼，淡藍色的眼珠透過厚厚的鏡片顯得更大。他在路易斯・希柏蘭心中那艘海盜船的船首刻下了鮮明的形象。幾隻典型的灰色大鳥在遠遠的地平線翱翔，天長地久，直到永遠。

「各位先生，」他說，「各位朋友。」他停了下來，重新看看房間裡的四張桌子。「我的兄弟們。」他說。

他靜待回音繚繞，然後匆匆一笑，更顯氣氛之鄭重。「不過我們怎麼可能是兄弟？你們的年紀從二十二到三十三，而我無論怎麼算都已經八十五歲，你們最老的都可以喊我祖父了。但是今晚，你們加入我的行列，成為超越年齡、超越世紀的某種事物之一。我們也的確應該把這房間裡的人視為兄弟。」

他是否停下來再喝口水呢？假設有吧。然後他伸手到外套口袋裡，抽出一張紙。

「我要唸點東西，」他宣布。「不會花太多時間。只是一個名單而已。三十個名字。」他清清喉嚨，頭往前傾，透過雙焦眼鏡的下側，盯著那張名單。

「道格拉斯．艾伍德，」他說，「雷蒙．安祖．懷特、李曼．波力奇、約翰．彼得．蓋勒提、保羅．葛登堡、約翰．梅瑟……」

∞

這些名字是我編的。那份名單沒有記錄留存，路易斯．希柏蘭也不記得老人唸過的任何一個名字。他印象中，大部分名字是英格蘭或蘇格蘭裔，有兩三個猶太人、幾個愛爾蘭人，還有三五個荷蘭或德國裔。名字沒有按照字母或任何明顯的順序排列：他後來才曉得，老人所唸的名單是按照死亡先後排序。頭一個唸的名字——不是道格拉斯．艾伍德，雖然我剛剛是這麼說的——就是第一個死者。

∞

聽著老人的聲音，聽著那些名字如同土塊落在棺材蓋上一般，在室內鑲木牆壁間迴盪，路易斯．希柏蘭發現自己感動得泫然欲泣。他覺得彷彿腳底的土地裂開，而他從中凝視著無限的空無。最後一個名字唸完之後，有一陣短暫的靜寂，對他來說，時間好似停止了，這份靜寂將延伸至永遠。

老人打破了這份靜寂。他從胸前的口袋掏出一個吉波牌打火機，彈開蓋子，擦旋打火的輪子，點燃那張紙的一角，火燃起時，手就抓著另外一角。等到火焰燒盡了大半張紙後，他把剩下的放進菸灰缸裡，等著全部燒成灰。

「你們以後不會再聽到這些名字，」他告訴大家。「他們都走了，走到死者該去的地方。他們那一章已經結束了，而我們這一章才正要開始。」

他把手上的吉波牌打火機舉高，點燃，然後一彈，把蓋子闔上。「今天是一九六一年五月四日，」他說，「我第一次跟剛剛唸過名字的那三十個人坐在一起，是在一八九九年五月三日，美西戰爭剛結束十個月之後。當時我二十三歲，只比你們最年輕的人年長一歲。我沒參加過美西戰爭，不過當時房間裡有其他幾個人參加了，另外有個人還跟前總統泰勒一起打過墨西哥戰爭。如果我沒記錯的話，他那時已經七十八歲了。我坐著聽他讀三十個陌生的名字，然後看著他燒掉名單，不過他當然是用火柴燒的。當時還沒有吉波牌打火機這種玩意兒。而那位先生——我可以告訴你們他的名字，但是我不想講，幾分鐘前我才剛唸過他的名字——那位先生曾在他二十歲還是二十五歲的時候，看著另外一個老人燒掉另外一張名單，那是什麼時候？我想是一八四〇年代初吧。當時有火柴嗎？我看是沒有。房間裡的壁爐有火，我想那個老人——就算我想告訴你們他的名字也沒辦法——我想他把名單丟進了火裡。

「我不知道那個聚會的日期，也不知道在什麼地點舉行。剛剛講過，我第一次參加聚會是在一八九九年，我們三十一個人聚在聯合廣場度拉喜餐廳二樓的一個私人餐室。往事早已一去不回，那棟建築也老早改建過；現在是克萊恩百貨公司。度拉喜餐廳關門後，我們每年都換不同的餐廳，後來就固定在班澤勒牛排屋。在那裡聚會了好些年，到了二十年前，那家店換了老闆，我們不太高興。從此就換到康寧漢餐廳這兒來。去年我們只有兩個人參加。今年有三十一個。」

∞

那麼，耶穌降生後一九六一年的五月四日，馬修・史卡德在哪裡？

我可能去了康寧漢餐廳，不過不是跟那個老人以及三十個新兄弟一道在私人餐室裡，而是在吧台或主餐室，或者換家文森・馬哈菲喜歡的小餐廳。那時我二十二歲，再過兩星期就是我二十三歲生日了。在此六個月前我生平第一次投票（當時投票年齡尚未降至十八歲）。我投給甘迺迪。於是，在伊利諾州庫克郡顯然出現大批的投票幽靈人口之後，甘迺迪險勝了。

當時我還是單身，但已經遇到不久後即將結婚又離婚的女孩。那時我剛從警察學院畢業不久，被分配到布魯克林，跟著老手馬哈菲搭檔辦案，上級認為我可以向他學習。他教了我很多，其中某些東西上級可是不太會希望我知道。

康寧漢餐廳很合馬哈菲的調調，店內大量長年被手摩擦得發黑的木頭、紅色皮革、還有被磨得發亮的銅，香菸氤氳飄在空氣中，酒味四散在杯觥間。菜單上有相當多牛肉和海鮮菜色，不過我每次去大概都是點同樣的菜——蝦子沙拉、厚片沙朗牛排、烤馬鈴薯配酸醬。甜點是山核桃派或蘋果派，然後一杯濃得攪不動的咖啡。還有，當然會喝酒。一開始來杯馬丁尼當餐前酒，冰透而辛味十足，加一角檸檬。餐後一杯白蘭地幫助消化。然後再喝點威士忌醒醒腦。

馬哈菲教我要怎樣以巡邏警察的薪水還能吃得好。「要是天空飄下一張一元鈔票，又正好掉在你伸出去的手上，」他說，「那就把手指闔起來抓住錢，然後讚美天主。」好些錢落在我們手裡，我們也一起吃了一大堆好菜。我們應該去康寧漢餐廳的，不過那兒實在太遠了。我們大半是離開布魯克林，過河到喬爾西區內第七大道和三十二街街口的路格餐廳。那兒可以吃到同樣的菜，而且氣氛也非常類似。

你還是可以吃同樣的菜，不過康寧漢餐廳在七〇年代早期便已經消失了。有人買下那棟建築，拆掉，蓋起一棟二十二層的公寓。我升了警探之後，被調到格林威治村第六分局，離康寧漢只有大約一哩路。我猜那幾年我大概每個月去那兒一兩次。但在他們關門之前，我就已經繳回警徽辭職不幹，搬到西五十七街一個小旅館。我大半時間都在街角的阿姆斯壯酒吧消磨。在那裡吃飯、在那裡見朋友、在那個店後方我固定坐的一張餐桌處理事務，也喝了不少酒。所以我根本沒注意到從一九一八年起開始營業的康寧漢牛排屋熄了燈，關門大吉。不過我猜有人告訴過我這個消息，而且我想當時我也曾為此乾一杯。那些日子裡，任何事情都會讓我乾一杯。

8

再回到康寧漢餐廳，也回到一九六一年五月的第一個星期四吧。老人——幹嘛還一直稱他為老人？他一開始就告訴大家，他名叫洪默．向普尼。

「我們是個三十一人的俱樂部，」他說，「我告訴過你們，我入會可以追溯到上個世紀的最後一年。而我第一次參加聚會時，發表演講的那個人，是生於一八一二戰爭的八年後。那麼，他第一次參加聚會時，演講的是誰？還有，這個三十一俱樂部是在什麼時候首度聚會，宣誓要每年聚會一次，直到在世的只剩一個人呢？

「我不知道。也沒有人知道。歷經幾世紀以來的種種神祕歷史中，有一些關於三十一俱樂部的模糊資料。我個人研究之後認為，第一屆三十一俱樂部是四百多年前共濟會的一個分支。不過這一點也不確定，因為根據《漢摩拉比法典》的其中一節，古巴比倫時代曾經有一個三十一俱樂部：另外，還有一個可能，就是這個俱樂部可能是基督時代古猶太教禁慾主義的分支。有一份資料顯示，莫札特曾是這個俱樂部的成員，另外謠傳富蘭克林、牛頓，還有英國的約翰遜博士都曾是會員之一。我們無從知道多年以來到底有多少個俱樂部，也不知道經過了幾世紀之後，有多少個分支還繼續下去。

「這個俱樂部的結構很簡單。三十一個人格高尚的男子宣誓，每年五月的第一個星期四要相聚一堂，吃飯並報告這一年來他們生命中的改變，同時向這一年過世的人致敬。每一年我們都會宣讀死者名單。

「當三十一俱樂部只剩下一個人時，他就得像我一樣，找三十個理想的候選人來當會員，在特定的這個晚上讓他們聚在一起。然後就像我剛剛一樣，朗誦三十個已經過世的兄弟名字，燒掉名單，結束這一章，並開啟下一章。

「現在我們繼續，兄弟們，我們繼續下去吧。」

根據路易斯．希柏蘭的說法，洪默．向普尼最令人難忘的，就是他的堅強生命力。在一九六一年的那個晚上，他已經退休多年，也賣掉了他開設的小工廠，生活相當安定。可是他努力想向他們推銷，而希柏蘭也毫無疑問的相信，向普尼是個成功的推銷員。就是有種莫名的力量會讓你注意聽他說的每個字。他愈說愈熱忱，而你也會愈聽愈想聽。

「你們彼此並不熟悉，」向普尼告訴他們，「也許之前你認識這個房間裡的一兩個人，甚至這房裡有三四個人是你的朋友。但你們之前的交情先擺在一旁，今天這個聚會所要建立的，不太像是那種一輩子的社交圈。因為這個組織、這個結構，所關心的不是一般人所體認的友誼，與社交、互惠無關。我們來這裡，不是要交換股票情報或拉保險。我們密切的結合在一起，兄弟們，而我們走在一條窄徑上，要朝向一個非常特定的目標走去。在走向死亡的長征路上，我們記錄彼此的過程。

「會員的要求很小。我們沒有每月例行的集會，沒有分派的任務，沒有會員卡。除了每年一次晚餐分攤的費用之外，也不必交會費。你們唯一的承諾、也是我要求你們必須完全做到的，就是每年五月第一個星期四的聚會都必須參加。

「有時候你會不想出現，有時候要參加這個聚會對你來說非常不方便。我懇求諸位把這件事當成一個不變的承諾。你們有些人會搬離紐約，可以想見，到時候每年回來聚會就成了一個沉重的負擔。此外，有時候你們或許會覺得這個俱樂部很愚蠢，好像長大就得拋棄的一種東西，好像你生命中寧可脫離的一部分。

「別這麼做！三十一俱樂部在每個會員生命中只占一小塊，一年只花掉你一個晚上。然而它卻給予我們的生命一個旁人無法得知的焦點。我的年輕兄弟們，你們串連在一個鎖鏈上，遠溯自這個國家建立時便已牢不可破，而且你們是源自古巴比倫傳統的一部分。這個房間裡的每一個人都從出生後，便花上一生的時間步向死亡，每天都向死亡邁進一步。這是一條難以獨行的路，有好同伴會輕鬆得多。

「此外，如果你的路走得比旁人都長，成為最後一個結束的人，你還有一個額外的義務，那就是找到三十個年輕人，三十個被選定的好人，就像我帶你們一樣帶他們相聚一堂，在這個鎖鏈上鑄造一個新的鏈環。」

∞

三十餘年後，重述著向普尼的話，路易斯．希柏蘭好像有點替他們不好意思。他說或許現在聽起來有點蠢，不過當時他們聽著洪默．向普尼的話時，可一點也不覺得蠢。

那位老人的熱忱具有感染力，他說。你感受到他的熱情，但那不單只是一種被他的野心所征服的東西。稍後有機會冷靜下來，你還是會接受他要推銷給你的東西，因為他用某種方法讓你了解某些事情，若不是他你永遠也不會有機會明白。

∞

「晚上的節目還有另外一部分，」向普尼告訴他們。「我們每個人要輪流站起來，告訴其他人四件自己的事情。姓名、年齡、關於你最有意思的事情，還有現在的感覺。現在，該是與其他三十個同伴開始這偉大旅程的時候了。

「從我開始，雖然我大概已經說過上面講的四件事了。我想想，我名叫洪默．向普尼。今年八十五歲，我所能想到關於我最有意思的事情，除了我是上一章最後一個在世的成員之外，就是我曾參加一九〇一年在水牛城舉行的汎美博覽會，而且跟麥金利總統握了手，不到一個小時之後，他就被一個無政府主義者暗殺了。那個刺客叫什麼名字？佐克茲，沒錯，里昂．佐克茲，誰忘得了那個迷失靈魂的可憐混帳東西？

「至於我此刻的感覺如何？呃，年輕人，我興奮極了。我傳下了火炬，而且我知道我交到能承擔的好人手上。自從上一個俱樂部的最後一個人去世之後，自從我成為必須實踐這個使命的人之後，我最恐懼的，就是在我召開這個聚會之前死掉。所以現在我放下了心裡的一塊大石頭，而且有一種，喔，有一種偉大起點的感覺。

「不過我說得太多了。其實只需要說四句話，名字、年齡、有意思的事情，還有感覺。我們從這桌開始，我想，肯多，就從你開始，然後輪流講……」

∞

「我是肯多．馬加瑞，二十四歲，關於我最有意思的事情，就是我的一個祖先曾簽署《獨立宣言》。我不知道自己對於加入這個俱樂部有什麼感覺。我想是興奮吧，而且這是一大步，雖然我不知道為什麼我會這麼覺得。我的意思是，這不過是一年一個晚上而已……」

「約翰．揚道，二十七歲。最有意思的事情……唔，我最近能想到關於自己的事情只有一個，就是我上星期天結婚到現在還不滿一個星期。這件事搞得我腦袋一團混亂，所以沒法告訴你們對任何事情的感覺。不過我要說，我很高興來參加這個聚會，成為這個俱樂部的一部分……」

「我是鮑伯．柏克，是B－e－r－k，不是B－u－r－k－e。所以你們曉得，我是猶太人，不是愛爾蘭人，我也不曉得自己為什麼非得解釋這點不可。或許這就是和我有關最有意思的事情。我不是指我是猶太人這件事，而是我脫口而出的第一件事情居然是這個。喔，我今年二十五歲。我有什麼感覺？我覺得你們都屬於這裡，我卻不是，不過我常有這樣的感覺，而且我大概不是在座唯一有這樣感覺的人，對吧？或者只有我有這種感覺，不曉得……」

「布萊恩．奧哈拉，是H大寫，前面有個O'的那個奧哈拉，所以你們知道，我是愛爾蘭人，不是姓大原的日本人。」

「我是路易斯．希柏蘭，今年二十五歲。我不知道這件事情是不是有意思，反正我有八分之一印第安查洛克族的血統。至於我的感覺，實在很難講。我覺得自己好像成為大於自身某種事物的一部分，某種從我之前就開始、而且會超越我壽命的事物……」

「我是戈登．華瑟，三十歲。我是瑞洋公司的會計經理，不過談到最有意思的事情我就不曉得該講什麼……唔，我有一件事很多人都不曉得，我生來雙手都有六個指頭。我六歲的時候動過手術，左手上還有疤，不過右手沒有……」

「我是吉姆．賽佛倫斯……我不知道自己有什麼有意思的事情。或許最有意思的事情，就是我此刻跟你們共聚一堂。我不知道我來這裡幹嘛，不過這好像是某種轉捩點……」

「我叫鮑伯．瑞普利，我聽過太多『信不信由你』的笑話了……今晚我來這兒之前，曾經想過，組織一個俱樂部只為了等死，實在很病態。不過現在一點這種感覺都沒有了。我同意路易斯的說法，我有一種感覺，覺得自己成為某種重要事物的一部分……」

「……，我知道這是迷信，不過這個想法一直甩不掉。我覺得如果我們逼自己去注意不確定的死亡，只會讓死亡提早到來……」

「……我高中畢業當天晚上出了車禍，我們六個人坐在我最要好朋友的車上。其他人都死了，而我只有鎖骨骨折和一點皮肉之傷而已。這就是關於我最有意思的事情，也是我對今晚的感覺。看吧，車禍已經是八年前的事了，而我從那時開始，心裡就一直想著死亡了……」

「我想唯一能描述我感想的方式，就是告訴大家，我唯一有過和現在感覺相同的時刻，就是我女兒出生那天晚上……」

∞

三十個人，年齡從二十二到三十二。全都是白人，也全都住在紐約市或附近。他們都受過大專教育，大部分也都畢了業。一半以上已婚，三分之一以上有小孩，有一兩個離了婚。
現在，三十二年以後，半數以上已經死了。

2

到了我和路易斯．希柏蘭碰面時，也就是他成為三十一俱樂部會員的三十二年又六個星期之後，他前額的頭髮已經掉了好多，肚子也胖了一大圈。他是金髮，旁分，整齊朝後梳，雙鬢已經轉為銀色。大臉寬濶，一副聰明相，手很大，握手時很堅定卻沒有侵略性。身上穿的那套藍底白條紋的西裝肯定花掉一千元，手腕上的錶則是二十元的天美時。

他前一天傍晚打電話到我旅館的房間。雖然一年多前我已經搬去對街的公寓跟伊蓮同居，不過還是留著原來的房間，充當辦公室，雖然我根本不會在這裡見我的顧客。只是曾在這裡獨居過好些年，我也不太願意放棄。

他告訴我他的名字，然後說他從艾文．麥斯納那兒打聽到我。「我想跟你談談，」他說，「一起吃個午餐怎麼樣？明天會不會太趕？」

「明天很好，」我說：「不過你如果有急事的話，我也可以今天晚上跟你碰面。」

「沒那麼急。我一點也不確定這會是急事。不過這件事對我來說很重要，我不想再拖下去。」

他大概又說了他的年度健康檢查還是跟牙醫有約之類的。「你知道艾迪森俱樂部嗎？就在東六十七街？我們十二點半碰面如何？」

8

艾迪森俱樂部以十八世紀的散文家喬瑟夫・艾迪森命名，是一棟五層樓高的石灰石老建築，坐落在中央公園和萊辛頓大道之間六十七街的南側。希柏蘭等在外頭接待櫃檯的附近，我一跟櫃檯的侍者報上名字，希柏蘭就過來向我自我介紹。在一樓的用餐室，他拒絕了侍者安排的座位，挑了一張角落的桌子。

「聖喬吉歐摻冰塊，加一塊檸檬角，」他告訴侍者，然後轉頭跟我說：「你喜歡聖喬吉歐嗎？我在這裡都喝這個牌子，因為很多餐廳都沒有。你聽說過這個牌子吧？基本上是種義大利辛味苦艾酒，再加上一點罕見的藥草浸泡而成，很淡，午餐喝馬丁尼對我來說恐怕太烈了。」

「我改天再試試看，」我說，「今天還是來瓶沛綠雅礦泉水吧。」

他先為食物道歉。「這裡滿好的，對吧？當然他們不會催你吃快點，而且桌子不會排得太擠，還有一半是空的。呃，我想我們應該為這裡提供的隱私性感到高興。如果你只點一些很平常的菜，這兒做得不算太壞，我大半都點綜合烤肉。」

「聽起來不錯。」

「再來個蔬菜沙拉？」

「好。」

他寫好點菜卡，交給侍者。「私人俱樂部，」他說，「已經瀕臨絕種了。艾迪森俱樂部原來大概是專屬於作家和記者的，不過這麼多年下來，會員大半都成了廣告界和出版界的人。到了現在，我想只要你有脈搏、有支票簿，而且不是重罪前科犯的話，都可以成為會員。我大概是十五年前加入的，當時我和我太太搬到康乃狄克州的史坦佛市，常常工作到很晚，趕不上最後一班火車，得留在市內過夜。旅館太貴，而且沒行李就去旅館辦住宿登記，我覺得好像有點曖昧。這俱樂部的頂樓有房間，價錢很合理，也很方便。我反正本來就考慮加入，住宿問題給了我動機。」

「所以你現在住在康乃狄克州？」

他搖搖頭。「五年前最小的兒子大學畢業，喔不，是輟學不念了，那時，我們就又搬回來了。我們住在離這裡六個街區。現在這種時代，可以走路去上班，實在太美了，對吧？」

「是啊。」

「嗯，有首歌說：四月巴黎，六月紐約。我從沒在四月去巴黎，不過我知道那時的巴黎大概是陰雨天居多。五月要好多了，不過那首歌用四月來得好些，音節比較對。可是六月的紐約，讓你覺得這首歌貼切極了。」

侍者上菜的時候，希柏蘭問我要不要點杯啤酒佐餐，我說這樣就很好。他說：「我要點杯無酒精啤酒，我忘了你們有什麼，有歐杜爾牌嗎？」

結果有，他就要了一瓶，然後期待的看著我。我搖搖頭。無酒精啤酒和無酒精葡萄酒都還是有酒精的影子，是否足以影響一個戒酒的酒鬼尚不可知，但我在戒酒無名會裡所認識那些堅持喝這類玩意兒無傷的人，後來或早或晚又都破戒喝了酒。

總之，沒有酒精的啤酒，我喝它有啥個鳥用呢？

∞

我們談到他的工作——他是一家小公關公司的合夥人——還有長期住郊區通勤之後，搬回市區居住的種種美好。如果我們是在他辦公室見面，就得開門見山談正事；不過約在這裡，就可以遵循老式的規矩，吃個商業午餐，等到吃完再談正事。

咖啡來了之後，他拍拍自己的胸袋，然後自嘲的嗤鼻一笑。「真滑稽，」他說：「你看到我剛剛的動作沒？」

「你剛剛要掏香菸。」

「沒錯，可是我十二年前就戒掉那臭習慣了。你有過菸癮嗎？」

「不太算。」

「不太算？」

「我從來沒有抽菸的習慣，」我解釋。「或許一年發生一次，我會買包菸，一口氣連抽個五六支。然後就把那包菸丟掉，一整年不再抽半根。」

「老天，」他說，「我從沒聽過有人能碰了香菸不上癮的。我想你的個性大概就是不會對任何事情上癮吧。」我沒接腔。「戒絕某種癮，是我這輩子做過最困難的事情。有時候我覺得那是我這輩子做過唯一困難的事情。我還常常夢想會重拾那個習慣。你會嗎？你會不會每年一次來個抽菸大狂歡？」

「喔，不。我不抽菸已經超過十年了。」

「唔，我只能說，我很高興桌上沒有一包拆了封的香菸。馬修，」——現在我們可以直呼對方的名字了——「我想問你一些事情。你聽過三十一俱樂部嗎？」

「對。」

「三十一俱樂部？」我說。「那應該跟我們現在所處的這間俱樂部無關吧。」

「我是聽過一個餐廳名叫二十一，我不認為——」

「那不是一個有特定會館的俱樂部，像哈佛俱樂部或艾迪森。也不是餐廳。那是一個特殊的俱樂部。噢，我來解釋一下吧。」

∞

他的解釋很長，鉅細靡遺。從一九六一年那個晚上的細節開始。他很會說故事，讓我彷彿親眼見到那個私人餐室，四張圓桌（其中三張各坐了八個人，另外一張是向普尼跟其他六個人）。我可以看見那名老人、聽到他說的話，也感覺得到他激勵人心、抓住聽眾的那種熱情。

我說我沒聽說過他描述的那種組織。

「我想你沒特別研究過莫札特和富蘭克林，」他說，匆匆一笑，「或者古猶太教禁慾主義教派和巴比倫時代。前幾天晚上我思考這些事情，想確定我到底相信多少。我從沒認真去圖書館查過資料，也從沒碰過像我們這樣的組織。」

「你向別人提起，也沒人有任何類似的熟悉感？」

他蹙眉。「我很少提起，」他說，「老實告訴你，這是我第一次這麼詳細的跟非會員談到這個俱樂部的細節。有幾個人曉得我每年跟一群人聚會吃飯喝酒，但我從沒提過這個團體的任何歷史，或者用等待死亡的觀點去談這整件事情。」他看著我。「我從沒告訴過我太太或小孩。我最要好的朋友跟我相交二十幾年，他也從不知道這個俱樂部是怎麼回事。他以為這只不過是個兄弟會聚會之類的。」

「那個老人曾要求你們每個人守密嗎？」

「沒特別講。這根本不是什麼祕密社團——如果你指的是這個的話。但是那天我離開康寧漢餐廳時有一種直覺，這件事已經成為我很私密的事。而且多年來，這種感覺在不經意之間已經愈來愈深。很早開始我們就有默契，在那個房間裡面講的話不會傳到外頭去，我會告訴那些哥兒們一些我絕不會告訴其他人的事情。我不是那種有很多祕密的人。不過可以這麼說，本質上我很注重隱私，我想我把大部分的自己隱藏起來，不讓生活中的其他人看到。老天在上，我已經五十七歲了，你應該也接近這個歲數，是吧？」

「我五十五歲。」

「那你就了解我的心情了。我們這個年紀的人已經夠成熟，懂得把內心深處的想法留給自己，再新潮的心理學也無法改變這點。但是一年一度，我坐在一群其實算是陌生人的傢伙中間，偶爾我就會敞開心房，談一些自己原本沒打算要談的事情。」他眼睛朝下看，拿起桌上的鹽罐子，在手上轉來轉去。「幾年前我有一段婚外情，不是逢場作戲，那種露水姻緣我過去幾年也有過一些。這回是真的在談戀愛，持續了將近三年。」

「沒人知道這件事？」

「你猜到我要講什麼，對吧？是的，沒人知道這件事。我沒被逮到，也沒告訴過任何人。就算她向別人大吐苦水——我猜她一定有，反正我們沒有共同的朋友，所以也無所謂。重點是，我曾在五月第一個星期四的聚會上談過我的婚外情，而且說過不只一次。」他用力把鹽罐子放回桌面上。「我也跟她談到過那個俱樂部。她覺得很病態，她對整個概念都很厭惡。不過她喜歡的是，她是我唯一吐露過這件事的人。她非常喜歡這部分。」

他沉默下來，我啜了口咖啡，等他開口。好一會兒，他說：「我已經五年沒見過她了。要命，我已經十二年沒抽過菸了，而我實在想再抽一根，想死了，不是嗎？有時候我覺得，根本沒有人能淡忘任何事情。」

「有時候我也有同感。」

「馬修，我點一杯白蘭地會不會讓你難受？」

「我幹嘛覺得難受？」

「噢，其實不關我的事，不過我難免會有這種推測。主要是因為推薦我來找你的那個艾文．麥斯納。我認識艾文好多年了，我知道他以前的酒鬼樣子，也知道他怎麼戒酒的。我問他怎麼會認識你，他含糊其詞，所以剛剛你沒點酒，我也不會太驚訝——」

「如果『我』點一杯白蘭地，那我就難受了，」我告訴他。「你點的話，我才不難受。」

「那我要點一杯，」他說，然後望向侍者。侍者聽完他的要求離去後，希柏蘭再度拿起鹽罐子，又放下，然後深吸了一口氣。「三一十一俱樂部裡頭，」他說，「我覺得有人在搞鬼。」

「搞鬼？」

「殺害會員。一個接一個，把我們統統殺光。」

3

「我們上個月聚會，」他說，「在西三十六街的金氏小館。七〇年代早期康寧漢餐廳關門後，我們就改到那兒聚會。他們每年都給我們相同的房間，在二樓，像個私人書房。貼牆一整排書架，幾幅祖先肖像畫。那兒還有壁爐，餐廳的人會替我們生火，其實五月根本沒那麼冷。不過氣氛很好就是了。

「我們在那裡聚會有二十年了。剛把聚會改到那兒舉行時，有一陣子金氏小館差點要關門。那兒稱得上是紐約一景，要是真關門，就太可惜了。幸好他們撐了下來，還活得好好的，我們也是。」他停了下來，想一想。「只有一部分活得好好的。」他說。

他面前桌上擺著那杯干邑白蘭地，一直沒動過。偶爾他會伸手蓋住那個白蘭地杯，或者用大拇指和食指夾住杯腳，或者把杯子挪來挪去。

他說：「上個星期的晚餐聚會，我們宣布過去十二個月有兩個人死亡。法蘭克·迪吉里歐是在九月死於心臟病發；接著到了二月，阿倫·瓦森在下班回家途中被刺死。所以過去這一年，我們有兩樁死亡事件。你會覺得離譜嗎？」

「這個嘛……」

「當然不離譜。我們這個年紀死亡不算稀奇。那麼，一個人在過去十二個月中，有兩個熟人死掉，這樣算不算離譜？」他抓著白蘭地的杯腳，順時鐘轉了四分之一圈。「你想想看。然後我再告訴你，過去七年中，我們有九個會員死掉了。」

「比率好像有點高。」

「那還只是過去七年而已，之前我們已經失去了八個會員。馬修，我們現在只剩下十四個人了。」

∞

洪默·向普尼曾告訴他們，他可能是第一個辭世的人。「孩子們，這是理所當然。自然法則就是如此。不過，我希望至少能陪著你們幾年，好讓我多了解你們一點，看著你們有個好的開始。」

結果，老人一直活到九十四歲。他年年都出席晚餐聚會，身體一直很硬朗，而且到死前都還腦袋清楚。

他也不是會員中第一個死掉的。這個團體前兩次的年度聚會都沒有死訊，但到了一九六四年，他們宣布菲利普·卡里許三個月前與妻子和襁褓中的女兒，在長島高速公路的一樁車禍中意外身亡。

兩年後，吉姆・賽佛倫斯戰死於越南，前一年的聚會他就已經因為被徵召從軍而無法參加，當時大家還開玩笑說，拿亞洲戰爭來當做破壞這個重大承諾的藉口實在夠爛的。次年五月，當他的名字緊跟在菲利普・卡里許後面被唸出來時，去年的玩笑依稀在鑲板木牆之間迴盪。

一九六九年三月，就在年度晚餐的兩個月前，洪默・向普尼在睡夢中過世。「如果哪天早上，你九點還沒看到我出現，」他告訴過自己長期居住那家飯店的職員，「請打電話來我套房，如果我沒接電話，就過來看看我怎麼了。」櫃檯的職員打了電話，然後請門房代班一下，自己上樓去向普尼的房間。發現向普尼死亡後，他嚇壞了，趕快打電話給老人的侄子。

侄子按照叔叔的吩咐，一一打電話通知俱樂部的會員。當時三十一俱樂部只剩下二十八個人。向普尼不希望有任何遺漏，他要確定每個人都知道他走了。

葬禮在坎貝爾舉行，這是路易斯・希柏蘭首度參加俱樂部會員的葬禮。來送葬的人很少，向普尼比同輩的人都活得久，而他的侄子——其實是侄孫，大概是五十來歲——是他在世唯一還住在紐約地區的親屬。除了希柏蘭，三十一俱樂部中有六個成員也意外出現在葬禮上。

葬禮之後，希柏蘭和幾個會員一起去喝杯酒。有個當印刷業務員的比爾・魯蓋特說：「呃，這是我第一次參加會員的葬禮，也是最後一次了。再過幾個星期我們就要在康寧漢餐廳聚會，到時候我們會宣布洪默的名字，然後，我想我們會聊聊他的一些事情，這樣就夠了。我覺得我們不該再參加會員的葬禮，我不認為我們應該在那種地方碰面。」

「今天我是真的想來致意一下。」有人說。

「都是這樣啊，否則我們也不會來了。可是我前兩天跟法蘭克．迪吉里歐談過，他說他不會來，因為他覺得不適當，現在我同意他的話。這個聚會剛開始的時候，有幾個會員我常在社交場合碰到，偶爾會一起吃個中飯，或者下班後喝杯酒，或甚至帶著太太們一起去吃晚飯看電影。可是，後來我就不這麼做了，那天我跟法蘭克聊天時，才猛然想到，這是去年五月聚會過後，我第一次跟俱樂部裡面的會員講話。」

「比爾，你不喜歡我們了嗎？」

「我非常喜歡你們，一點問題也沒有，」他說：「我只是想把事情分清楚。要命，甚至從上次聚會後，我就沒再去過康寧漢餐廳。不記得有多少次，曾有人提議要去那裡吃中餐或吃晚餐，最後我總是設法讓大家換個地方。『噢，我不太想去，』我上個星期才這麼告訴我的朋友們。『上回我去，菜好難吃，那個地方水準已經不如以前了。』」

「上帝啊，比爾，」有人說，「你還有良心嗎？你會害他們生意做不下去。」

「噢，我實在不想害他們，」他說，「可是你懂我的意思沒？對我來說，一年一次就夠了。我希望這三十個人我一年只要見一次面、這個地方我一年只要去一次，這樣就好。」

「現在是二十七個，加上你是二十八個。」

「就是這樣，」他鄭重的說，「就是這樣。不過你懂我的意思吧？我不是想教你們該怎麼怎麼做，而且我愛你們每個人，可是我不會去參加你們的葬禮。」

「沒關係，比爾。」鮑伯．瑞普利說，「我們會去參加你的葬禮。」

「一九六一年的三十個人，年齡從二十二到三十二歲不等，居中的是二十六。三十二年後，你覺得在世的應該有幾個人？」

「不知道。」

「我也不知道，」希柏蘭說，「上個月的晚餐後，我頭很痛，回家後整夜翻來覆去睡不好。醒來時我覺得有件事情很不對勁。有一群六十歲上下的人，總有幾個人會死掉。死亡已經開始蠶食了。

「可是我覺得，我們的死亡率似乎太高了。我心裡一直想找不同的答案，然後決定要去做的頭一件事，就是查明我的感覺對不對。我打電話給一個老跟我拉保險的人，告訴他我有個保險上的問題要請教他。我把數字告訴他，問他以這樣的一群人、在這樣的期間內，死亡比例會是多少。他說他得打兩個電話，然後回電告訴我。猜猜看，馬修，三十個人裡頭會有幾個死掉？」

「不知道，十個八個？」

「四五個。我們應該還有二十五個人在世，而不是十四個。你有什麼感想？」

「我不確定，」我說：「不過這一定會引起我的注意。我會做的第一件事情，就是再問你朋友一個問題。」

「我就是這麼做，說說看你想問的問題。」

「我會要他再去把這個平均值乘上三或四倍，再評估其嚴重性。」

他點點頭。「我的問題就是這個，於是他又打了個電話去問，回報給我的答案是，三十個人裡頭死了十六個，是相當驚人，不過不算離譜。他這個說法你懂嗎？」

「不懂。」

「根據他的說法，這個抽樣太小了，任何結果都不算離譜。全部活著或全部死亡都可能，也都不算離譜。如果是一個相當大的群體，有這樣的死亡率，那麼從保險公司精算師的立場來看，可能有些什麼意義。群體愈大，在統計上就愈有意義。如果在三百個人的群體中，只有一百四十個人還活著，那就很離譜。三千個人裡頭還剩一千四百個人，那就更離譜。三萬個人裡頭還剩一萬四千個人活著，那就該懷疑這個樣本裡的人是住在車諾比這類高輻射污染區，或者是他們的母親懷孕期間吃了DES。那真的是要請死神進門才可能。」（譯註：DES，一種化合物，含女性激素，一度用來治療月經失調。但由於孕婦服用會引起女性胎兒致癌，故現已不用於醫療）

「我懂了。」

「我有過一些發送DM的經驗，什麼都得測試。如果有五十萬份名單，嘗試寄給其中的一千人，我們會曉得回件率跟整份名單頂多差一兩個百分點。不過我們更知道這比只寄出三十份要來得好，因為三十份的測試結果根本沒有意義。」

「你在意的是什麼？」

「我在意的是百分比，而不是抽樣大小。我們在統計上應該只有四五個死亡，實際上卻是四倍，我無法忽視這個事實。馬修，你對這些事實有什麼想法？」

我想了想。「我對統計學一點概念也沒有。」我說。

「可是你以前當過警察，曾是個辦案的警探。你一定有些直覺。」

「應該是吧。」

「這些事情告訴你什麼？」

「先剔除特殊狀況。你剛剛說過，有一個人死於越戰。還有任何戰死的人嗎？」

「沒有，只有吉姆·賽佛倫斯。」

「那愛滋病呢？」

他搖搖頭。「有兩個會員是同性戀者，不過我們這一章剛建立時，我想沒有人知道。要是有人知道，不曉得會有什麼不一樣。一九六一年那個時代？嗯，我想一定會不一樣，第一次聚會我們輪流站起來講關於自己最有意思的事情之時，沒有人提到這個。不過後來這兩位就覺得可以告訴大家他們的性傾向。我不記得他們是什麼時候坦白的，只記得是還在康寧漢餐廳聚會那時，所以那也是很久以前了。他們兩位都不是死於愛滋病。婁威爾·杭特應該還很健康，他告訴過我們他是愛滋帶原者，不過直到上個月我們聚會時，他看起來都毫無發病的症狀。卡爾·烏爾死於一九八一年，當時還沒人聽說過『愛滋』這個詞兒。我想當時這種病就已經存在，不過我確定沒聽說過。總之，卡爾是被謀殺的。」

「哦？」

「被發現死在他位於喬爾西的公寓裡。他就住在康寧漢餐廳的街角，不過當然卡爾遇害的時候，康寧漢餐廳已經不存在了。我猜是性謀殺，某種施虐與受虐遊戲玩得太過火。他被勒死，手被銬住，頭上戴著皮製面罩。而且被挖出內臟，性器官也被切掉了。我們住的真是個地獄世界，不是嗎？」

「是啊。」

「我跟我那位保險經紀人談過之後，好幾個晚上熬夜到很晚，想找出一個解釋。第一，當然，這可能純粹是偶然。這麼高的死亡人數，可能只是走楣運罷了，不過任何賭徒都會告訴你，爆冷門的事情難免會發生。長期來說，總有翻本的機會。不過不是有個說法？反正我們早晚都會死，你認真想想，這也就是我們俱樂部的主旨之一。」他拿起酒杯，不過還是沒喝下那個該死的玩意兒。「我講到哪裡了？」

「純粹是偶然。」

「對了。你根本找不到規則，不過我先把這個放在一旁，尋找其他解釋。我想到的一個就是我們這群人都有早死的強烈傾向。可是在自然選擇的運作之下，這些人會加入我們俱樂部，實在有待商榷。一個基因注定會早死的人，很可能在有意無意間便警覺到自己的命運，因此就會比旁人更願意接受邀請，加入一個提早占領死亡的俱樂部。我不知道自己相不相信命運，這可能要看你什麼時候問我，不過我確信基因中的某些傾向。所以這是一個可能。」

「再告訴我其他的可能性。」

「嗯，另外一個是有點『心靈勝於事實』的味道。我只是突然想到，這個俱樂部可能會影響會員，讓他們『英年早逝』的機會增加。」

「要怎麼影響？」

「把我們的注意力集中在自己的死亡。我不想去辯說一個人藉著有系統的否定自己的死亡，就能延長自己的壽命；但如果只是成天坐以待斃，每年相聚一次看看有誰又死了，就有可能加速死亡。我確信有一部分的我渴望死亡，就如同另外一部分的我希望長生不死。或許我們的聚會，會消耗生存的意志，同時增強死亡的慾望。身心相互影響的概念現在已經充分驗證，即使連醫生也都警覺到。人們會因為他們的精神狀態而變得容易生病，變得容易發生意外，而且往往會做出危險的決定。這可能是事實。」

「應該是吧。」我想再要點咖啡，才稍稍抬起頭來搜尋侍者，他就匆忙過來替我把杯子加滿。我說：「聽起來，洪默．向普尼好像生存意志十分堅強。」

「他是個了不起的人。到了九十歲還比大部分人一輩子都精力旺盛，努力給生活增添各種情趣，讓自己活得更好。而且不要忘了，他那一代的人不像我們這一代這麼長壽，也沒那麼老當益壯。我們這一代到了應該坐安樂椅的年紀，在他那一代還能有心跳就不錯了。」

「那他那一章的其他人呢？」

「都死了，」他悲傷的說，「我只知道這些。我不記得任何一個名字，也只聽過一次，就是洪默唸出名單後把那張紙燒掉的那次。他說到做到，再也沒有提過他們的名字。他唯一關心的，就是那一章已經結束了。我不知道他們活了多久，也不知道他們是怎麼死的。」他匆促一笑。「就我所知的這些，他們甚至不曾存在過。」

「什麼意思？」

「多年來我從沒有過這個想法，但有天晚上，我忽然想到這一點，然後一直沒法忘掉。假設我們之前根本沒有那一章。假設洪默只是從電話簿亂抄來那些名字。假設所有細節和整個事情，包括曾參加墨西哥戰爭那個人，以及莫札特、牛頓，還有那個巴比倫的空中樓閣，都是捏造的。假設他只是個瘋子，天生健談，以為在他等待死神的餘生，每年跟一群年輕人吃一次牛排會很有趣。」

「你不會真的這麼想吧。」

「當然不是。但有趣的是，我也沒辦法反駁。如果洪默有任何關於前一章的書面資料留下來，我相信在我們第一次聚會後也都已經毀掉了。如果他那一章的兄弟們有任何書面資料留下來，就算他們的子孫沒有丟掉，堆在哪個閣樓等著發爛。可是誰又曉得要去哪裡找？」

「總之，這也不重要，對不對？」

「是不重要。」他說：「因為如果真是命中注定，不管是基因或者其他什麼，我也無能為力。而如果是我們俱樂部裡面的某個會員，藉著一些狡猾的方式荼毒我們的心理，那麼，現在找尋對策大概也太晚了。如果洪默真是個老奸巨猾的老混帳，我們只是幽默史上第一屆三十一俱樂部，好吧，那又怎樣？我還是會在五月第一個星期四來跟死神約會，而如果我成了最後一個活在世上的會員，我會負起責任，選擇三十個可敬的人，讓這個古老的火焰維持不滅。」他嗤鼻一笑，「要找三十個可敬的人，可是一年比一年難了，不過也很難講。我只是有個感覺，事情不可能那麼簡單。」

我說：「你覺得那些會員是被謀殺的？」

「是的。」

「因為實際上的死亡人數超過或然率太多了？」

「那是一部分原因，我就是因此才去尋找解釋的。」

「然後呢？」

「我坐下來做了一個我們成員的死亡名單，還有他們的死因。其中一些很明顯不是被謀殺的，他們的死亡只是自然的結果。比方菲利普・卡里許是在長島高速公路上和另一部車迎面對撞，對方司機喝醉了，弄錯了方向，在往西的車道上朝東超速行駛。如果他還活著，可能會以車禍殺人罪起訴，不過這似乎不是可以事先安排的那種謀殺。」

「的確。」

「還有，吉姆・賽佛倫斯是被越共還是北越兵殺死的。戰死不會是自然因素致死，不過我也不認為是謀殺。」他的手指碰碰白蘭地杯的杯緣，然後又縮回去。「有幾樁死亡，除了是自然死亡不可能有其他原因。羅傑・布克斯潘得了睪丸癌，而且發現的時候已經蔓延了。醫生想替他做骨髓移植，可是他沒撐過去。」他的臉在回憶中變暗了。「他才三十七歲，這個可憐的小混蛋。已經結婚，有兩個小孩，還都不滿五歲，他才剛寫出第一本小說，而且已經要出版了。忽然之間，就這麼走了。」

「想必是很久以前了吧。」

「將近二十年了。他是會員裡面死得早的。再過來，有兩個死於心臟病，我提過法蘭克・迪吉里歐；兩年前的維克多・法區則是在高爾夫球場猝死。他已經六十歲了，超重四十磅，還有糖尿病，所以他的死亡也沒有什麼疑點。」

「嗯。」

「另一方面，有幾個會員是被謀殺的，還有幾個人也可以想像是被謀殺，雖然警方不是如此認定。我提過阿倫・瓦森是在下班途中被刺死。」

「還有一個住在喬爾西的傢伙是被性伴侶殺死的，」我說，然後搜尋回憶想著那人的名字。「卡爾・烏爾？」

「沒錯。當然還有波依德・席普登。」

「那個畫家波依德・席普登？」

「是的。」

「他也是你們俱樂部的成員？」

他點點頭。「第一次聚會時，他說他覺得最有意思的事情，就是他把他公寓的牆畫得像一片裸露在外的磚牆似的。當時他還是華爾街的一個實習生，講起來好像繪畫不過是他的一種娛樂而已。後來，他辭掉工作，開了畫展，才承認他一直很怕說出繪畫對他有多麼重要。」

「他後來很成功。」

「成功極了，他在東漢普頓有幢面海的房子，還在翠貝卡區有層藝術家才能承租的統樓層。你知道，我常常在想，不知道波依德畫的那面磚牆變成什麼樣。他搬家前在牆上刷了幾層白漆，這樣他的房東就不會嚇到心臟病發了。好啦，現在不管誰搬進去，都擁有一幅原版的波依德．席普登的幻覺主義壁畫了。只是誰會知道那幅壁畫藏在天曉得有幾層的虹牌乳膠漆下頭。我想如果找得到的話，那幅畫是可以修復的。」

「我記得他是什麼時候遇害的，」我說，「五年前，對吧？」

「六年前的十月。他和太太去市區參加一個朋友的開幕典禮，之後去吃晚餐。回到市中心的統樓層時，顯然正好有小偷在裡面。」

「我記得，他太太被強暴了。」

「強暴，然後被勒死，波依德則被打死了。而且這個案子至今仍是懸案。」

「所以有三個人是被謀殺的。」

「四個。一九八九年湯姆．克魯南在他的計程車駕駛座上被射殺。他是個作家，幾年來只出版了幾篇短篇小說，還有一兩個劇本在外外百老匯上演過，所以他沒法靠寫作維生。除了寫作的時間外，他就替一個運輸公司打工，或者跟著一個沒牌照的小工程公司替公寓整修。有時候他也開計程車，他遇害的時候，就正在開計程車。」

「這個案子也還沒破？」

「我相信警方逮捕了一名嫌犯，不過我想應該沒有開庭審理。」這不難查證。我說：「三十個人，其中四個是凶殺案的被害人。我想這比你們其中有十六個人已經死掉還要驚人。」

「我自己也這麼想，馬修。你知道，我小時候沒聽說過我父母親有熟人被謀殺的。而且我不是住在那種南達科塔州的世外桃源。我在皇后區長大，一開始是在里其蒙丘，然後搬到伍德海芬區。」他皺起眉頭。「我錯了，因為我們的確聽說過某個熟人被謀殺，不過我不記得名字。他在牙買加大道開了家雜貨店，碰上搶劫被射殺。我還記得當時我爸媽好生氣。」

「或許還有其他人也是被謀殺的。」我提醒他。「小孩子對這種事情不太有警覺，父母親也會瞞著這種事情。唔，現在的凶殺率無疑比我們小時候要高，可是自從該隱和亞伯的聖經時代開始，人們就互相殘殺。你知道，上個世紀中期，五角區有個叫老釀酒廠的大型出租公寓，後來公寓被拆時，工人從地下室扛出一具又一具的屍骨。根據估計，多年來，那棟建築每天晚上都有一樁謀殺案。」

「一棟建築？」

「嗯，那棟建築相當大，」我說，「而且那個區環境不算太好。」

4

除了那些凶殺案之外，路易斯告訴我，還有一部分會員也有可能是死於謀殺，只是故意布置成自殺或意外死亡的樣子。他從內側胸袋掏出兩份名單，打開來給我看。一份是十四個還活著的俱樂部會員名單，以姓氏的字母順序排列，還有地址和電話號碼。另一份則是死亡名單——包括洪默．向普尼在內總共十七個人，照死亡順序排列，每個人後面還有假設的死亡原因。

我看完了兩份名單，喝了點咖啡，看著桌子對面的路易斯。我說：「我不知道你心裡面認為我該扮演什麼樣的角色。如果你只是想找人諮詢，我能說的就是這樣。你的俱樂部會員死亡率非常高，對我來說，這麼高比例的數字，一定不光是疾病引起而已。所有的自殺都很可能是假的，大部分的意外死亡也可能是。甚至某些看起來很自然的死亡，也可能是偽裝的凶殺案。這個因為嘔吐而嗆死的人，就有可能是被謀殺的。」

「天哪，怎麼可能？」

「先是讓被害人昏迷，再在他臉上蒙個枕頭或毛巾，引起他嘔吐時，繼續蒙住他的臉。有一種皮下注射的催吐劑，不過要是有人聰明曉得要驗屍的話，可能有些證據會暴露出來。用膝蓋往他的胃頂上一腳也同樣有效。被害人想吐又沒地方吐，很自然就會喘氣，把東西吸進肺裡。用這種方式輕易就可以解決一個酒鬼，你只要等著他昏迷熟睡就行了。酒醉的人會有嘔吐嗆死的傾向，所以這種意外死亡非常合理。」

「聽起來邪惡透頂。」

「我想是。六〇年代中期，有個參議員因此致死，當時盛傳他是被暗殺的，刺客來源的說法從古巴到中央情報局都有，就看說的人是誰。不過當時甘迺迪總統剛被暗殺沒多久，每個公眾人物死亡都會引起謠言和陰謀論。要是有哪個知名政客死於老年癡呆症，你就會聽說是什麼陰謀團體在他的早餐玉米片裡面摻了鋁鹽。」

「我記得。」他深吸了口氣。「我想過艾迪．薩佛的死大概有些複雜的內情，但是不曉得方法可能會那麼簡單。」

「同樣的，他們也可能只是死於表面的原因而已。」

「意外死亡。」

「對。」

「但另一方面，你又覺得我關心這件事不是沒道理的。」

「我覺得這件事值得調查一下。」

「你願意接受這個調查任務嗎？」

我知道他會提出這個問題，而我也已經準備好答案了。「如果事情如你所想，」我說：「那麼你面對的是一個連續殺人犯，他有高度的耐心和組織能力。這不是那種四海為家的流浪漢，喝醉酒隨便挑個阻街女郎分屍，再沿著公路亂撒屍塊。他是挑選特定的人，伺機下手。他可能殺了八個人，甚至更多。

「這一切都值得進行一個徹底的調查，但我只有一個人而已。如果這是紐約市警局的案子，他們會調動一大批人手去辦案。」

「你認為我應該去跟警方報案？」

「如果這是一個理想世界，是的。但在真實世界，我想他們只會敷衍你一下。依照官僚體系的運作方式，沒有警察會想接這種燙手山芋。這個案子的瘋狂罪行根本很難提起訴訟，而且某些罪行得追溯到二十年前。如果我以前當警察時，碰到這種案子，我一定會找各種理由丟進檔案櫃裡，讓它自生自滅。」我啜了口咖啡。「如果你真想找警方來接這個案子，最好的方式就是透過新聞媒體。」

「什麼意思？」

「只要把你告訴我的事情告訴幾個熱心的記者。這些事情本身就很有新聞價值了，你再丟出幾個名人給那些狗仔隊，事情會鬧得更大。那份在世會員的名單裡，有個住在商業街的雷蒙・古魯留，就是那個律師吧？」

「是的，是辯護律師。」

「通常媒體會稱之為『具爭議性的辯護律師』。如果你跑去跟警方說『硬漢雷蒙』名列一份謀殺名單上，十之八九的警察只會跑去找他，請他喝杯酒，祝他幸運。可是如果你告訴記者，你就能得到一大把報導。」

他皺起眉。「把這件事情公開，」他說，「我想會讓我很困擾。」

「我也這麼想。」

「如果我懷疑的事情是真的，如果真有個殺人犯在追蹤我們，慢慢削減我們的人數，那麼我會盡一切可能阻止他。必要的話，就算去上收視率第一名的《歐普拉脫口秀》也在所不惜。」

「我想不會鬧到那種地步的。」

「但如果我只是對一個統計上的巧合反應過度，那麼，不必要的破壞俱樂部的隱私就太可惜了。而且招來這樣的注意是我們最不歡迎的事情。」

「對你們『大部分人』而言是如此，」我說：「不過雷蒙．古魯留或許會認為『不受歡迎的注意』是種自我矛盾的說詞。你還是得下一個艱難的決定。想得到全面調查的最快方式，就是找個記者來，把你剛才告訴我的故事說一遍。我猜想二十四小時之內就會吸引全國性新聞媒體的注意，四十八小時之內警方就會成立專案小組。由於死者跨越好幾個州，加上又有連續殺人狂，要是媒體炒作得夠凶，甚至可能有聯邦調查局介入。」

「聽起來開始像個鬧劇了。」

「嗯，如果你雇用我，規模當然小多了。我連個私家偵探的執照都沒有，更別說對高層有什麼影響力。我能發動的任何調查都要緩慢得多，而且也不知道會花掉多少工作時間。你有跟會員討論過這件事情嗎？」

「我還沒跟任何人談過隻字片語。」

「真的？真想不到。我還以為……噢。」

他緩緩的點了點頭。「這個俱樂部不是那種真正的祕密團體，不過我們都保密不向別人提起。其他人都不知道我們的存在。」他握住那杯白蘭地。「所以要是真有個殺手，」他淡淡的說：「幾乎可以確定，他一定是我們之中的一個。」

5

「天哪，有這種事情，」伊蓮說，「三十一個成人圍坐在木桌前吃肉，互相關切彼此的胸痛。簡直嗅得到睪丸激素的味道，你不覺得嗎？」

「我開始明白，他們為什麼不把這件事情告訴太太了。」

「我不是反對，」她堅持。「我只是指出這整件事情本質上多麼男性。完全保密，每年只見一次面，談論『重大議題』。你能想像女生有這種俱樂部嗎？」

「你們會把餐廳的人搞瘋，」我說，「得開三十一張帳單。」

「只要一張帳單，不過我們一定會公平的分攤。『我看看，瑪麗．貝絲點了一個主廚蘋果派，所以得多付一元。還有羅莎琳，你要了一個法國羊乳沙拉醬，得外加七毛錢。』不管了，他們到底為什麼要那樣做？」

「把帳單上頭點的東西一樣一樣分清楚？我永遠搞不懂。」

「不，我是說多收那一匙法國羊乳沙拉醬的錢。既然你都花了二、三十元吃一頓飯了，點什麼沙拉醬應該都包括在內才對，不是嗎？你幹嘛這樣看我？」

「因為我發現你迷死人了。」

「這麼多年才發現？」

「或許有點反常，」我說，「可是我實在是情不自禁。」

8

離開艾迪森俱樂部已經是傍晚了。我回到家沖個澡，然後坐下來檢查筆記。伊蓮六點左右打電話來，說她不回家吃晚餐了。「有個藝術家七點要過來給我看他的幻燈片，」她說：「我晚上還得上課，除非你要我蹺課。」

「別蹺課。」

「冰箱裡還有一些吃剩的中國菜，不過你大概比較想出去吃。剩菜不要丟，我回家可以吃。」

「我有個更好的主意，」我說，「我想去參加聚會，你去上課，等到下課後跟我在巴黎綠餐廳碰面。」

「就這麼辦。」

我去參加聖保羅教堂八點半的聚會，出來後沿著第九大道走，大約十點一刻抵達巴黎綠。伊蓮坐在吧台前，邊跟蓋瑞聊天，邊喝著一個高杯子裡面的蔓越莓汁加汽水。我過去找她，她攬住我的手。

「謝天謝地，你終於來了，」蓋瑞挖苦的說：「這是她的第三杯了，你知道她每次都賴皮要我們請客。」

布萊恩給了我們一個靠窗的桌子。晚餐後她聊起那個稍早碰面的藝術家，是個西印度群島的黑人，曾在穆瑞希爾區當一棟小公寓的管理員，也是個素人畫家。

「在纖維板上畫了一堆格林威治村風景，」她說，「很有民間藝術的味道，可是卻無法引起我的興趣。或許我看過太多這種東西了，也說不定『他』才看多了這種東西，因為我的感覺就是這樣，他的靈感源於自己童年記憶的成分，還不如抄襲其他藝術家作品來得多。」她扮了個鬼臉。「可是這就是紐約，不是嗎？他從沒有上過繪畫課，也沒賣出過一張畫，可是卻曉得要把作品拍成幻燈片。誰聽過素人畫家弄幻燈片的？我敢說那些阿帕拉契山的原住民藝術家就不會搞這些狗屎。」

「別那麼有把握。」

「也許你是對的。反正我告訴他，我把他的名字留在檔案裡，意思就是說，別打電話給我們。不曉得，搞不好他是兩個大師級素人老畫家失散多年的混帳兒子，而我才剛搞砸了千載難逢的機會。可是我得跟著自己的直覺走，你不覺得嗎？」

多年來，她的直覺一直很準。剛認識她的時候，我才剛升警探，跟老婆和兩個兒子住在長島的西歐榭區：而她是個年輕的應召女郎，開朗、風趣，又美麗。我們都讓彼此快活了好些年，然後我喝酒喝掉了婚姻和警察的差事，也和她失去了聯絡。她繼續當應召女郎，存了錢投資房地產，上健身房保持好身材，上夜校拓展心靈。

幾年前，命運讓我們重逢，舊情依然不減，住在一起幾年後，感情變得更濃烈更豐富。一開始她照樣接客，我們也都假裝這樣沒關係，但其實當然有關係，最後我實在受不了告訴她，她才承認她早就不接客了。

我們慢慢的愈來愈接近婚姻。去年四月她賣掉位於西五十街的房子，在凡登大廈裡找了一戶公寓，然後我們一起住進去。房子是她買的，我不肯讓她在房地契上登記我的名字。

我每個月付公寓的管理費，出門吃飯也由我付帳；她負責一般開銷。其實我們打算把兩個人的錢都合在一起算了，可是一直沒刻意去這麼做。

其實我們也打算要結婚，不明白為什麼會拖這麼久。我們只是一直沒訂下一個日子，繼續順其自然。

同時，她開了一家畫廊。原先她在麥迪遜大道的一家畫廊找了份工作，想多學點做生意的訣竅。她一直跟那家畫廊的女老闆合不來，兩個月就辭職了，接下來又在市中心的春日街找了個類似的工作。她在兩個畫廊都沒太注意藝術品，照相寫實主義的東西對她來說只是枯燥無味，而蘇活區的那些商業油畫她也覺得是陳腔濫調，跟假日旅店裡面裝飾的那些海景和鬥牛士圖畫不過是同級貨。

更重要的是，她發現這一行本身討厭的地方，無聊的勢利眼、嫉妒，還有討好投資人和大收藏家。「我還以為我不賣身了，」有天晚上她說：「結果現在卻在替一票爛畫家拉皮條。真是搞不懂。」第二天早上她就進公司遞了辭呈。

她決定，她想要的是一家介於畫廊和珍品鋪的店。買進她喜歡的東西，然後賣給一些想找東西掛在牆上或擺在咖啡館桌上的客人。她眼光好，人人都這麼說，而且她又曾在杭特學院和紐約大學、新學院進修多年，比一般藝術史學家更好學，那麼憑什麼不該挑自己最有把握的試試看呢？

結果要開店很容易。那陣子附近有很多租不出去的店面，她一一查訪過，在第九大道和五十五街口用很合理的價錢租到一間店面。多年來她在第十一大道一直有個倉庫，堆滿了她買來後看膩的東西，我們兩個整理完，過濾出一大堆版畫和油畫，把那輛借來的貨車裝滿，這就讓她有足夠的庫存開張。

到了她開張的第一個月底，她跑去現代藝術博物館看了第二次馬諦斯的展覽，回來後眼睛睜得大大的。「真是令人振奮的經驗，」她說，「比第一次更過癮，我完全被打敗了。可是你知道嗎？我明白了一些事情。有些早期的繪畫，像是肖像畫啦、靜物畫啦，如果完全不管那些畫的來龍去脈，而且忘掉它們是出自一個天才的手筆，你會以為你看到的是二手商店買來的便宜貨。」

「我明白你的意思，」我說，「可是這不是有點像是看著傑克森．波拉克的作品，然後說『跟我兒子畫得一樣嘛』？」

「不，」她說，「因為我不是要貶低馬諦斯，我只是要讚許某個不知名的業餘畫家。」

「什麼意思？」

「我的意思是，作品本身就是一切。」她說。

第二天她呼叫阿傑，在她四出探訪廉價商店挖寶的時候來替她看店。到了那個週末，她踩遍了曼哈頓，看了幾百張畫，買了將近三十張，平均價格才八塊七毛五，她把那些畫排列出來，問我有什麼想法。我告訴她，馬諦斯根本不必擔心自己的大師地位會被這些作品動搖。

「我覺得這些畫棒透了，」她堅持，「其實這些作品不需要太好，可是它們很棒。」

她挑出六張最喜歡的，裱上畫廊風格的黑框。第一個星期就賣出兩幅，一幅三百元，另一幅四百五十元。「看到沒？」她得意洋洋的說，「這些東西堆在救世軍的破櫃子裡，一幅只賣十元，被當成破爛，沒有人會看第二眼。現在把它們當回事，每幅標價三到五百元，它們就成了民間藝術，買的人還以為撿了個大便宜。我關店前有個女人進來，她愛死了那幅沙漠落日的畫。『可是看起來像著色畫，』她說。『沒錯，』我告訴她，『這是那個畫家最喜歡的表達形式。他向來只畫著色畫。』賭賭看，她明天會不會來買這幅畫？」

∞

離開巴黎綠回到第九大道時，已經是午夜時分。氣象預報說會下雨，可是你永遠不曉得準確與否。空氣又冷又溼，哈德遜河吹來陣陣冷風。

「希柏蘭給了我一張支票，」我告訴她。「明天早上我就軋進銀行。」

「除非你找得到自動櫃員機。」

「不了，我想直接回家，」我說，「我有點累了，而且睡覺前還想整理一下筆記。」

「你真的認為——」

「——真有人把他們當靶子幹掉？我還不知道。人家就是雇我來找出真相的，不是雇我來預設立場。」

「所以你要保持開放的心胸。」

「也不完全是，」我承認。「要忘掉那些數字很難。死了太多人了，得有個解釋才行。我唯一要做的，就是找出解釋。」

我們站在一個街口，等紅綠燈。她說：「怎麼會有人想要做這種事？」

「不知道。」

「如果這些人以前是大學同學，哪次兄弟會狂歡喝醉酒輪暴過一個女孩，現在就是她哥哥要替她報仇。」

「這個解釋很不錯。」我說。

「說不定是她兒子，他母親死於難產，所以他想報仇，而且他也得找出自己的父親是誰。這個怎麼樣？」

「好像強檔電影的劇情。」

「我猜凶手應該是在世的人之一，對吧？」

「呃，我不認為會是受害人之一。」

「我的意思是，相對於那些——」

「——俱樂部以外的人。」我說，「當然，希柏蘭害怕的就是這個。這也是為什麼他不敢把心中的猜疑告訴別人。他想找個會員談談他的想法，可是萬一挑錯了人怎麼辦？根據他所說，外面的人根本不曉得有這個俱樂部存在。」

「你好像很懷疑。」

「這個嘛，他們聚會三十二年了，你真以為這些年都沒有人透露隻字片語？」我聳聳肩。「不過，這十四個在世的會員依然是主嫌犯。」

「可是他們之中怎麼會有人想殺掉其他人？」

「我不知道。」

「我是說，如果你對整件事很反感，退出不就得了？難道沒有人退出過？這種事總是難免的吧？」

「聚會兩三年後，洪默．向普尼曾給大家朗誦一封來自某位會員的信，信中解釋他不想再參加聚會了。他搬到加州，想不出幹嘛要為了吃一頓牛排晚餐來回各飛三百哩。他寫信建議找人取代他，可是大家都同意向普尼的意見，找個新會員違背這個俱樂部的精神。有個人——希柏蘭覺得應該是向普尼——打算寫封信再拉他歸隊。」

「結果呢？」

「我想那封信寫了，也奏效了。一年後本來想退出的那個人，又重返俱樂部的晚餐桌。」

「剛好趕上吃嫩牛排，」她說，「好，我知道了。他們不讓他退出，於是他積了滿肚子的怨恨。

從此以後他就回到那個俱樂部，每次宰掉一個人。」

「老天爺，」我說：「你這麼快就破案了。」

「不是這樣，呃？」

「我忘記那個人的名字了，可是我寫了下來。後來他每次聚會都不缺席，如果他心懷怨恨的話，那一定是隱藏得非常非常好。嗯，他名叫維恩．弗萊查。希柏蘭說，弗萊查以前老拿他曾想退出那件事情開玩笑，說要退出黑手黨都還容易點。」

「以前？」

「如果我沒記錯的話，他是八九年前過世的。我忘了是怎麼死的，不過都記在筆記裡。想要樣樣都記牢很困難，人那麼多，死的人又那麼多。」

「好哀傷，」她說：「你不覺得哀傷嗎？」

「是啊。」

「就算沒有誰殺掉誰，就算所有的死亡都完全出於自然。只要想到這個團體逐漸縮小，仍不免讓人心碎。我想這就是人生吧，可是這讓人生變得更哀傷。」

「噢，」我說，「可不是嗎？」

∞

經過樓下櫃檯時，我們跟門房打了招呼。大樓的門廳裡，我們有各自的信箱，上頭寫著各自的姓名。至於管理人員，還是把我們當成史卡德先生和史卡德太太。

伊蓮．馬岱。她的店名是這樣的。

上了樓，我開始整理筆記，她去煮咖啡。維恩．弗萊查死於冠狀動脈繞道手術所引起的併發症。而且是六年前，而非八九年前。伊蓮端著她的茶和我的咖啡來到起居室時，我這麼告訴她。

「根據希柏蘭所言，」我說。「這勉強算得上是一宗醫療疏失，要說是謀殺也太扯了點。」

「真不容易。這個可憐的傢伙重返俱樂部，並不意味著簽下他的死亡授權書。」

「除非有人去醫院探病，」我接著說，「然後對點滴動手腳。」

「我根本沒想到這點，」她說，「親愛的，你真有辦法一一過濾這些線索嗎？聽起來好像你得一口氣朝十二個不同的方向追查。還有，阿傑能幫得了多少忙？」

阿傑是個十來歲的黑人，居無定所，只有呼叫器號碼能找到他。「他很吃得開的。」我提醒伊蓮。

「他也這麼說，」她說，「也的確是，但是無論如何，我都沒法想像讓他去艾迪森俱樂部訪問那些中年生意人。」

「他可以替我做些跑腿工作。至於其他，我不必拿著放大鏡和小鑷子去一一細查那十七樁死亡。我要做的，不過是追查某些可能牽涉到連續殺人的死亡事件，而且找到足夠的證據，能夠轉交給警方接手，而且要確定能引起警方的重視。如果我能做到這一步，這個案子就不必搞那套媒體馬戲團鬧劇，也能得到正式的全面調查。」
「老天，一旦媒體揮手管這件事——」
「我知道。」
「你能想像《內幕報導》或《熱門新聞》會怎麼炒作嗎？這個俱樂部最後會被寫得像個邪門拜月教。」
「我知道。」
「而且波依德·席普登也是會員，這鐵定更會引起他們的興趣。」
「沒錯，他還是很有新聞價值。而且他也不是俱樂部裡唯一的名人。雷蒙·古魯留肯定會登上頭版，艾佛瑞·戴維斯也是會員。」
「那個房地產大亨？」
「答對了。還有兩個死者是作家，其中一個還曾有劇作上演。」我看看筆記。「傑瑞·比林斯。」
「他是劇作家？」
「不，劇作家是湯姆·克魯南。比林斯是個記者，他在九號頻道播氣象。」
「噢，傑瑞·比林斯，老打領結那個。天哪，說不定你可以去跟他要簽名。」
「我只不過是說他算是個公眾人物。」
「公眾眼裡的一顆塵埃，」她說：「不過我懂你的意思。」她陷入沉默，我回頭去仔細整理筆記。過了幾分鐘，她說：「為什麼？」

「啊？」

「我就是搞不懂。這些死亡歷經這麼多年，不像某個不滿的郵局員工帶著ＡＫ-四七衝鋒槍出現在辦公室裡。無論是誰這麼做，一定有個理由。」

「不論誰都會這麼想。」

「有錢的因素嗎？」

「到目前為止，對我來說，這個案子裡只有兩千五百元。如果希柏蘭的信用良好，而且我會記得把支票存進銀行的話。」

「我是說對兇手來說。」

「我也猜你是這個意思。唔，如果他有個好經紀人，那拍成迷你影集時，大概可以撈一筆。可是如果他沒被逮到，就沒機會登上螢幕了。那他能有什麼好處？」

「高處不勝寒。成為最後一個在世的人，難道不會得到什麼嗎？」

「得到開啟下一章的權利，」我說，「你可以朗誦一遍死者名單。」

「你確定他們不會把錢都留給其他在世的人？」

「很確定。」

「他們不會一開始都拿出個幾千元，把錢投資在上紐約的一個小公司，後來改名成為全錄之類的。沒有嗎？」

「恐怕是沒有。」

「這個俱樂部也不是那種噹噹？」
「啊？」
「我講錯了，」她說，「噹噹是一種長筒手鼓。該死，我想說的到底是哪個詞？」
「你去哪兒？」
「去查字典。」
「要是你不曉得自己要查什麼的話，」我好奇著，「能查到什麼字嗎？」
她沒有回答，我把剩下的咖啡喝掉，回頭去看筆記。「哈！」幾分鐘後她說，我抬起頭來。
「當提，」她說，「就是這個字，是個名祖。」
「什麼名祖，跟真的一樣。」
她橫了我一眼。「這表示這個名字是因為某個人而得名。全名是羅倫佐．當提，他是那不勒斯的銀行家，在十七世紀發明了這個東西。」
「發明了什麼？」
「當提，不過我想當初他不會稱這個東西叫當提。那是一種介於壽險和樂透彩券之間的東西。你找一群投資人各出一筆錢，把合起來的所有錢都投資在一筆共同基金上頭。」
「然後贏家通吃？」
「不一定。有時候規定在世的只剩五個或百分之十，就均分這筆錢。否則，就等到最後只剩下一個人還活著才結算。很多人是小時候由父母親買了這種東西，如果投資得當，最後可以發財。

可是除非他們活得比其他人久，否則就分不到這筆錢。」

「這些東西你都是從字典上看來的？」

「我是從字典上找到這個詞，」她說，「這樣我才有辦法去查百科全書。我本來就知道這個詞，只是想不起來。十五還是二十年前，我在波克夏的一個夏令營度過一個週末，課程主題有一本歷史小說，我猜那書就叫《當提》，有人丟了一本在那兒，被我撿到了。離開夏令營時，我才讀了三分之一，所以我就放進包包裡帶走。」

「我想上帝會原諒你偷了那本書的。」

「祂已經懲罰過我了。我整本看完，你知道最後一頁的尾巴怎麼說？」

「『然後她醒來，發現這一切只是一場噩夢？』」

「比那個更糟。上面寫著：『第一冊結束』。」

「然後你再也找不到第二冊？」

「再也找不到。當然我不是花一輩子去找，可是我很想知道後來結局是怎樣。有好些年，就是這個讓我不甘心跳樓自殺。我指的不是那本書，而是人生。想要知道後來的結局怎麼樣。」

我說：「你今天晚上看起來好美。」

「為什麼，謝謝你，」她說，「怎麼扯到這個的。」

「只是看著你臉上的情緒波動，忽然有這樣的想法。你是個美麗的女人，但有時候一切都表露無遺——力量、溫柔，還有一切。」

「你這老熊，」她說，坐在我旁邊的沙發上。「繼續甜言蜜語吧，我對今天晚上的結局有個很棒的主意。」

「我也有。」

「哦？吻我一下，然後，我們再來看看你猜對沒。」

8

之後，我們並肩躺著，她說：「你知道，稍早我說那個俱樂部是個純粹男性的東西，不光只是在開性別戰爭的玩笑而已。那是一種很男性的領域，聚在一起發展一種關乎死亡率的關係。你們這些男人就喜歡看著一片大好遠景。」

「而女孩只想找樂子。」

「還有比較服裝剪裁，」她說，「還有交換食譜，還有討論男人。」

「還有談論鞋子款式。」

「喔，鞋子很重要。你是個老頭子，你對鞋子了解多少？」

「很少。」

「完全正確。」她打了個呵欠。「我講得好像女人只關心那些瑣碎小事，而且不經大腦就講出來了。不過我真的相信我們女人的目光比較短淺。你能想到任何一個女性哲學家嗎？因為我想不出來。」

「真不曉得是為什麼。」

「也許是生物學，或者人類學的因素使然吧。你們男人完成狩獵和採集之後，可以坐在營火旁邊靜靜思考。女人沒空搞這個，我們得好好守護著家園和火爐。」她又打了個呵欠。「我可以推出一個理論，」她說，「不過我是這些實際的女人之一，而且我要去睡覺了。你去好好想想吧，可以嗎？」

我不知道我該好好想出什麼，不過幾分鐘之後我說：「漢娜．鄂蘭怎麼樣？還有蘇珊．桑塔格呢？她們不都是哲學家嗎？」

我沒有得到回答。務實女士睡著了。

6

早上我把路易斯・希柏蘭的支票存進銀行，然後走路到第五大道和四十二街交叉口的市立圖書館。一個有著吸過大麻後那種茫然興奮的年輕女人領著我到一張桌子前，跟我示範如何將微膠卷放進投影機。我試了兩次才抓到竅門，但很快就全神投入，迷失在舊日新聞裡。

等我回到現實，已經將近兩點半了。我在路邊攤子買了中東口袋餅和冰茶，然後坐在布萊揚公園的板凳上，那兒就在圖書館後面。有幾年，這個小公園就像中城毒品交易中心似的盛極一時，搞得除了毒品販子和他們的顧客之外，沒人敢踏進公園一步，而這裡也淪落為一個骯髒而危險的城市爛瘡。

才一年以前，花了幾百萬整建之後，公園又復活了。新設計的英雄式視野帶來了生命，現在這個公園成了一個展示櫥窗，也是這附近真正的城市綠洲。毒蟲走了，毒品販子走了，草坪一片青翠充滿生氣，紅色和黃色的鬱金香花床讓你忘記置身何處。

這個城市四分五裂了，自來水管線老是爆裂，地下鐵一塌糊塗，馬路坑坑洞洞，六十年前就排定日期該炸毀的腐壞建築物包藏著一大堆污染源。戰後出現的住宅計畫區如今已搖搖欲墜，比後來搭建用以取代的小屋還不像樣。住在這裡，你很輕易就會發現自己目睹著城市衰敗，有如踏上一條單行道、一條無法回頭的不歸路。

然而這只是其中一半而已。如果城市每天都死去一點，那麼也就每天都復活一點。跡象處處可見。百老匯大道和八十六街交口有個地鐵車站，磁磚牆面因為學童的彩繪壁畫而明亮起來。雪瑞丹廣場出現了一個楔型花園，這類小公園在市區各地紛紛冒出來。

而且還有好多樹。我小時候如果想站在樹下，就只能去中央公園。現在半數的市內街道都有行道樹。有些是市政府種植的，其他則是產業主和街區委員會種植的。這裡的樹木活得並不輕鬆，就像在中世紀撫養小孩似的，存活率只有六分之一。樹木會死於缺水，或者被路過的卡車不小心齊根切斷，或者在污染的空氣中枯死。不過不是全部死光，某些還是存活了下來。

坐在這個袖珍公園的板凳上，想著或許我的城市畢竟沒那麼爛，這真是一種福氣。我一向不是喜歡朝光明面看的人，大半的時候，我會注意到腐化、衰敗、還有城市的熵數。我猜想，這就是我的本性吧。某些人會認為玻璃杯裡還有半杯水，我看到的則是有四分之三空了，而且有時候我唯一能做的，就是袖手旁觀。

∞

午餐後我回到圖書館，又花了三個小時。接下來數日一直到週末，我每天的例行公事就是如此，長時間尋找舊報紙上面的報導，中午到公園午餐休息。一開始我把注意力集中在那些無疑是被謀殺的會員身上，波依德．席普登、卡爾．烏爾、阿倫．瓦森、還有湯姆．克魯南。接下來我又尋找其他十三個死者的各種報導，然後再找在世會員的消息。

週末我休息不工作。星期六下午伊蓮到喬爾西的廉價商店和格林威治大道一個學校操場的跳蚤市場去尋寶，我則替她看店。我做了幾筆小生意，中間雷．蓋林戴斯帶著兩杯咖啡忽然跑來看我，我們坐著聊了一會兒。他是警方的素描專家，對於描繪從沒看過的人有一種奇特的能力，伊蓮有幾幅他的作品，對於他光憑著一些口述回憶便能具體呈現的繪畫能力印象深刻。他曾靠著和伊蓮碰面幾次商談，就完成一幅伊蓮父親的畫像，相當了不起。那幅畫是我有年聖誕節送給她的禮物，現在沒在畫廊裡，而是裱了金色框，掛在她家裡的梳妝檯上方。

星期六晚上我們去四十二街的小劇場看了一場表演。星期天下午我同時看了三場棒球賽，頻道切來切去，按著遙控器就像小鬼玩電動玩具似的，而且目的大概也差不多。星期天晚上我照例和我戒酒無名會的輔導員吉姆．法柏吃中國菜。餐後我們到聖克萊爾醫院參加聚會。到了自由發言時間有個傢伙說：「我要告訴你們什麼叫做酒鬼。如果我進了一家酒吧，裡頭有海報寫著，『只要一元，無限暢飲』，那麼我會說，『好極了——給我值兩元的東西吧。』」

到了星期一，我又回到圖書館。

星期一晚上，我順道去我的旅館，接到了可靠偵探社留的口信。那家公司偶爾會給我一些工作。次日我回電，他們要我花幾天時間找出一樁消費訴訟案的證人，我接了。現在正在替希柏蘭進行的工作沒那麼急，中間我可以安排其他工作。

這個消費訴訟案的原告主張，他的涼椅有天忽然垮了，引起了傷害和可怕的長期後遺症。我們是替那家製造椅子的公司工作。「他們的椅子很爛，」威利告訴我，「可是這不代表那傢伙就可以得寸進尺。而且他找的這個律師安東尼．瑟魯提是個卑鄙小人，他星期四就到處散布人行道損壞不利殘障人士的消息，吸引全市的注意，好讓他的委託人星期五在人行道上遊街，而且弄出一個官司來。我們的客戶想好好踢一下這個囂張瑟魯提的屁股，所以你小子就看看能做些什麼吧。」

意外發生之前，那個人原是UPS快遞公司的貨車司機，受傷後他就沒法工作了。我發現他下午兩點前從不離開家，於是依此安排自己的時間表。每天早上在圖書館花幾個小時，然後搭F線地鐵到帕森思大道那一站。通常我都坐在麥安坡酒館喝著可樂，看著我的目標停在門前，把兩支拐杖換到左手，騰出右手拉開門，然後兩手各一支拐杖一跛一跛的走進來。

「嘿，查理，」酒保每次看到他都說，「你知道嗎？我覺得你今天走得更好了。」我會溜出去一下，四處找人談話，返家之前回麥安坡酒館再喝一杯可樂。這麼搞了幾天之後，我告訴威利，我很確定查理沒有工作，正式或非正式的都沒有。

「狗屎，」他說，「你覺得他真的殘廢了？」

「不，我覺得他的瘸腿是裝的。讓我再花個一兩天吧。」

接下來的那個星期一，我在中午時分來到佛拉提大樓的偵探社辦公室。「我總覺得不對勁，」我告訴威利，「所以星期六晚上我帶伊蓮到傑克森住宅區吃咖哩飯，之後就去找查理。」

「你帶她去麥安坡？這對她一定是個難得的經驗。」

「查理不在那裡，」我說，「不過酒保說他可能會在撞牆客酒吧。『有幾個人在那兒，』他說，『在玩魔鬼氈狗屎玩意兒。』」

「什麼是魔鬼氈狗屎玩意兒？」

「貼一片在牆壁上，你自己手上也拿兩片魔鬼氈，然後跑幾步朝牆上跳，把自己黏在牆上，通常是頭朝下。」

「耶穌基督，」他說，「看在老天份上，有什麼好玩的？」

「問題不在這裡。」

「不在這裡？」他想了一下，臉亮了起來。看起來就像一個小孩面對著包裝華麗的生日禮物。「喔，老天，」他說：「這個狗娘養的不撐兩根拐杖根本沒法走路對吧？他做了沒，馬修？他最後拿著魔鬼氈跳起來碰那個旋轉圓盤了沒？告訴我他做了。」

「接下來就該他上場了。」

「別吊我胃口。」

「大家慫恿他去跳，」我說，「『別害臊了，查理小子，試試看嘛！』他一直很認真告訴大家，他連走路都沒辦法，怎麼可能飛上牆壁。最後有人拿來一個杯子，裡頭大概有四五盎司的透明酒。我猜是伏特加，不然可能是北歐露酒。他們告訴他，那是直接從法國盧爾德運來的聖水。『喝下去你就痊癒了，查理。奇蹟時刻來臨了。』他說，唔，或許吧，只要大家明白這只是暫時性的痊癒，只痊癒五分鐘，就像灰姑娘，時間一到，金馬車又變回南瓜了。」〔譯註：盧爾德為天主教聖地，據說聖母瑪利亞曾在此顯現，引一信徒至泉水處〕

「南瓜，拜託喔。」

「他高高瘦瘦的，」我說，「有個大大的啤酒肚。根據資料說，他三十八歲，可是看起來會讓人以為是三十出頭。遊戲規則是要助跑，跳起來，擊中那個標的，然後脫身。看他助跑時那兩條長腿擺動，大概高中時當過跳欄選手。他只差冠軍兩三吋，大家又想說服他玩下一盤，可是他不肯再參加。『老兄，你開玩笑嗎？我是個殘廢。現在，大家注意聽著，沒有人看過這件事，對吧？這件事根本沒發生過。』」

「啊，馬修，你真是帥呆了。你親眼看到了，對吧？伊蓮呢？她願意寫個口供，或者如果上了法院，她願意出庭作證嗎？」

我把一個信封扔在他桌上。

「這是什麼鬼？」他打開來。「我真不敢相信。」

「我稍早就來這附近了，」我說，「不過先去那家照片沖洗店。燈光不太好，而且來不及開閃光燈，所以不夠格當得獎作品。可是——」

「我看這就是得獎作品，」威利說，「如果我是法官，我要把『第一操蛋獎』頒給這張照片，而且你還可以再去試試珍荷雪幽默獎。就是他，天可憐見。跳上去碰一下，黏在牆上活像操他媽的被釘在上頭似的。好啦，這個案子毀啦，真是狗娘養的蠢蛋一個。」

「他以為他很安全。酒吧裡每個人他都認得，除了我和伊蓮，可是他之前常在麥安坡酒館看到我。」

「我還是不敢相信你拍到了這張照片。我根本沒想到你會帶照相機去，更別說有機會派上用場。」他把照片拿到燈光下。「拍得不壞，」他說，「我替我孫子們拍照的時候，會把燈光弄得恰到好處，叫他們站好，可是拍出來的效果也不會比這個更好。那些小鬼老在我要按快門的時候動來動去。」

「你應該試試用魔鬼氈把他們固定住。」

「你說得沒錯，現在我們可把那個小混蛋黏在牆上了。」他把照片丟在桌子上。「好啦，這可將了那個騙子安東尼一軍。他可以打電話給他的委託人，叫他想辦法看能不能再回UPS工作，因為他當職業殘障人士的日子已經結束了。幹得好，馬修。」

「我覺得我應該拿筆獎金吧。」

他想了想。「你知道，」他說，「他媽的應該給你獎金的。這要看客戶，不過我一定會建議的。這不光是找到幾個證人而已，比方那些記仇的鄰居老太太，願意發誓她看到他沒撐拐杖走到街角。有了這個，唯一該做的就是把照片秀給安東尼．瑟魯提看，他就會像燙手山芋似的扔掉這個案子。」

「想像一下，瑟魯提會出多少錢買這張照片。」

「現在先別想那麼多，」他說，「你自己覺得呢？」

「要看客戶，」我說，「讓他自己決定這張照片值多少。不過除了錢之外，我希望客戶能給我一封信，表達他對我工作成就的感謝。」

他點點頭，「嗯，沒問題。等到你退休的時候，檔案裡有這封信很不錯的，對吧？其實這比錢更重要。」

「或許吧，」我說，「但是這不表示我不想要錢。」

「當然囉，你應該都要。表揚狀、獎金，還有釘死那個混蛋的滿足感。」

「他不是壞人。」

「誰？查理？」

「他坐的椅子垮掉時，可能真的受了傷。後來喝酒時跟哥兒們提起，每個人都說他應該打官司，接著有人指點他去找瑟魯提。瑟魯提帶他去找個蒙古大夫驗傷，搞水療法，而且教他沒有撐架絕對不可以出門，不然至少要拄兩根拐杖。當然他得放棄工作，不過如果能因此討到一大筆賠償，那就是個划算的投資。但是現在他兩個月沒工作，膽子也大了，因為他唯一的運動就是歪歪倒倒的走到麥安坡酒館再走回來。到頭來，現在他一無所得，而且天曉得他還能不能再回UPS工作？」

「你好像對他覺得抱歉。」

「這個嘛，我才剛在他屁股上踢一腳，」我說，「施捨一點點同情也無妨。」

∞

我告訴威利我還有別的要求，不是針對客戶，而是他。我想找TRW消費徵信公司替我查十四個人的信用狀況。我說，我會付錢，可是希望算成本價。他保證沒問題，然後我給他那十四個在世會員的名單。

他說：「雷蒙・古魯留？我想他的信用很好。還有艾佛瑞・戴維斯，如果是住在五十五街八八八號的那個艾佛瑞・戴維斯，他可以開張支票買下我們這棟樓。其實，我想有一陣子佛拉提大樓就是他的，對吧？不，我想想，這棟樓曾經是兩年前跳樓自殺那個傢伙的。他叫什麼來著？」

「哈門・魯敦斯坦。」

「就是他，活得舒服如意，事事順遂，可是很難講，不是嗎？」

「應該吧。」

∞

三個，說不定四個俱樂部會員自殺。納吉克・貝理斯在出差到亞特蘭大時開槍自殺。海爾・加布里耶在西緣大道自家公寓上吊。佛瑞德・卡柏在辦公室加班時跳樓。伊恩・海勒是跳下、或掉下地鐵月台。

很難講，不是嗎？

打了好幾個電話，終於找到了那個曾把伊恩・海勒的屍體從輪下拖出來的地鐵警察。我告訴他想談談那樁發生在幾乎十五年前的死亡，他沉默了好一會兒。「你知道，」他說，「我的筆記本都沒丟，大概可以找到，不過經過了這麼多年，你不能指望我記得太多。我還記得第一次經手的死亡案，據說第一次肯定忘不掉。但是我工作快十九年了，這個人死掉前，我已經看過太多這類事情。所以呢，不要抱太大希望。」

我跟他在歐文區的彼得酒館碰面，他叫阿瑟・梅沙克。「你以前是紐約市警局的，」他說，「對吧？」

「沒錯。」

「服務屆滿二十年就領退休金走人，嗯？」

「我沒做那麼久。」

「是啊，有幾次我差點就不想幹了，可是沒辭職，然後不知不覺時間就過去了。到九月就做滿十九年，我發誓不曉得時間是怎麼過去的。最近兩年我調內勤，做行政工作，輕鬆多了，不過說真的，我想念待在地鐵車站的日子。在地底下，每一分鐘都上緊發條，你懂我的意思吧？」

「當然。」

「真忍不住好奇，如果在地上會有什麼不同。或許我就會屬於紐約市警局而非交通警局。地下道裡的生活沒那麼五光十色。要多久才能碰上一個像柏尼．哥茲那樣的人，做些夠轟動能登上報紙頭條一兩天的事情？機率大概是百萬分之一。」他嘆了口氣。「這十九年來成天和瘋狂藝術家、醉鬼、扒手打交道，還有一堆神經病。對啊，還有一堆跳下月台或意外失足的。我告訴過你，我記得第一次碰到的情景。」（譯註：一九八四年十二月，白人電機工程師哥茲在地鐵站遇到四名勒索的年輕黑人。哥茲掏出一把沒有執照的手槍射中四人，事後以意圖謀殺被起訴，引起全國輿論對自衛和公共安全的爭議。支持哥茲的認為他是對抗城市犯罪的英雄，反對者則認為哥茲是防衛過當且仇視黑人）

「唔。」

「是個女的，年輕女郎，她一隻腿從膝蓋以下都鋸掉了，另一隻腿也受了傷。毫無疑問，是自殺，她自己承認的。我去醫院看她，她盯著我眼睛說，下回她會成功的。我不知道她有沒有再試，有一陣子我每次碰到有人跳下或掉下月台，不論歸不歸我管，我都希望是她。有時候明明是個男的，六呎四吋，三百磅，可是收屍時我還是一定要看看他的臉。不過就算她試過，那也一定是別人當班的時候。」

「你會記掛著她。」

「是啊，你說得沒錯。馬修，我查過筆記了，我記得你要查的人。伊恩．海勒，星期六下午五點四十五分往南的一號車，正要駛入百老匯大道和五十五街的IRT車站。日期是一九八八年十月十五日。那天正好是我岳父的生日，只不過他已經去世十年，而且我也離婚六年了，所以我不記得也不為過，是吧？那天海勒下班正要回家，他平常都搭那班車。他工作的地點離車站有兩個街區，一向搭地鐵到時代廣場，再換快車回布魯克林。重點是，他出現在那兒很正常，我猜你是想確定他是自殺還是意外死亡。」

「或者是被謀殺。」我說。

他揚起頭。「這個嘛，很難說得準，」他想了想。「那是尖峰時間，月台擠滿了通勤要回家的人，地鐵進站時，他就站在月台邊。或許他下班後路上喝了酒，或許他吃了抗過敏藥影響了平衡感。或許有人不小心從後面撞了他一下。」

「也或許是他自己跳下去的。」

「對，誰會曉得呢？有時候是事先計畫的，有時候有人僥倖沒死，你才發現他們根本沒有事先計畫，想都沒想過，只是一時衝動，就跳下月台了。說不定海勒就是這樣。也說不定有人站在他旁邊，算準時間推他一把或撞他一下，讓他掉下去。老話一句，有時是計畫好的，有時不是。告訴你，我有一大堆這類他媽的故事可以講。」

「很多人死掉嗎？」

「這還用說嗎？」他站起來，穿過酒吧裡擁擠的人群，端回一杯琴湯尼給自己，還有另外一杯可樂給我。我想付錢，他搖搖手擋掉了。「拜託，」他說，「我在這裡很愉快。你知道誰在這裡喝過酒？歐亨利。你知道，那個作家。這個店很引以為榮，而且絕對不會讓你忘記這件事，不過我得說，我喜歡在這種比上帝還老的地方喝酒。你知道東村的那家麥索力嗎？他們的廣告標語是：

『你出生前我們就在這裡了』。現在他們的顧客全是大學生，耶穌基督，世界貿易中心在他們出生前就存在了。」

「現在也還在。」

「是啊，而且我們的阿拉伯兄弟差點把那兒給炸掉了。」我們談著最近發生的那件爆炸案，然後他說：「至於被推下月台的事情，沒錯，我想很多是這樣發生的。有時候是因為一時衝動，前面有人擋路，或者就是瘋掉了，不必嗑藥就能發瘋。要幹掉一個人而且可以脫身，這是全世界最簡單的方法。」

「可是要殺死一個特定的人，就很難了，對吧？」

「你說是蓄意殺死一個人？」他想了想。「你可以跟蹤他到地鐵車站，可是他可能沒站在月台邊。車站很擠，你和他之間擠滿了人，而且離月台很遠。除非你們是朋友。」

「你的意思是？」

「他叫什麼名字來著？伊恩？『嘿，伊恩，看到你真好，近來如何啊老兄？』你伸出手攬著他，走過來走過去，等地鐵進站時故意走到月台邊。如果他認為你是他的朋友，就不會往後退，不會疑心，接下來他就成了輪下冤魂了。你想會是這麼回事嗎？」

「不知道。」

「十五年之後才有人起疑？要是能查出來的話，告訴我一聲好嗎？」我說我會的。「我一向搭地下鐵。老實跟你說，我愛死地鐵了，我覺得這是最了不起最令人興奮的都市鐵路系統。可是在地鐵站我很小心，要是看到不對勁的人，絕對不會跟他一道站在月台邊。如果我得經過那個人面前，可是那個人就站在月台邊，我會等到能繞到那個人後頭再走過去。我寧可小心一點，去買點吃的，或者買張樂透彩券。我會去場外賭馬下注店，花兩塊錢賭一次馬，我喜歡地鐵車站，不過我不會在那兒冒險。」他搖搖頭，「我才不幹。這種事我見過太多了。」

7

海爾・加布里耶以前住在靠九十二街的西緣大道。我到西一百街的那棟二十四分局的警局裡查詢，隔著桌子坐我對面是一個年輕警官麥可・沙立格。他不到三十歲，頭已經開始禿了，而且有那種早禿的緊張相。「這些資料應該都放進電腦裡才對，」他指的是加布里耶的檔案，「我們正著手把以前的老檔案輸入電腦，可是好像永遠無法完成。」

加布里耶，四十二歲，已婚但和妻子分居了。一九八一年十月一個非週末的下午，被發現吊死在他八樓的公寓裡。顯然他是先站上一張椅子，把皮帶纏在脖子上，接著將皮帶繞過衣櫥頂和門柱，在中間打了個結，然後把椅子踢翻。

「血液酒精濃度很高。」沙立格說。

「沒有遺書。」

「這類情況不見得會寫遺書，對吧？特別是他們喝醉了酒，開始為自己覺得難過。看看這個——據估計，他是死了五天到七天後，才被發現屍體的。一定已經發臭了，呃？」

「所以警察是破門而入的。」

「不必，上頭說，管理員有一把鑰匙，對門的女士發現了臭味。」

她也告訴偵辦的警官，自從幾年前妻子離去之後，加布里耶似乎很消沉，他唯一的訪客，就是附近賣酒雜貨店或中國餐館的送貨小弟。他生前會在西四十幾街替一家錄影帶出租店做管理工作，但是死前兩個月丟了差事，從此再也沒有工作。

「八成是醉酒誤事才丟了工作。」沙立格說。

加布里耶的太太被通知他的死訊時，說他們自從一九八〇年六月簽了分居同意書之後，就再也沒見過面。她說她死去的丈夫是個憂鬱而寂寞的人，聽到他的死訊，她似乎不很吃驚，只是覺得難過而已。

8

佛瑞德．卡柏留下了遺書。打在他的電腦螢幕上，印出了兩份，一份放在書桌上，另一份整整齊齊的折好，放在他的襯衫口袋裡。「我很抱歉，」上頭寫著。「我再也無法承受了。請原諒我。」然後他打開位於十五樓的辦公室窗子，跳出去。

若是換了比較新的大樓，就不太可能這麼做了，新大樓通常沒法開窗的。大部分根本連窗子都沒有，只有玻璃牆。有回在戒酒無名會的聚會中，我聽到一個建築師談到他必須安撫那些有玻璃牆恐懼症的上班族，他曾經全速奔跑撞向玻璃牆，來向大家示範玻璃牆有多麼堅固。

「那些人一看就信了，」他說，「可是我撞斷鎖骨那一刻，覺得自己真是蠢透了。」

卡柏自殺那棟大樓的窗子是打得開的，那是位在萊辛頓大道建於大戰前的一棟二十二層辦公大樓，往南兩個街區就是大中央車站和克萊斯勒大樓。卡柏是個進口商，主要進口新加坡和印尼的貨物，他在五點時叫祕書下班，打電話給太太說他要加班到很晚。七點左右，第三大道的一家熟食店送了兩個三明治和一杯咖啡過來，九點十分他開窗跳樓。要確定死亡時間很容易，因為他跳下來的時候，街上有幾個人看見了。其中一個當場崩潰，趕來現場的急救醫護人員搶先治療那傢伙。

這件事才過去三年，跟我談的那位警官還待在第十七分局，他毫不費力的就想起這個事件。「整件事真是要命，」他說，「用那種方式也真是要命。要是你掉到半路改變心意。『嘿，收回！我是開玩笑的！』是啊，沒錯，那你就走運了。」

他心中毫無疑問，這是自殺。遺書就放在卡柏的書桌、他的口袋，而且在開著的電腦螢幕上。況且，除了從高處摔下來的傷之外，也沒有其他傷口，不過他同意摔傷本身可能就足以掩蓋稍早頭部的擊傷，或者任何非槍擊之類的傷口。

我說：「我希望遺書是手寫的。這世上有誰會用電腦打自殺遺書？」

「現在是新世界，」他說，「你習慣使用電腦，做什麼都想用。付帳單、沖銷你的支票簿、提醒約會。這個傢伙所有事情都用電腦處理，他希望把遺書打對，可以照自己的意思修改、用詞。然後能夠按個鍵愛印幾份就印幾份，而且還可以存在他的硬碟裡。」他三十歲左右，自己也是電腦世代的一部分，他很熱心的告訴我，電腦在警局裡加快了多少文書工作、又減少了多少的不愉快。「電腦真偉大，」他說：「可是他們也寵壞了你。生活中其他部分的麻煩，就出在沒有一個『取消』鍵。」

∞

我去卡柏的辦公室，那兒現在被一個專利律師所占據，年紀跟我差不多，看起來是個喝酒的人，而且身上有那種失敗的酸味。他搬來這個辦公室不到兩年，也不知道以前發生過什麼事。他讓我從窗口看出去，只是我不曉得我們兩人認為我能看出什麼來。我沒告訴他前一個房客曾從那個窗口跳出去。我不想讓他知道。

卡柏的遺孀菲麗霞住在富理森丘，而且在南歐松公園那邊的一個中學當數學老師。我中午打電話到她家，她說：「我不敢相信這個案子又重新開始偵察了，跟保險有關嗎？」

我告訴她這個案子跟其他事情有關，我只是想試著找出她丈夫並非死於自殺的可能性。

「我從不認為是自殺，」她強有力的說：「可是還會是什麼？這樣好了，你願意來我家嗎？我晚上有兩個小時的家教課，可是我明天可以見你，四點半怎麼樣？」

她在史丹佛大道一棟兩層樓雙拼式洋房的上層等我，距這裡幾個街區外有個標準網球場。她長得高高瘦瘦，暗色的長髮，下巴堅定有力。她煮了咖啡，我們坐在她廚房裡的餐桌旁，牆上有個黑貓時鐘，雙眼移來移去，尾巴則像鐘擺一般搖晃。她說：「不是很荒謬嗎？兩年前學生們送這個給我當生日禮物，我得承認，我愈來愈喜歡這隻貓。我們來談談佛瑞德吧。」

「好。」

「他會自殺，我一直覺得不合理。他們說他的事業有問題，噢，他做那一行已三十多年了，問題一直有。謀生是絕不成問題的。我們有兩份收入，也從不浪費。看看我們住的地方。」

「房子很漂亮。」

「還可以，這附近的環境很棒，不過不是薩敦坊那種高級住宅區，重點是我先生沒有什麼龐大的財務壓力。他過世之後，我自己接手經營好一陣子，足以了解整個狀況，靠股票和商譽也賺了點錢。他的公司狀況很好，每天例行的混亂當然有，可是沒有什麼反常的事情。尤其是沒有什麼可以讓你自殺的。」

「別人心裡忽然有什麼念頭，很難理解的。」

「我了解那種情況。可是你又為什麼會出現呢，史卡德先生？你大老遠跑來這裡，該不會是要我接受我先生是自殺的吧？」

我問她知不知道她先生曾參加什麼俱樂部。她說：「什麼俱樂部？他會參加生意圈子的幾個男性俱樂部，不過不是很熱中。工作占掉太多時間了，他參加過旋轉俱樂部，不過那至少是十年前了，我不認為他還有會員資格。你要講的跟這些無關吧。」

「這個俱樂部是一群人每年一起吃一頓晚飯，」我說，「聚會時間在春天，地點是曼哈頓的一家餐廳。」

「喔，那個啊，」她說，「我會搞錯是你用了『俱樂部』這個字眼。我不認為有那麼正式，只不過是一群大學時代的朋友想每年保持聯絡罷了。」

「他是這麼形容這個團體的嗎？」

「他沒這麼『形容』過，只不過是我的印象罷了。你為什麼這麼問？」

「據我所知，這個團體要更正式一點。」

「有可能。我知道他從沒缺席過，有一年我們有兩張曼哈頓輕歌劇的票，佛瑞德說，我得找人陪我去。他很喜歡吉柏特和沙立文的，可是他把他每年例行的晚餐視為神聖不可侵犯。那頓晚餐跟他的死有什麼關係？他是在十二月死的，而晚餐會一向在四月或五月舉行。」

「五月的第一個星期四。」

「對，每年都固定在這一天，我剛剛忘了。所以呢？」

有什麼理由不告訴她嗎？我說：「這些年來，這個團體裡很多人死掉了，比一般想像的要多。其中還有自殺的。」

「幾個？」

「三個或四個。」

「嗯，到底是幾個？三個還是四個？」

「三個確定自殺，一個可能是。」

「我懂了。很抱歉，我不是故意打斷你。你還想要咖啡嗎？」我說我這樣就很好。「是多少會員裡面有三個或四個自殺？」

「三十一。」

「我聽說有一種自殺病毒。在俄亥俄或威斯康辛州有一些很好的中產階級高中，他們都染上了一種自殺疹子。可是那是十來歲的小孩，不是中年男子。這些自殺是集體發生的嗎？」

「隔幾年發生一次。」

「唔，百分之十或十五，自殺率很高，可是好像不是……」她的聲音拉長了，我看著她的眼睛。幾乎可以看見她心裡的輪子快速轉動著分析那些資料。不論就任何標準來說，她都不算漂亮，不過有個很不錯的機靈腦袋，那種智慧相當吸引人。

她說：「你說占的比率很高。總共死掉幾個人？」

「十七。」

「三十一分之十七。」

「對。」

「他們跟佛瑞德年紀都差不多？如果他們是大學同學，年紀一定差不多。」

「年紀很接近，沒錯。」

「你想有人殺了他們？」

「我在調查可能性。我不知道自己該怎麼想。」

「你當然有想法。」

我搖搖頭。「現在就有意見，未免太早了。」

「可是你覺得有可能？」

「對。」

她轉頭看看那個黑貓時鐘。「當然我寧可相信是這樣，」她說，「我從沒能接受他的自殺。可是老天，想到某個人殺了他，好可怕。我很好奇是怎麼辦到的？我想，凶手大概先把他擊昏，然後在電腦上打了遺書，然後打開窗子，然後，然後……」她看起來很努力的猜想，接下來抱住自己。「如果當時他失去意識，」她說，「那就不會太痛苦。」

「是不會。」

「可是我會，」她輕輕的說，沉默了好久，然後抬起頭看著我說：「為什麼會有人想殺死一群三十五年前一起讀過布魯克林學院的人？一群五十來歲的猶太人。為什麼？」

「只有幾個是猶太人。」

「哦？」

「他們也不是大學校友。」

「你確定嗎？佛瑞德說過——」

我告訴她關於這個俱樂部的一些事情。她想知道其他會員有哪些，我在筆記本上找到一張名單，列著全體三十一個會員，以字母順序排列。「唔，有些名字我認得，菲利普．卡里許，他是猶太人，是佛瑞德的大學同學，如果是同一個菲利普．卡里許的話。不過他死了，對吧？好久以前就死了。」

「死於車禍，」我說，「他是這個團體裡第一個去世的。」

「雷蒙・古魯留，這個名字我也認得，如果是同一個雷蒙・古魯留的話。我想一定是吧，是那個律師嗎？」

「是的。」

「如果希特勒復活，」她說，「當然上帝不會允許的。但如果他復活，需要一個律師的話，他會去找雷蒙・古魯留，而且古魯留會替他辯護。」她搖搖頭。「我必須承認，越戰時期他替那些拒絕徵兵的激進分子辯護時，我真的覺得他是個英雄。現在他的當事人都是反猶太的黑人和阿拉伯暴力分子，我只想寄個炸彈郵包給他。佛瑞德不認識雷蒙・古魯留。」

「他每年跟他吃一次晚餐。」

「可是半個字都沒提過？當古魯留在十一點新聞上頭侃侃而談時，他連一次『他是我朋友』或『嘿，我認識這個傢伙』都沒說過？這樣正常嗎？」

「我猜想他們把這件事情當做隱私。」

她皺起眉頭。「這個俱樂部不是那種尋歡作樂的吧？」

「不是。」

「因為我覺得很難相信，我知道很多最不可能的人，到頭來都是同性戀，但是我不相信這是——」

「不是。」

「也不是那種男人俱樂部，喝多了酒安排一個女郎從蛋糕裡頭跳出來。感覺上不像佛瑞德。」

「我不認為有絲毫這種成分。」

「波依德．席普登，那個畫家？」我點點頭。「我知道他是幾年前被謀殺的，或者我把他跟其他人搞混了？」

我說席普登是被謀殺的沒錯，也告訴她另外還有幾個會員也是凶殺案的被害人。她問我是哪些人，我把名字指給她看。

「不，我不認識他們，」她說，「為什麼會有人想殺這些人？我不懂。」

8

回曼哈頓的路上，我想著自己有什麼收穫。我查到的不多，而且我留給菲麗霞．卡柏一個想不透的謎團，好奇著她的先生曾有過什麼樣的祕密生活。唯一有可能安撫她的，就是他畢竟不是自殺的，但他可能是遭到謀殺所帶來的不安卻會加重她的痛苦。

或許讓我不去打擾納吉克．貝理斯遺孀的就是這個。我打了幾通電話去亞特蘭大，他死在市中心的馬力歐飯店房間裡，頭上有個槍擊的傷口，我覺得自己對於他和他的死理應知道更多。他曾是股票分析師，受雇於一家華爾街公司，每天搭渡輪通勤上班。他專門分析的領域是紡織業，到亞特蘭大是為了去見一個他有興趣公司的幹部。

又是沒有遺書，也沒有跡象顯示他身邊發現的那把沒登記的左輪槍是怎麼來的。「我不知道他怎麼弄到那把槍的，」一個亞特蘭大的警官告訴我，「不過在這個城市，要找人買槍不會太困難。」我告訴他，在紐約也不會太難。

雖然沒有遺書，不過書桌的桌面中間有一張飯店的信紙，旁邊一枝沒有蓋子的筆，好像他曾想寫點什麼，卻不知道該怎麼寫。然後他放棄了，打電話給櫃檯，告訴飯店職員最好派個人到一一〇二房來。「我要結束自己性命了。」他宣布，然後就掛掉電話。

那個職員不確定自己會撞見一樁慘案還是被開了個玩笑。他打電話去貝理斯的房間，沒有人接。正當他不知道該怎麼辦的時候，有人打電話來說聽到了槍聲。

看起來應該是自殺。貝理斯倒在一張椅子上，子彈穿過太陽穴，槍就在地板上該出現的地方。看不出他自殺時身邊有人，門上沒有上鉸鏈，不過一定是因為他希望很快被發現，才故意沒鎖的。反正他考慮得很周全，從他打電話去櫃檯通知說自己要自殺，就可以證明這一點。

布置這一切能有多困難？

首先，納吉克．貝理斯必須讓你進房間，找個藉口不會比找支沒登記的槍來得難。接著你坐下來，比方說，看著他遞給你的一些文件，然後你在他身邊彎下腰指著一個地方，同時伸手到外套口袋掏槍出來，在他意識到怎麼回事以前，你就把槍口對著他的太陽穴，扣下扳機。

然後你把槍上自己的指紋擦掉，放進他手裡，再讓槍掉到地毯上。把飯店的信紙和筆放書桌上，拿起電話，宣布你就要死了。最後回到你自己的房間，打另一通電話說你聽見了槍聲。

夠簡單了。

做個簡單的石蠟測試，就可以知道這個死人有沒有開過槍，可是這麼一樁清楚明白的自殺案，能分配到多少警力偵辦？跟我談過的那個警官找不到任何測試記錄，可是他說這也不能證明什麼。畢竟，這一切都已經發生十八年了，所以能不能找到當年檔案還很難說呢。

∞

我可以打電話給他的遺孀。

我找不到她。其實不會太難的，她並沒有故意消失。她再婚，又離婚，現在結了第三次婚，住在密西根尼羅市。我想我可以打電話給她，問她的第一任先生納吉克·貝理斯在亞特蘭大的死亡之旅前，是不是意志消沉。他那時喝酒喝很凶嗎，夫人？他吸過毒嗎？

我決定放她一馬。

∞

我從西北旅館的房間打電話到亞特蘭大，掛掉電話後，那一天有一些什麼事情讓我待在那個小房間。我拉了一張椅子到窗邊，往外看著城市。

我不知道自己坐在那兒多久。想著手邊進行的這個案子，想著三十一俱樂部。想著過去三十年他們的陣容日漸縮減，不知不覺就想到自己的生命在這三十年來所發生的一切，而這些年的種種變化好可怕。我想著我失去的人，有些死掉了，有些則因為我們的生命走向不同的方向。我的前妻安妮塔早已再婚，我最後一次跟她說話是為她母親的過世向她致哀。上一回我見到她——我已經不記得是什麼時候了。

我的兩個兒子麥可和安迪都長大了，兩個對我來說都是陌生人。麥可住在北加州，是一個電腦零件廠商的銷售代表，他大學畢業後的四年裡，我曾在外面跟他講過十次話。兩年前他跟一個叫君恩的女孩結婚了，也寄了結婚照給我。她是個中國人，很矮很苗條，照片裡的表情嚴肅極了。麥可念大學時就開始發胖，現在看起來像個坦率親切的推銷員，又胖又愉快，站在這個莫測高深的東方女孩旁邊顯得很不協調。

「我們應該聚一聚，」我們通電話時他這麼說，「下回我去紐約會通知你。我們吃個晚飯，或許去看場尼克隊的籃球賽。」

「說不定我可以去趟西岸。」上回我這麼告訴他。他稍稍愣了一下，然後很快跟我保證那太好了，真的太好了，不過現在時機不對。這陣子工作特別忙，他常常出差，還有——

他和君恩住在聖荷西附近的一棟共管公寓裡，我曾在電話裡跟這個未曾謀面的媳婦講過話。很快的，我想他們正開始建立一個家庭，接下來我就會有未曾謀面的孫子。

安迪呢？上一回他打電話來時，人在西雅圖，說他要去溫哥華。聽起來他好像是在酒吧打電話，聲音因為喝了酒而變得低沉。他不常打電話來，每次打來都是從不同的地方，而且聲音聽起來總像喝了酒。「我很愉快，」他告訴我。「這陣子我想我會安定下來，但同時我還是滾石不生苔。」

五十五歲，我又生了什麼苔呢？這些年我做了些什麼？他們又對我做了些什麼？我自己又留下了什麼？當他們就像其他人一樣掠過我的人生，我應該為他們證明些什麼？任何人應該為這些過去的歲月證明什麼嗎？

∞

街道對面就有家賣酒的雜貨店。從我坐的地方，可以看見顧客來來去去。看著他們的時候，我忽然想到可以去電話簿查那家店的電話號碼，請他們送瓶酒來給我。

我只是想想而已。有時候我會考慮一下要喝什麼酒、哪個牌子。這回我很快就打消念頭，深吸幾口氣，欣然放棄。

然後我拿起話筒，撥了一個不必查的電話號碼。

電話響了兩聲，三聲，我的手指頭放在掛筒上方等著切斷，因為不想對著答錄機講話。可是接下來她接起電話。

「我是馬修。」我說。

她說：「真滑稽。我剛好想到你。」
「那我是你的了。你要人陪嗎？」
「我要嗎？」她花了好一會兒想了想這個問題。「是的，」她說，「是的，我要。」

8

我剛搬來旅館時，吉米．阿姆斯壯在第九大道的街角開了家酒吧，我醒著的時候大半時間都泡在那兒。戒酒之後，吉米租約到期，遷到往西一個街區重新營業，就在第十大道和五十七街交口。在戒酒無名會裡，大家會告訴你，要避免會讓你想喝酒的人、地、物，於是有好幾年，我都離吉米的店遠遠的。這陣子偶爾我會去，伊蓮喜歡在星期日下午去那兒，他們有室內樂，而且在那裡吃晚餐是個好選擇。

我往西走到五十七街，但是沒去跟吉米打招呼，而是進入隔街對角線一棟很高的公寓大樓。門房知道我要來，我告訴他我的名字，他指指電梯，說有人在等我。我搭電梯上到二十八樓，還沒敲門，門就已經打開了。

「真的，」她說：「你打電話來的時候，我正在想你。你看起來好累。還好吧？」

「我很好。」

「可能是天氣太潮溼了。六月這麼潮溼，你就知道夏天快來了。我才剛開窗通風，很快就會變得涼快了。」

「你好嗎，麗莎？」

她轉過身，「我還好，」她說，「你要咖啡嗎？還是要喝點冷飲？有百事可樂、冰紅茶……」

「不必了，謝謝。」

她轉過臉來看著我，說：「很高興你來，可是我不想做任何事，這樣可以嗎？」

「當然可以。」

「我們可以坐著聊聊天。」

「你想怎樣都行。」

她走向窗戶。她的公寓朝西，沒有高聳的建築遮蔽視野，我站到她後方，看著哈德遜河上的幾艘帆船。

她擦了香水，是她習慣用的麝香味。

她說：「唉，我想騙誰啊？」

她再度轉過頭來看我。我繞住她的腰，雙手交扣，她往後靠，向上看著我。她的前額發亮，上唇滲出點點汗珠。「喔！」她說，好像被什麼嚇住似的，我把她拉近一點，開始吻她，一開始她在我懷裡發抖，然後她雙手繞住我，我們互擁在一起。我感覺到她的身體抵著我，感覺到她的胸部，感覺到她腰的熱度。

我吻了她的嘴，她的喉嚨，呼吸著她的香味。

「喔！」她喊著。

我們進入臥室，脫掉衣服，中間不斷的親吻，緊緊擁著彼此。我們一起倒在床上。「喔，」她說，「喔，喔，喔……」

∞

她名叫麗莎．郝士蒙，說她年輕得可以當我女兒也不為過，雖然她實際上比我的長子大了快十歲。我們剛認識時，她已經嫁給一個名叫格藍，郝士蒙的律師，而且懷了他的小孩。她在胎兒七個月大的時候流產，沒多久也失去了丈夫——他在離這裡只有幾個街區的第十一大道打公用電話時被槍殺。

那次我得到了兩個客戶，一個是死者的遺孀，一個是凶手的弟弟。我不知道自己是不是讓他們兩者其中之一的世界更好過。被認為是凶手的那個街頭瘋子，後來在東河的瑞克島被一個更瘋的瘋子給刺死了。而郝士蒙的遺孀則跟我上了床。

這對我來說沒什麼大不了的。傳統上，寡婦好像很容易被勾引，而且她們自己也異常的充滿誘惑力。在麗莎自己的個人戲碼中，我是穿著晦暗盔甲營救她的武士，沒有什麼能阻止我們一起倒在床上。在此同時，我深深愛上伊蓮，付出承諾，而且不會覺得有違承諾而良心不安。男性的染色體裡頭有個構造，會被新的女人所引誘，只因為她是新的。

自從伊蓮和我再度重逢，對我來說，再也沒有其他女人了。但是我想再度出現另外一個人是無法避免的，只是早晚的問題而已。驚訝的是，這段偷情沒有結束，就好像勁量電池的粉紅小兔子，不斷的持續、持續、持續……。

無需心理學博士也能猜到怎麼回事。很明顯，我對她來說是個父親的象徵，而且只比她父親本人更方便一點點。她住在明尼蘇達州白熊湖老家時，有好些年，他晚上會上她的床，用他的手指和嘴唇使她戰慄，教導她像個淑女般愉悅的喘息，要溫柔，這樣聲音才不會傳到臥室外面。他也教她取悅他，到了她上大學之後，她變得比同齡的人都更富有技巧。

可是她依然是處女。「他從來沒進去過，」她說，「因為他說那樣就是犯罪。」

她還沒告訴我這些時，就某些方面來說，我們的關係是她和爸爸的某種回音。雖然是她起頭的。她讓我知道我可以和她交往，然後就沒再多做些什麼。她從沒打電話到我家或辦公室，每次都是我打電話，問她想不想有人作伴，而她總是叫我過來。

我們從沒一起離開她的公寓，從沒並肩走在街上，或者一起喝杯咖啡。有天晚上我和伊蓮到林肯中心聽音樂會，之後去阿姆斯壯酒吧，伊蓮看到吧台的人群裡有麗莎，當初就是伊蓮介紹我認識麗莎和她先生的，伊蓮和麗莎曾在杭特學院修同一門課。「那不是麗莎·郝士蒙嗎？」她說，朝吧台點了點頭。我看看說是，但兩人都沒提議要過去打招呼。

在她的公寓裡，在她的床上，我可以把世界關在門外。就好像那些二十八層樓高的房間是存在於空間和時間之外。我可以像脫掉一雙靴子般脫掉我的生命，把它們留在門口。

要是說她對我而言，是如同藥物或酒精一般的化身，我認為也不算太過。我會在一剎那間想打電話給賣酒的雜貨店，伸手去拿電話，結果打給她。電話不見得每次都打得通，我會發現自己想著她，想要和她在一起。有時候我會忍住衝動，有時候不。

我很少一個月找她超過一次，冬天時我還會長達三個月都不曾伸手拿電話。跟她交往一年之後，有一陣子我想到她，想著：「好吧，結束了。」便升起一種奇異的哀傷和解脫感交織不清。二月初我打給她，然後去她那兒，又立刻回到我們開始的原點。

∞

事後我們看著夕陽，應該是九點左右了，現在日落一天比一天晚，一直會持續到夏至。不到一個星期就是夏至了。

她說：「我忙死了，接了一大堆工作，六個平裝版西部小說系列的封面。」

「恭喜你。」

「最困難的部分就是得讀那些書。就是那些所謂的成人西部小說，你知道是些什麼嗎？」

「大概猜得出來。」

「大概猜得出來。書裡的英雄不會說：『哎呀，夫人。』」

「不然說什麼？」

「我剛讀完的書裡男主角是說：『你何不脫掉襯裙，好讓我親親你甜蜜的小屁股？』」

「我們就是這樣征服西部的。」

「真意外，」她說，「因為你本以為會讀到一個像哈普隆・卡西迪那樣的老式西部英雄（譯註：Hopalong Cassidy，美國著名的西部小說男主角，典型的西部牛仔，對待女性很紳士，頗有正義感），結果看到的是某個人在畜欄後頭挨了一拳。主人翁的名字叫科爾・硬屌。真是開門見山、直截了當。你覺得呢？」

「簡直不言而喻。」

「我得替每個封面畫個不同的背景，唯一不變的兩樣東西就是槍和礦石。嗯，科爾・硬屌飽經風霜的臉是主圖，這樣你才能一望即知是同一個系列。」她伸出手，手指劃著我的下巴。「我差點用了這張臉，」她說。

「哦？」

「我開始畫，畫出來的人看起來有種奇異的熟悉感。手下忍不住就畫了出來。我很懷疑你會去看這類書嗎？就算看到了這個封面，會認得出自己嗎？」

「不知道。」

「管他的，我已經決定你的臉不適合，你看起來太城市、太有那種街頭的聰明了。」

「也太老了。」

「不，硬屌的頭髮也灰了大半。看，太陽落下去了，我對日落感到厭倦過嗎？希望沒有。」日落後的景象比夕陽更豐富多彩。一抹虹彩染上了紐澤西的天際線。

她說：「我在跟一個人約會。」

「希望是個好人。」

「他人看起來不錯。替一個供飛機上閱讀的雜誌當藝術指導。我給他看了我的書，他沒法提供任何工作給我，可是第二天他就打電話來，找我去吃晚飯。他長得很好看，很風趣，而且他喜歡我。」

「那很好。」

「我們約會過四次，明天我們打算共進晚餐，再去看場舞台劇。然後我想，我會跟他上床。」

「你們還沒上過床？」

「沒。只有幾次那種纏綿的吻之類的，」她看著放在膝上緊握著的手。「你打電話來的時候，我第一個想法是叫你今天不要來。然後我又告訴自己，我不想做什麼，結果拖了多久才給你回答？半分鐘？」

「差不多吧。」

「搞不懂我們這樣算什麼。」

「我自己也搞不懂。」

「如果我開始跟彼得上床會怎麼樣？你再打來我該說什麼？」

「不知道。」

「『過來吧。』我會說。然後我會覺得自己像個妓女。」

我什麼都沒說。

「我沒法想像自己一次跟兩個男人睡覺。我不是指真的同時，而是——」

「我懂你的意思。」
「跟彼得在一起，又繼續跟你上床。我沒法想像自己這麼做。可是我也沒法想像自己拒絕你。」
「戀父情結？」
「嗯，我想是吧。你剛剛吻我的時候，有一剎那我可以聞到你呼吸裡的酒味，當然那只是回憶，他每次來我房間都喝了酒，我告訴過你他曾去接受治療嗎？」
「沒有。」
「明尼蘇達州有一萬個湖，還有兩萬個戒酒中心。醫生擔心他的肝腫大，送他去戒酒，我媽媽說，他現在再也不喝酒了，只是吃飯時喝點啤酒，我才不相信能持續多久。」
「不可能持續的。」
「也許他的肝會完蛋，他會死掉。有時候我希望這樣，你聽了會覺得吃驚嗎？」
「不會。」
「其他時候我想替他祈禱。祈禱他別再喝酒，還有，不曉得還有什麼。我猜希望他更好一點吧，成為我心目中的好爸爸。但或許他已經是我心目中的好爸爸，或許他一直是。」
「或許。」
「總之，我不知道該怎麼祈禱。你祈禱嗎？」
「偶爾，不過很少。」
「你祈禱些什麼？」

「大部分是祈禱上帝賜予我力量。」

「力量？」

「去做某些事情，」我說，「或者撐過某些難關。這一類的力量。」

「那你得到力量了嗎？」

「是的，」我說，「通常都會得到。」

∞

我沖過澡，離開她那兒，然後到聖保羅教堂地下室，趕上聚會的最後半個小時。我舉手說，我早些時候想到喝酒。「我朝窗外看著對街的賣酒雜貨店，」我說，「我心想，只要打電話給他們，請他們送瓶酒過來，好容易。我已經戒酒好些年了，很少會有這樣的想法，可是我依然是個酒鬼，我已經這麼久不喝酒，只是來這裡談一談。我很高興今晚我來了。」

聚會過後我和幾個人一起去火焰餐廳，我吃了一個漢堡，喝了一杯冰咖啡。快十一點的時候回到家裡。

「你看起來有點無精打采，」伊蓮說，「感謝老天有冷氣，對吧？德肯打過電話來，他要你明天早上給他回電。還有其他幾個留話，我都寫下來了。希望你今天過得比我刺激。」

「你沒什麼進展？」

「噢，誰想在這種天氣逛畫廊？可是我想我可以從雷・蓋林戴斯那兒抽點佣金。一個七十來歲的老太太，是二次大戰納粹集中營的倖存者。她全家都死在那兒，當然她也沒有任何照片留下來。她在戰後來到美國，除了幾件衣服什麼都沒有。她希望雷替她所有的家人畫像——她的父母、祖父母、妹妹。她的家人都不在了，馬修。」

「她花得起這個錢嗎？」

「她財產的零頭就可以買下我整家店了。她嫁給了另一個集中營倖存者，兩人開了一家糖果店，她的兒子也一起做生意，現在他們在紐澤西州西北部的帕賽克市做鑄鐵業，她有六個孫子，三個醫生，還有兩個律師。」

「另外一個不成材？」

「不成材的那個現在正在哈佛大學攻讀企管碩士。拿到學位之前她就已經搬回帕賽克市經營工廠。搞不好還會當上通用汽車的執行總裁呢。」

「你摸得很清楚嘛。」

「就缺那些畫像。錢不是問題。她唯一擔心的就是自己記不得家人的長相。『我閉上眼睛希望能看到他們，可是卻什麼都看不到。』我叫她和畫家一起坐下來，看看會發生什麼事情。她要哭要哭的，想起了一些事情。我試著安撫她，同時開始回憶雷替我父親畫像時，曾有什麼樣的情感經驗。親愛的，你真該來看看我們的，兩個這麼大的人相擁，莫名其妙的哭成一團。」

「你真了不起。」

「我？」

「我覺得你太棒了。」

「我只不過曾經當過應召女郎，」她說，「而且擁有過一顆純金的心。」

9

喬・德肯說：「問你個問題，因為我搞不懂自己怎麼會變成你的猶太牧師？」

「大概是因為你去上過猶太法典的課，」我說，「而且學了很久，很用功。」

「你知道，」他說，「我應該去當那種猶太牧師的。戴那種無邊小圓帽，每回想不出答案就捻捻鬍子。不知道現在轉行會不會太晚。」

「我想那要猶太人才有資格。」

「應該有別的門路吧，我才不相信有那麼嚴格。」他往後整個靠在椅子上，雙手在頸後交握。「不過說真的，」他說，「你幹嘛把我當成這麼有影響力的朋友？當你的條蟲，深入紐約市警局官僚體系的內臟？」

「條蟲，」我說，「老天爺。」

他笑了。「你喜歡這個說法？我就猜到你會喜歡。我本來想說我是你的貓爪子，替你把栗子從火裡掏出來，不過我比較喜歡條蟲。」

我們在中城北區分局的小組辦公室裡，喬隔壁的桌子是空的。兩張桌子外，一個矮胖的黑人警探巴勒米正在訊問一個瘦兮兮的小鬼，那小鬼是西班牙語裔的，尖下巴掛著一把山羊鬍，他正在抽菸，巴勒米則不停的搧風，想把菸霧從眼前搧走。

「四樁凶殺案，」德肯說，「最早的一樁是十二年前，最近一樁是在二月。過去十二年間，有四個男人和一個女人被不同手法殺害，分布在全市不同的區域。什麼啊？我問自己，這些案子可能有什麼共同點嗎？你想知道我的想法嗎？」

「什麼想法？」

「所有的被害者都死了，沒有人復活，就跟西班牙獨裁者佛朗哥將軍一樣。你記得電視節目《週末夜現場》播過嗎？」

「有點印象。」

「從馬德里現場轉播——佛朗哥將軍已死，沒有復活。」他翻翻桌上的文件。「有了。卡爾・烏爾，在他西二十二街的公寓被愛人殺害，被害人是同性戀，公寓現場顯示出性施虐和受虐的生活方式，死者被手銬和皮帶綁住，等等等。有多處傷口，生殖器和胸腔器官都被切掉了。這些資料你全要嗎？」

「不，」我說，「大部分我都知道了，細節不太清楚而已，反正我稍後可以看記錄。我想知道的是——」

「你想知道結案了沒，是吧？答案是沒有。第十分局的人查過幾個烏爾的熟人，不過那些傢伙都已經排除涉案的可能。他們偶爾也會逮到一個搞這套同性戀把戲玩得過火、把人家給整死的混混。然後他們就翻出所有沒結案的檔案，找出類似的受害者，想往那些嫌犯頭上套。但到目前為止，卡爾．烏爾還是個孤兒。為什麼？誰曉得第十分局那些傢伙怎麼破不了案？」

「別管這些了。」我說，「凶手是這樣找上烏爾的嗎？就在西街的那些酒吧釣他？」

「誰曉得。或許凶手是背著魔術袋爬下煙囪的，我們休想知道他是誰，除非他又再犯一次。可是他不了，你知道為什麼嗎？因為說不定他死了。」

「你怎麼會這樣想？」

「我怎麼會這樣想？因為十二年前他就從事高風險的性行為，當時愛滋病毒在浴室和密室酒吧裡面到處散播，可是沒人知道那是什麼，更別說要提防了。那個殺了烏爾的人說不定早就感染病毒，就像他用小刀殺害人一樣的死過五十次了，等到他感染又到處散播時，他自己也因此而死了。」

「他有留下精液嗎？」

「沒有，他打包回家餵狗了。」他拿起報告掃視一眼，「據說被害者的腹部有精液，可能是烏爾的，反正和他的血型符合。當然當時沒有DNA測試，這些年科學辦案已經進步太多啦，老兄。」

「一定是的。」

「這也是為什麼謀殺再也沒法逃過法網。你剛剛問什麼，問凶手有沒有留下精液是吧？你有什麼線索嗎？」

「什麼也沒有，」我說，「我只是很好奇，不知道有沒有任何具體證據，可以證明他們有過性關係。」

「噢，他們談起這些話題可不像在聊天氣。這些玩性施虐和受虐遊戲的小鬼，他們所謂的性可能跟你我的說法不同。我碰過一個案子，兩個小鬼有關係，他們的搞法是，其中一個會到另外一個的公寓，聽命剝光衣服清馬桶。不是用舌頭或什麼的哦，只不過是抓罐清潔劑和一捲紙巾清馬桶而已。而同時另外一個就坐在客廳看《歐普拉脫口秀》。之後他會檢查馬桶，罵那個清馬桶的幾句難聽話，然後把他趕走。這就像你我請清潔婦來，等她做完不給錢，還罵她是個愚蠢的爛貨，叫她趕快滾。」

「我可不敢，」我說：「上回我請她擦窗子，她就做得夠糟了。」

「至於烏爾的情況嘛，」他說：「『有人』性交過，因為烏爾肚子上的精液可不是自己生出來的。要不就是烏爾自己的精液，因為他的朋友掏出刀子來的時候，他的確爽到了，否則就是凶手的血型跟烏爾一樣。這有什麼差別嗎？」

「對我來說沒差。」我同意。

「那我們可以繼續下去嗎？六年後的一九八七年，波依德．席普登和妻子黛安娜在他們市中心休伯特街的統樓層被謀殺。這個案子可以有兩個推理，一個是他們進屋時，小偷正在偷東西。」

「我看報紙的印象也是如此。」

「嗯，還有一些事情沒報導出來。這個罪案的凶殘手法，顯示很可能是出於私人動機。」

「他是被毆打致死的，她則是被強暴後勒死的。」

「他被毆打，可是不是打死就算了。連腦漿都迸出來了，頭蓋骨破碎無法復原，臉孔完全無法辨認。」

「真的確定是這個人？」

「是啊，他們用指紋確認身分。你為什麼會這麼問？」

「沒什麼。要是有人告訴我死者的臉完全無法辨認，我心裡想到的第一個問題——」

「對，我懂你的意思。可是無疑的就是他。然後他太太被電線勒死，臉部發紫，腫得像顆排球。至於強暴，呃，我不知道能不能叫強暴，不過那一定是一種暴力行為，她被壁爐的撥火棒一路從陰道直插到腹部。」

「天啊。」

「反正當時她已經死了，所以也沒差。不讓媒體知道撥火棒的原因再明顯不過了，但是當時就算他們知道也不敢提。要是換成今天，我就不敢保證了。」

「今天他們什麼都敢登。」

「新聞有沒有提到一些畫被蓄意破壞？不過他們沒提的是，那些畫上都被塗了撒旦的符號，某些專家認為——」他轉轉眼珠，「——這不是真正崇拜撒旦的邪教教徒所為。我猜，真正崇拜撒旦的邪教教徒會對席普登做一些可怕的事情，反之，這些假邪教徒只是開些無聊的玩笑而已。」

「凶手有幾個人？」

「最可能是兩個或三個。」

「一個人可不可能獨力犯下這個案子？」

「你可以自己分析，」他說：「東漢普頓的警方找到過一個嫌疑犯，是當地的一個建築包商，跟席普登太太有染，或者是反過來，波依德搞過那傢伙的老婆。這案子可能是一個人單獨幹的，先溜進去，等他們夫妻進門，先敲昏波依德的腦袋，然後拿起電線，纏住波依德太太的脖子勒死她，再回過頭把波依德的腦袋轟出腦漿來，最後用那個壁爐的撥火棒玩他那個愚蠢的小花招。」

「警察還疑心那個建築包商嗎？」

「不，他的不在場證明無可挑剔，挑不出毛病。有太多推理了，席普登是個著名藝術家，他太太曾是芭蕾舞者，有錢得不得了，市中心有個統樓層，東漢普頓還有個海灘別墅，明擺著有錢又有才。這讓你想到什麼？」

「我不知道。古柯鹼嗎？」

「媒體大半這麼猜測，也派了很多警察去調查，在市中心和漢普頓那邊都有，我也被派去查了。古柯鹼？我想他們偶爾來一點，不過我沒聽說毒品是主要的行凶原因，我昨天談過的那個傢伙也沒提到。怎麼了？」

「沒什麼。我知道沒有逮捕任何人，但是警方有懷疑的對象嗎？」

他搖搖頭。「毫無頭緒，」他說：「呃，太多線索了，但是每條線索都沒有下文。怎麼？你的線民說了些什麼？」

「什麼線民？」

「你的線民啊。誰讓你這樣對著四棵不同的樹狂吠？他懷疑誰殺了席普登夫婦嗎？」

「喬，我沒有線民。」

他看著我。兩張桌子外，巴勒米把菸灰缸裡面一個正在燃燒的菸蒂挑起來擰熄。「嘿，」那個留著山羊鬍的小鬼說，「我還沒抽完那根耶，老兄。」巴勒米告訴那小鬼，他該慶幸不必用前額去擰熄香菸。

德肯說：「好吧，暫且放過不提。下一樁案子是四年前，一九八九年，湯姆・克魯南，正派的愛爾蘭人，開計程車餬口。沒有人綁住他，沒有人強暴他，也沒有人朝他屁股插撥火棒。跟你說，我很驚訝像你這種人會對他有絲毫興趣。」

8

根據湯姆・克魯南的工作日誌，他是在星期二晚上十點三十五分搭載最後一趟客人。送客人到雪利尼日蘭飯店後，往市中心開了幾個街區想載客，過了聖派屈克大教堂往北轉，日誌上寫的目的地是哥倫比亞長老醫學中心，就在華盛頓高地。

他是否到達目的地無從得知。十二點十五分左右，勤務中心接到匿名電話通報，三十四分局派巡邏車過去，在靠一七四街的奧德邦大道上，發現克魯南的計程車停在防火栓旁邊。五十四歲的克魯南癱在方向盤後面，頭部和頸部都有槍傷。急救人員趕來時宣布他已經死亡。

「近距離發射兩發子彈，凶器是點九〇口徑的槍，即使不是當場死亡，也差不多了。皮夾不見了，零錢不見了。現場沒有凶器——不意外——唯一的問題是，凶手是一路從聖派屈克大教堂開車跟著他過來，還是克魯南放棄大老遠開車去哥倫比亞長老醫學中心，就在案發現場想搭載他永遠載不到的客人？答案是，誰在乎，因為案子已經結了，而凶手正在阿提加監獄坐二十年以上的無期徒刑。」

我臉上一定顯得很驚訝，因為我還沒開口，他就回答了我下一個問題。「他不是因為克魯南的案子，」他說，「事情是，九〇年和九一年有一股風潮，有些野雞計程車司機在哈林區或布朗克斯區那種紐約的第三世界被射殺。結果布朗克斯和上曼哈頓的五個分局就組成了一支警力，進行了幾次誘捕行動，最後逮到了這個奧多拿．敏斯，顯然是個挪威佬。」

「是啊，他們一直都是個愛惹麻煩的民族。」

「我知道，那些挪威佬還有操他媽的愛沙尼亞人，他們認為敏斯幹了六件殺人案，然後找一件證據最充分的起訴他，那件案子有實質證據，還有證人。檢方給他的條件是，他用二級謀殺的罪名認下這六件案子，服刑可以六合一同時執行。」

「很慷慨嘛。」

「然後他拒絕了，用來起訴他的案子是曼哈頓的謀殺案，這樣才不會讓那些布朗克斯的陪審員有機會來個積怨三百年的種族迫害大復仇。法官和陪審團都做對了事情，奧多拿想假釋的話，至少得在上紐約待二十年，萬一他哪一天真的被放出來的話，還可以拿其他被殺害的計程車司機命案起訴他，這個狗娘養的廢物。」

「他們有拿克魯南的案子起訴他嗎？」
「他排在名單的後頭呢。你知道，既然逮到一個嫌犯，你就會想盡量把案子都給結了。」
「可是你不知道是不是他幹的。」
「我什麼都不知道，老兄，因為這一切都發生在華盛頓高地和操他媽的布朗克斯區，所以我知道個什麼鬼呢？我聽說的是，作案手法不太一樣，沒有人能確定敏斯殺了克魯南，不過讓他認下這個案子，讓警方好過一點，又有什麼損傷呢？」
「你提到野雞計程車，」我說，「如果克魯南是在第五大道載客，他開的不是有牌照的計程車嗎？」
他點點頭。「他開的是有牌照的黃牌計程車，其他則是野雞計程車。而且他是被點九〇口徑的槍射殺，其他的則是點二二。不全是同一種槍，有很多種，但口徑是一樣的。」
「聽起來他們好像給敏斯硬套了幾個案子。」
「噢，我不知道，」他說，「總之，這些案子很類似。都是計程車司機，而且都死了。」
「敏斯當然會說他沒幹這件。」
「敏斯說他什麼都沒幹。如果讓敏斯去告解，他唯一會說的就是他只是思想有罪，然後一直喊著天主。馬修，像搶劫和竊盜這類尋常小罪，你要真正逮到一個人的機會大概只有五十分之一，所以你就結了五十個案子，全塞在他屁股裡。這是平均計算，如果你不這麼做，你的破案率看起來就會像一團狗屎。」

「我懂那回事。」

「你當然懂。」

「我只是覺得凶殺案不同。」

「是不同，」他說，「也沒人把命案當成像闖空門或集團扒手隨便辦。這個案子裡，奧多拿絕對幹掉了六個之中的五個計程車司機，毫無疑問，無可置疑。他可能沒殺克魯南，如果有其他人找出這個案子，有更好的看法，好，全上城沒人會反對重新偵辦這個案子。」他拿起一枝鉛筆，用橡皮那端在桌上敲了三下，又放了下來。「所以你如果有什麼證據，我會很樂意替你轉達。」

「我怎麼會有證據？」

「噢，你沒有車，所以我想你常搭計程車。或許你聽了哪個司機說了些什麼。」

「比方什麼？」

「比方，『嘿，先生，你看起來好像當過警察。湯姆．克魯南可不真是太倒楣了嗎？』」

「沒有人跟我講過這種話。」

「沒有，呃？」

「沒有，」我說，「其實，我根本很少搭計程車。如果走路太遠，我就搭地下鐵。」

「那公車呢？」

「有時候我會搭公車，」我說，「有時候我就待在家裡不出門。我們扯到哪兒去了，接下來該講什麼？」

「阿倫．瓦森當初應該搭計程車的。他在世界貿易中心工作，通常搭E線的地鐵回富理森丘的家，可是如果加班到很晚，他就會搭特快巴士，因為這麼晚他不想走路回家或在地鐵月台等車。所以他就搭乘有冷氣的巴士，在奧斯丁街買了片披薩吃，到了比其諾離他家一個街區時，有人往他身上捅了一刀。」

「他做了什麼？抵抗搶匪？」

「聽起來很像，不是嗎？跟我談的那個警察說，整個來看應該不是如此。順帶一提，他給我的疑問比答案還多。瓦森是個富裕的農產品批發商，兩個小孩都在念大學了，家庭美滿，住家環境也好。警方也想破案，而且這個案子只發生四個月，所以他們還不準備放棄。他們就問我為什麼對這案子有興趣，還有我有些什麼他們不知道的情報？」

「你怎麼跟他們說？」

「不記得了，大概是告訴他，跟我們的一個案子很類似。據他所說，現場證據顯示凶手是從背後突襲瓦森，然後用手肘架住他脖子。」

「典型的搶匪。」

「然後他很快刺向那個可憐的傢伙，刀子長度大概是四吋半，或者這是他傷口尺寸吧。刺了他一刀，第一刀就刺中心臟，一定是當場死亡或拖不了多久。瓦森的皮夾不見了，所以要嘛就是搶劫，或者是故意布置成這樣的。」

「我想沒有目擊者吧。」

他搖搖頭。「不過他倒下沒多久，附近巡邏的保全人員就發現他了，而且立刻報警。」

「如果你已經架著他的脖子制伏他，為什麼還要刺他一刀？」

「富理森丘的警察也這樣問自己。所以跟我談的那個傢伙一聽我有類似的被害人，就很有興趣，我還得讓他別那麼緊張，說我們的嫌犯是用刀砍人，不是刺人，也沒有架住被害人的脖子，滴里答啦之類的。對了，為什麼偶爾有警察在出庭時說謊，大家會那麼吃驚？我們整天都在說謊，那是這個操他媽工作的例行公事之一。你不撒謊，就別想搞定任何事情。」

「我知道。當私家偵探也一樣，其實還更糟。你沒有權力去恐嚇或威脅，因為你已經沒有合法的權威。所以凡事都得用騙的。」

「一切都奉真理和正義之名。」

「還有別忘了，我們是為了更崇高的美好目標而努力。」

「絕對不會忘。」

「他們覺得怎麼樣，喬？尋常的街頭罪案？」

「也只能這麼猜測，」他說，「不過他們還沒死心。很難找出任何人有理由想殺害瓦森。他跟老婆結婚二十五年，如果兩人有什麼不對勁，也沒人看得出來。兩個人的人緣都很好，也都積極參與社區活動。大約一年前，他接到一個客戶的恐嚇電話，怪瓦森害他做垮了。那是財務上的競爭，不是兩個混混在暗巷把你攔下來，後頭還有人擁上來捅你。」

「那個顧客排除涉案可能了嗎？」

「那個顧客搬到操他媽的丹佛去了。管他的，總之，出於怨恨的殺人案會是什麼樣？痛快一刀刺中心臟然後布置得像搶劫，能消心頭之恨嗎？你會想要報一箭之仇，要嘛就是掏出一把槍製造一點小噪音，不然就是用根棒球棍撂倒他，敲斷他的骨頭，把他的腦子給敲出來。有什麼不對嗎？」

「提醒我千萬別惹你生氣。」

「為什麼，我聽起來像是真會這麼做的人嗎？」他笑了。「我已經十天沒抽菸了。」

「我注意到菸灰缸不見了。」

「那個巴勒米逮到的小鬼，我想叫他把菸往我這邊吹。不過這回免了，這回我才不要偷偷抽別人的二手菸，或者去找菸灰缸看有沒有抽剩的菸屁股夠長可以再抽一次。這一回我要熬過去。」

「恭喜你了。」

「可是有時候我真想殺了全世界。」

「那我還是只接觸你善良的這一面就好。」我說著從後褲口袋掏出一個沒封口的信封，連同他桌上的幾張紙一起推過去。他看看四周，手伸過來，不動聲色的檢查信封裡面的鈔票。裡面有兩張百元大鈔。

「兩套衣服了。」他說。

「如果太少的話——」

「不，這樣很好，」他說，「我做了些什麼？在辦公時間打電話？我很樂意，不過這還不夠，馬修。」

「我不懂你的意思。」

「我的意思？我想知道是怎麼回事。你在尋找跨越十二年之久的四樁謀殺案的資料，每一樁案子都沒破。」

「克魯南的破案了。」

他看了我一眼，「我打聽了不少消息，」他說，「而且我可以心安理得用這兩套衣服，可是我想知道是怎麼回事。如果你手上有什麼東西可以破這些案子，不能扣著不放。」

「我什麼都沒有，喬。」

「你在進行的是什麼案子？你的顧客是誰？」

「你知道的，」我說，「顧客會來找我這種人，原因之一就是想保密。」

「我猜啊，」他說，仔細的看著我，「是戒酒無名會的人。」

「啊？」

「你跟這個顧客該不會是在戒酒無名會認得的吧，你戒了酒就必須去做這種事情，對吧？」

「唯一必須做的事情，就是不喝酒。」

「是啊，不過不是有整套的課程嗎？幾乎就像去告解似的，不過你們不喊萬福瑪利亞，而是要恢復正常，回到正軌。」

「清除舊日的殘骸，」我說，引用那些不朽的文學名句，「欸，喬，如果你有興趣的話，哪天有空我樂意帶你去參加聚會。」

「操你的，好嗎？」

「嘿，我只是想，也許你想去看看那是怎麼回事。」

「我重複一遍，操你的。而且不要轉移話題。」

「是你提起戒酒無名會的，我從不認為你有喝酒的問題，不過——」

「耶穌啊，我幹嘛要容忍你？我剛剛說的是，我猜你是在戒酒無名會認得了什麼人，他對某些罪行覺得有愧於心，其中包括我們剛剛談到的那四樁凶殺案。我想你不會坐著眼睜睜看凶手逍遙法外的。不管誰殺了那個同性戀烏爾，現在可能都死了。克魯南的案子也結了。不過第十分局的人會很高興有機會破席普登這個案子。還有瓦森，耶穌啊，他的屍骨未寒，還在積極偵辦中。如果你知道什麼，就該告訴適當的人。」

「我什麼都不知道。」

「這可能是解救你顧客的一個方法，至少還不會太晚。」

「這個我明白。」

他盯著我。「該不會這四個人全是你的客戶殺的吧？」

「不是。」

「你回答這個問題倒是很快。」

「這個嘛，我早知道你接下來要問什麼，要回答不需要從頭想起。」

「我想不是。馬修——」

我得給他一點什麼消息才行。情急之下，我說：「他們彼此認識。」

「他們？你指的是你的顧客和誰？等一等，被害人彼此認識？」

「沒錯。」

「他們這些人做過什麼？一起屠殺過某個越南村莊，然後有倖存者想報仇？」

「他們是一個團體的成員。」

「一個團體？什麼樣的團體？」

「類似兄弟會的，」我說，「他們偶爾會聚在一起吃晚餐，交換情報。」

「『我敢說我的情報比你的情報豐富。』我看看，一個農產品貨物商，一個著名的藝術家，一個計程車司機，還有一個同性戀。這是什麼鬼兄弟會。等等，這是同性戀的小圈圈嗎？」

「不是。」

「你確定？席普登和他太太混的圈子裡都是些怪胎。說他搞雙刀流我也不意外。」

「說任何人搞雙刀流我都不會意外，」我說，「不過這個團體和性無關。沒有知會顧客的話，我不能告訴你細節。可是這個團體沒有什麼違背常理的事情，唯一奇怪的就是其中有四個人被謀殺了。」

「這個團體有多少人？」

「三十個左右。」

「三十個人裡頭有四個被謀殺，耶穌，即使在紐約也很多了。」他瞇起眼睛。「凶手是同一個人嗎？」

「沒有理由這麼想。」

「是啊，可是你自己這麼想，對吧？你問過殺席普登的凶手會不會是獨自行凶。」

「你就是從不忘記任何事情，對不對？」

「記住了就不會忘。你有嫌疑犯了嗎？動機？任何線索？」

「什麼都沒有。」

「我不要求你什麼都告訴我，馬修，不過別伸手把月亮星星都遮住了不讓我看，行嗎？」

「我沒有隱瞞任何具體的事情。」

「是啊，你這話這是什麼意思？『具體』的相反是什麼？」〔譯註：具體，concrete，亦指水泥〕

「瀝青，」我提議。「熟石膏。」

「烏爾和瓦森的命案相隔十二年，」他說：「照你的說法，這個凶手很有耐性。至於其他二十六個人，等到他逮到機會時，他們都太老不勞他動手了。你知道這傢伙像什麼嗎？他是攝護腺癌，等到他要殺你的時候，你早就因為其他原因死掉了。」

10

旅館櫃檯有威利．東恩的留話。「接下來一個小時我會待在這裡，」我回電時他說：「我拿到了你要的信用報告，還有一些你會喜歡的資料。」

首先我打電話呼叫阿傑。他一定就在電話旁邊，沒兩分鐘就給我回電了。「誰找阿傑？」他問。

「神經病才要找你，」我說：「你有什麼好問的啊？就算你認不出我的聲音，也該知道你這通電話是打給誰的吧。」

「我當然知道，大哥。『誰找阿傑』是個廣告詞嘛。」

「噢，我很清楚你這樣的人為什麼會需要廣告詞，」我說，「不就是要讓你在人群裡脫穎而出。」

「如果我們打那種視訊電話，」他說，「你就可以看到我正在瞪你。」

「好可惜看不到。要不要碰個面？我可能有些工作給你。」

「告訴我時間地點。」

我給了他一個位於二十三街、離佛拉提大樓只有半個街區的咖啡店名字。「就約十一點四十五分好了，」我說，「不過我可能會遲到幾分鐘。」

「我不會，」他說，「那我們餐廳見囉，我會準時到。」

8

「那個客戶，」威利說，「結果是個小氣王八。」

「不稀奇。」

「老天，是不稀奇。這世界充滿了小氣王八。事情是這樣的，我告訴他你做了些什麼工作，多麼應該得到獎金。我說我們只是個經紀公司，不會想收取任何超出正常標準的費用，我們不幹這種事。可是如果像你有這麼漂亮的工作成果，他就應該為他的麻煩多付一點。

「所以他就問我給多少比較合理。你知道我心裡想多少？有句老話說，一張照片抵得過一千個字。所以好啦，一個字算一塊錢，我就說我覺得一千元很合理，就這樣。」

「謝了，威利。」

「哎，這錢又不是從我口袋掏出來的，替你喊喊價也無妨。畢竟對這小氣王八來說，一千元能做什麼？也不過等於五個小時的律師費。他的支票在這兒，五百元。」

「他說一千元太高？」

「連個屁也沒說，就直接把我建議的數字打個對折。喏，還有感謝信在這兒，謝謝你努力替我們爭取利益，等等等等。你檢查一下，看寫得還可以嗎？」

那封熱情的感謝信寫在印有客戶頭銜地址的信紙上，我略看了一下，「太棒了。」我說。

「信裡有一種優美的散文風格，你不覺得嗎？」

「你寫的？」

「口述的，」他說，「想把這種事情照自己意思做好，還有別的方法嗎？至少那個狗娘養的逐字寫了下來。要是他也把字看成錢，打了折扣只寫一半怎麼辦。」他搖搖頭。「你知道，我覺得不管我說多少，他根本就打算只給一半。如果我要求兩千塊錢，就會拿到一千；如果我要五千元，就會拿到兩千五。我想把這錢退還給他，告訴他要就給一千，不然就拉倒。如果你想這樣的話，我就去替你跟他說。」

我搖搖頭。「五百塊很好，算了吧。」

「反正，」他說：「剛好抵銷。我替你弄來了這些信用資料，總共十四個人，我公司是B級會員，所以一份三十五元。總共是四百九。」

「那我把支票還給你好了，」我說，「這樣兩不相欠。」

他搖搖頭。「不必了，老弟。支票收著，報告拿走，你就當做那小氣王八用來抵他沒給你的獎金。這些報告不必花你半毛錢，馬修。我把帳單寄給那個客戶了。」

「你怎麼弄的？」

「我們為了他的利益做了一缸子事情，價值五百元的信用報告夾在帳目表裡面，大概不會有人看得出來。嘿，操他的。你猜怎麼著？他問我意見，不過只是為了要把數字砍他媽的一半。你知道他有多賤嗎，馬修？他同樣得花一千元，卻讓我們恨他恨得半死。」

「我不恨，」我說，「我愛每個人。」

∞

和阿傑的午餐我早到了兩分鐘，可是他已經坐在靠窗一張桌子邊了，正在享用兩個起司漢堡和一大盤洋葱圈。我告訴他關於奧多拿・敏斯正在坐牢的事，二十年以上的無期徒刑。

他說：「聽起來他是該蹲苦窯，去對地方了。為了一點零錢殺幾個人，像這種傻瓜成天也只是沒事閒晃。」

我解釋說，警方可能把一宗殺人案硬套在敏斯身上，比他實際犯下的要多一樁。

「他因此多被判幾年牢嗎？」

「沒有。」

「那有什麼關係？」

女侍過來，我點了菠菜派和一個小的希臘沙拉。她走了之後，他說：「你看到她打量我們的樣子嗎？一開始她好像在猜哪個笨蛋把我們安排坐在同一張桌子，然後她明白過來我們是一起的，接下來又得猜為什麼我們會在一起。腦袋裡面掠過各種念頭，比方你是嫖客、我是拉皮條的，你是警察，我是你正要逮捕的那個雜碎。」

我穿著寬鬆的灰色打褶褲和一件白襯衫，袖子捲上來，領口沒扣。阿傑穿一件深紅和黑色直條紋的亮面人造絲背心，裡頭除了棕色的皮膚什麼都沒有。他的褲子是到膝蓋長度鬆垮垮的黑色短褲。「我是個想搞錢的警察，」我提出新組合，「而你是準備收買我的百萬大毒梟。」

「沒錯，」他說，「我那輛Excalibur古典老爺車就停在外面咧，老兄。」他喝了口飲料，把上唇的牛奶揩掉。「這個敏斯——他叫什麼？奧什麼的。」

「奧多拿。」

「奧多拿。聖經裡有這個人名嗎？」

「不知道。」

「我發誓我不知道這些名字古怪的人是怎麼冒出來的。」他善於模仿，這句話就以長島人特有的含糊口音講出來。然後他又恢復自己的聲音——或者是他的眾多聲音之一，管他的——他說：「就算你證明了敏斯沒犯這個殺人案，他還是得坐一樣久的牢啊。」

我告訴他我對洗刷敏斯的冤情沒興趣，他現在顯然是待在一個他應該待的地方。我點的菜來了，於是我邊吃邊跟他解釋那個三十一俱樂部。

他說：「有人會把他們殺光光。」

「看起來是這樣。」

「你想是誰幹的，他們其中之一還是外頭的人？」

「看不出來。」

「這麼做一定是有原因的，他殺掉一個計程車司機，應該不會只為了他的零錢盒而已。」

他喝光牛奶，又揩了揩嘴。他說：「我替伊蓮做了些工作，大半是看店。」

「聽她提過。」

「看著人們走進來盯著我看，真是亂酷一把的。他們好像期望我會搶什麼東西跑掉，接著他們才搞懂那地方是歸我管的。」

「城裡到處都是黑人經營的店，」我說，「伊蓮隔壁第二家的那個古董店，就是一個女黑人開的。」

「是啊，有些辦公大樓有黑人接待員，還有百貨公司的服務台也有黑人工作，到處都看得到。問題是，他們看起來不像在『丟斯』混的，他們會穿得人模人樣，一副發達相。」

「伊蓮有說什麼嗎？」

他搖搖頭。「她才無所謂，酷得很。不過我大概會拿幾件規矩點的衣服，掛在她店後面房間裡。」

他又聊了些這類事情，然後說：「我想我可以騎車去上城一趟，看看我那些好兄弟好姐妹們有誰知道奧多拿叔叔的事情。不過呢，這類說法可能會很離譜，如果這傢伙是在街上混，大家只會告訴你他有多壞，就好像他殺過六個警察或搶過英格蘭銀行似的。可是同樣這個傢伙關進了大牢，大家就只會說他根本沒犯那些案子。」

「我知道，」我說，「監獄都爆滿了，裡頭沒有一個人幹過讓他們進牢的罪。」

「我會去布朗克斯，打聽一下看有誰知道些什麼。你剛剛說這事情發生在四年前？」

「克魯南遇害將近四年了。敏斯是稍後被逮受審的，而且審判拖了一兩次。他的刑期才服了一年半。」

「那就比較容易了，」他說，「至少有人還記得他的可能性要大一點。」我付了帳。給小費的時候他說：「我才剛剛想到，俱樂部的那些傢伙，三十年後有半數已經死掉了，真可疑。是三十年沒錯吧？」

「應該是三十二年。」

「三十二年，」他說，「丟斯裡頭不能搞這種俱樂部。撐不過三十二年，在此之前，不知不覺間，就沒人可以參加聚會了。還活著的那些，大都因為殺了其他人而去坐牢了。」他戴上有突擊者隊徽的黑色棒球帽，塞好頭髮，照照鏡子。他說：「我四五年前認識的一些混混，有一半都死了。根本不必花三十二年。人要死大概很容易，我想這些傢伙一定很快就明白這一點。」

「那你還是試著別太早明白的好。」我說。

「噢，我會試試看的，」他說：「盡力而為。」

11

下午我讓自己輕鬆一下，去二十三街看了一場電影，然後往北走到格林威治村。中途經過了以前曾是康寧漢餐廳的那棟公寓大廈，還有一個街區外那棟卡爾．烏爾遭到殺害的褐石公寓。最後抵達派瑞街，趕上四點的戒酒聚會，帶著一杯從街角點心店買來的咖啡站在會場後頭。

發言人談起酒曾經如何慰藉他，如何使他興奮。「到最後，」他說，「就是不再管用。一點用都沒有，沒有什麼能讓我放鬆，就算喝得醉死了也一樣。」

我在哈德遜街上等公車的時候，一個賣花的攤子吸引了我的視線。我買了一打荷蘭鳶尾花，搭巴士到五十四街，去伊蓮的店裡。

「好漂亮，」她說，「怎麼會想到買花給我？」

「本來應該買鑽石的，」我說，「可是客戶給的獎金太小氣了。」

「什麼獎金？」

「就是我們在撞牆客酒吧拍那張照片的獎金。」

「噢，老天，」她說，「那天晚上可真瘋。我很好奇城裡有多少像那樣的酒吧，一堆成年男女把自己黏在牆上。」

「我知道華盛頓街有一家，」我告訴她，「那裡的客人把彼此釘在牆上，不過不是用魔鬼氈。」

「不然用什麼？三秒膠？」

「手銬、腳鐐。」

「噢，我想我知道你講的那一家。可是他們不是被勒令停業了嗎？」

「換了店名重新開張了。」

「現在只准男生去嗎？還是跟以前一樣，男女都可以進去？」

「男女都可以。你問這個做什麼？」

「不知道，」她說，「如果一個人去，他們不會硬要你參加那些遊戲，會嗎？」

「一個人就根本不必踏進店門了。」

「我是說，可以光是去那邊看，對吧？」

「問這幹嘛，要做什麼？」

「不知道，也許我有興趣。」

「哦？」

「你想我們在皇后區看過的那個魔鬼氈比賽多好玩，去看一些性變態搞不好更刺激。」

「或許吧。」

「這樣我就有機會穿那套沒事亂買來的皮衣了。」

「啊，原來你想去是因為這個理由。」我說，「跟性愛無關，而是為了去展示流行服裝。不過你說得沒錯，穿那套皮衣正好是完美的女性施虐角色形象。可是我該穿什麼？」

「我太了解你了，你大概會穿那套灰色細格子西裝。不過說真的，你穿黑色T恤和牛仔裝看起來一定很騷包。」

「我沒有黑色T恤。」

「我去買一件給你。如果你願意的話，我就去給你買件黑色的無袖緊身背心，不過你大概不肯穿吧？」

「不要。」

「我想也是。我去把花插好，然後收收該打烊了，我們可以一起走回家。或者你想把花帶回家？」

「不用了，花放在這裡看起來很合適。」

「沒錯，而且我還有一個大小正好的空花瓶。你看，好漂亮不是嗎？我們去韓國人開的超級市場買點菜，我回家做個義大利麵和沙拉，在廚房的餐桌上吃。你覺得怎麼樣？」

我說這樣很好。

晚餐後我打開帶在身上一整天的那個信封袋，拿出TRW消費徵信情報公司由電腦印出的報告，還有那封由威利口述給客戶的感謝信。伊蓮到另一個房間看機智問答節目，而我則翻閱那些關於誰花了多少錢的記錄，找出三十一俱樂部裡十四個在世會員的財務狀況和付款習慣。

看完大半疊報告的時候，伊蓮端著一杯咖啡進來給我，同時告訴我三個參賽者都不知道班傑明．哈里森是威廉．亨利．哈里森的孫子。

「我也不知道，」我承認。「這些姓哈里森的是些什麼人？」

「都當過總統啊。」

「噢，威廉．亨利．哈里森，曾在蒂柏可努河戰爭中擊敗印第安人的那個？」她點點頭。「還有泰勒總統也參加過。我現在想起來了，他死了吧？」

「廢話，福爾摩斯先生。他在一八四〇年選上總統，你還希望他活著啊？這是什麼？」她拿起我那封顧客感謝信看一看。「這封信寫得太棒了，」她說，「威利口述的？」

「他是這麼說的。」

「簡直完美，你不覺得嗎？你應該下定決心，以後只要你有客戶告訴你，說你為他們做了一件多麼棒的工作時，你就跟他們要封感謝信。」

「好喔。」

「你的熱情很有感染力。」

「我想我應該把這信裱起來，掛在我辦公室的牆上，」我說，「如果我有個真正的辦公室的話。而且我可以影印一張放在我的公事包裡面，秀給未來的客戶看。」

「如果你真有個公事包的話。」

「答對了。」

「可是你不知道你是不是想要這些。」

咖啡太燙了沒法入口，我吹了吹想讓它涼一點。我說：「是該滾蛋退休的時候了，你不覺得嗎？我辭掉警察工作已經二十年了。」

「當時你是跟著酒陷入低潮，」她說，「記得嗎？」

「記憶猶新。」

「然後你就開始戒酒。」

「戒到現在這麼久，我整個人都乾得快成了易燃物，就像人們說的，我快要著火了。我這一生到底做過些什麼？」我拍拍那疊信用報告。「這裡有一群年紀跟我差不多的人，」我說，「他們有家庭，有事業，他們擁有自己的家，大部分人如果願意就馬上可以退休。為什麼我要反抗這一切？」

「因為你跟他們有一點不同，」她說，「你活著，而他們一半以上已經死了。」

「我說的是活著的那些人。反正沒人想殺掉我。」

「哦？我倒是想到一個人，他有一陣子真的考慮要殺掉你。如果你忘了他的長相，不妨瞧瞧鏡子。」

「我懂你的意思。」

「還有，」她說，「對自己有點信心，好嗎？從你不當警察那天開始，你就一直靠自己工作過日子。」

「勉強過日子。」

「你領過救濟金嗎？你有餓過肚子或睡在公園嗎？你曾打破人家車窗玻璃偷收音機嗎？我不記得看過你拿紙杯站在馬路上跟人討零錢。有什麼是我沒看到的嗎？」

「我只是活得馬馬虎虎。」

「你活得好得很，」她說，「做你最拿手的工作，而且那些工作也不是求來的，而是你有辦法讓它們自己找上門來。」

「禪宗偵探。」

「然後你現在五十五歲了，」她說，「你覺得你應該有更多實質的東西。你這二十年都沒有私家偵探執照，可是現在你覺得你需要一張了。你不在旅館出外辦案的時候，你的顧客無論如何總有辦法找到你，可是現在你覺得你需要一個辦公室。好吧，如果你想要這些東西，那好極了。你可以在一棟很不錯的大樓租一個辦公室，弄一些文具和印好的宣傳小冊子，去接律師事務所和一些大公司的案子。如果這是你想要的，我會全力支持你。你願意的話，我可以替你張羅辦公室。」

「你有個店要經營。」

「我可以雇一個助理，天天都有人問我要不要幫忙，其中有些比我還夠格去經營那個店。再不然我也可以收店不做。」

「別胡鬧了。」

「胡鬧什麼？開那個店是興趣，只不過是找點事情做，免得我發瘋罷了。」

「今天下午我過去的時候，」我說，「我站在櫥窗前，心存敬畏的看著你所做的一切。」

「少來了。」

「我是說真的。你讓一些事物有了意義。你找了一個空店面，拿出多年來收集的藝術品，是你懂得把這些東西的美展現出來，其他人才開始懂得去欣賞。」

「對，我那些舊貨店的傑作。」

「老天，還有雷的事情。本來他只是一個警察，有點用得上的小才能。但你讓他明白他是個藝術家。」

「他本來就是個藝術家。」

「而你串連起這一切，」我說，「你讓它們活了起來。我不明白你究竟是怎麼辦到的。」

「噢，我也覺得做這些很開心，」她承認。「但是我不知道能不能賺錢。幸運的是，賺不了錢也沒關係。」

「因為你是個富婆。」

她在皇后區有一些出租公寓，有家房地產公司替她管理。每個月她都會收到一張支票。她說：「這也是原因之一，是嗎？」

「什麼原因之一？」

「我有一些存款，」她說，「而你沒有。」

「你說的這兩件事都沒錯。」

「而且我們住的這戶公寓是我付錢的。」

「也沒錯。」

「這表示你應該賺更多錢，這樣我們才能處於同等的地位。」

「你認為就是這樣嗎？」

「不知道，是這樣嗎？」

我想了想。「這或許是一個因素，」我說，「不過這個因素只是讓我好好看看自己，然後我看到一個沒有太大成就的傢伙。」

「你知道，很多你以前的客戶不會同意你這個說法。他們或許沒辦法給你一封用漂亮的公司信紙所寫的感謝信，但要比去幫一個品管很爛的家具廠商逃避官司有意義得多。你改變了很多人的生命。」

「可是我卻沒替自己做多少，其實我該多想想自己的。」我揮一揮那疊信用報告。「我剛剛正在看這個，」我說，「想像TRW那些人會怎麼寫我的記錄。」

「你的帳單都付了錢。」

「對，可是——」

「你想要執照、辦公室和其他這一切嗎？全憑你的意思，親愛的，真的全憑你的意思。」

「噢，沒有執照真的太荒謬了，」我說，「好多次都害我沒接到生意。」

「還有體面的辦公室，還有你底下的一大串職員和保全人員？」

「我不知道。」

「我不認為你想要這些，」她說，「我認為你是覺得自己應該想要，可是你不想，讓你難過的是這個。不過一切都操之在你。」

我又回去看那一疊信用報告。進度很慢，因為我不知道我在尋找什麼。只希望自己能看出些什麼來。道格．波莫若、鮑伯．瑞普利、比爾．魯蓋特、婁威爾．杭特、艾佛瑞．戴維斯、布萊恩．奧哈拉、傑瑞．比林斯、鮑伯．柏克、肯多．馬加瑞、約翰．揚道、理查．貝佐連。戈登．華瑟。雷蒙．古魯留。路易斯．希柏蘭。我知道其中幾個人的長相。我在電視上看過傑瑞．比林斯談論冷鋒和降雨的機率。我在圖書館研究的時候，曾看過戈登．華瑟的照片（和兩位合夥人慶祝他們自己的廣告公司成立），以及理查．貝佐連的照片（和兩個他的唱片公司剛簽下的羞澀搖滾歌星合影）。當然還有多年來我常在報上看到艾佛瑞．戴維斯的照片。

這些年我也會和雷蒙．古魯留同在一個房間裡，雖然沒有正式介紹過。另外我認識我的客戶路易斯．希柏蘭。

但我好像可以很快想像出他們的樣子，包括那些我完全不知道長相的人。當我看著他們的名字、審視他們的信用記錄，一個個影像便浮上心頭。我看見他們在郊區的自家草坪上推著電動割草機，我看見他們穿著西裝，我看見他們彎腰抱起一個小孩往上舉。我還把他們放在高爾夫球場上，然後看著他們淋浴換衣服之後在鄉村俱樂部裡面喝東西，比方說，威士忌，或者結滿冰珠的高玻璃杯裡面的汽水。

我可以看見他們穿著剪裁精良的西裝，黎明時分離開他們的花園洋房，黃昏才返家。我可以看見他們站在月台上看報紙，等著回長島的火車或者往北的都會北線。我可以看見他們在中城人行道上行走，手上提著黃銅鑲邊的公事包，正要去赴約。

我可以看見他們去看歌劇或芭蕾，他們的妻子盛裝打扮而且佩戴珠寶，同時他們自己也略帶自豪的穿上耀眼的晚禮服。我可以想像他們坐在遊艇上，在國家公園裡，在自家後院烤肉。

好傻，因為我根本不知道他們長什麼樣子，可是我卻看得到他們。

∞

「我再等個一兩天，」我告訴伊蓮，「然後我就要打電話給路易斯．希柏蘭，告訴他這只是一個統計學上的特例。他那個俱樂部雖然死亡率高，而且凶殺事件的數字出奇得多，但這並不表示有人一個個把他們幹掉。」

「你就從那疊信用報告得到這個結論？」

「我得到的是一幅景象，」我說，「裡頭是十四個井然有序的生活。我不是說這些人沒有黑暗面。奇怪的地方只不過是其中有兩個人酗酒，或者豪賭，或者做一些他們不會希望鄰居知道的事情。或許這個人打老婆，或許那個人就是管不住自己的褲帶。但每一個人的生活都有某種程度的穩定性，根本不符合連續殺人狂的條件。」

「如果他能持續殺人殺了這麼多年，」她說，「那他一定規矩得不得了。」

「而且很有耐心，又很有條理。這是毫無疑問的。可是他的生活一定會有些混亂，他可以保持起碼的樣子，但必定是有許多支持和鼓勵、許多重新開始和痛改前非的過程，應該會常常換工作、常常搬家。比方說，很難相信凶手可以維持婚姻那麼長一段時間。」

「那這十四個人都做到了嗎？」

「不，很多都離了婚。不過凡是離婚的，都顯示出一種持續的工作穩定模式。這群人沒有一個像是那種失控的砲彈，但凶手卻幾乎必然是這樣，才能造成這些毀滅。」

「所以凶手不會是會員之一了。」

「那又怎麼可能是外面的人呢？沒有人知道他們的存在。我告訴過你，我去看過佛瑞德·卡柏的遺孀，她嫁給他大概二十五年之類的，她知道他每年都要跟一些老朋友吃一次晚飯，但她以為是他布魯克林學院兄弟會的聚會，而且她不知道其中任何人的名字。」

「她也告訴你她不認為他是自殺的。」

「這個啊，活著的人對於自殺的人總是有這類說法。如果你爬上高塔射殺了二十個人，你的鄰居會告訴記者你是個安靜的好男孩。如果你自殺，他們會說你活得好得很，完全沒有理由自殺。」

「那你認為他的確是自殺的？」

「我覺得應該開始這麼想了。」

「你不是說，自殺可能都是假的？」

「大部分的自殺可能都是假的，」我說，「不過也有例外，比方那個實況轉播自己自殺鏡頭的可憐小操蛋。」

「我很高興我沒看到。」

「但即使大部分的自殺都可能是假的，」我繼續說，「也不表示這幾個人的自殺也是假的。大部分的自殺看起來都像是真的，大部分的意外死亡也都像是真的。」

「你認為華倫委員會查明真相了嗎？」〔譯註：華倫委員會係甘迺迪總統遭暗殺後組成的調查委員會，調查結果認為刺客是精神錯亂的偏執狂，甘迺迪遇害並無其他隱情〕

「老天，這個問題從哪冒出來的？」

「左外野。我只是好奇而已，你不好奇嗎？」

「我想華倫委員會的結論比奧利佛・史東的要接近事實太多了。你幹嘛問？你覺得我太快就相信我想要相信的東西了？」〔譯註：美國名導演奧利佛・史東在他所導演的電影《誰殺了甘迺迪》中，主張甘迺迪被刺涉及政治陰謀，其觀點引起極大爭議〕

「我沒這麼說。」

「噢，是有可能，不管你說了沒。我覺得好像是因為我曾一直努力想證明某個人真的幹掉他們，所以現在很不願意下結論說，其實這個案子唯一的壞人就是我們的老朋友巧合先生。但或許我一直想下這個結論，我也不知道。」

「我只是覺得，」她說：「你給信用良好這件事賦予太大的意義了。」

「我不單是因為他們用萬事達卡就屈服，認為他們沒問題，而是他們整個的生活方式，他們整個——」

「我知道，你看著那份TRW報告，所看到的只是一大張諾曼．洛克威爾的畫。他們實現了美國夢，不是嗎？」

「我想沒錯。」

「而你卻覺得自己被排除在外面，因為你沒辦法過那種生活。更讓你覺得孤立的是，你根本不想要那種生活。這是很重要的原因，馬修，對嗎？」

電話響了起來。

「電話鈴聲救了你，」她笑著說，伸手接了電話。「喂？請問您是哪一位？請稍等，我看他有沒有辦法接聽。」她用手摀住話筒。「雷蒙．古魯留。」她說。

「哦？」

我從她手裡接過電話，跟對方打招呼。他說：「史卡德先生，我是雷蒙．古魯留。我想我們應該見個面，你覺得呢？」

沒錯，是他的聲音，嘹亮而急促，是他的致命武器。我曾在電視新聞裡聽過，他對一群記者發表看法，談到深入制度層面的種族歧視對他的當事人華倫．麥迪森所造成的不利影響。如果我沒記錯，麥迪森深受種族歧視之害，以致於販毒、搶劫、殺害其他毒販，還槍殺了六個去他母親家想逮捕他的警察。

「或許應該。」我說。

「我明天早上得出庭，下午晚一點怎麼樣？四點可以嗎？」
「四點很好。」
「你願意來我家嗎？我住在商業街，你聽說過這條街吧？」
「我知道商業街在哪裡。」
「噢，當然。你曾在第六分局待過對吧？我是住在四十九號，就在櫻桃巷戲院對面。」
「我找得到，」我說，「四點嗎？到時候見了。」
「期盼你的光臨。」他說。

∞

「明天下午四點，」我告訴伊蓮，「而且他期盼我的光臨。搞不懂有什麼好期盼的。」
「或許跟你在進行的案子無關。或許他想找你當他的調查員。」
「噢，當然囉，」我說，「他聽說了我怎麼把那個魔鬼氈跳高選手整倒，所以想找我去替他工作。」
「說不定他想向你自白。」
「就是這樣，」我說，「在商業街有棟洋房，每場演講費要兩萬現大洋的硬漢雷蒙·古魯留，過去二十年來殺了一堆他的老友，現在他希望我幫助他自首。」

12

商業街只有兩個街區長。在布里克街往南一個街區處，由第七大道朝向西南斜伸出去，與巴洛街平行。第一個街區是一整片住宅，街道兩旁排列著三層樓高的紅磚建築，屬於聯邦機關。大部分都是住宅，但一樓有些是出租店面。有個櫥窗掛著律師的招牌，底下又掛了一個小牌子，「我也涉獵古董」，上頭寫著，櫥窗裡面是一些古董和文物。隔兩戶是一家健康食療法餐廳，菜單上有豆腐、海藻，其他還涉獵什麼則沒有提起。

經過貝佛大道之後，就到了商業街的第二個街區，這兒的建築風格混雜多了。不同高度、形狀、風格的建築擠在一起，就像尖峰時刻地下鐵車廂裡的吊環一樣。而街道則好像對於這種風格的不變感到困惑似的，在街區盡頭忽然向右急轉彎接上巴洛街後，就此嘎然而止。

櫻桃巷戲院就位於這個突然轉向之前的街區中段，雷蒙．古魯留的房子四層樓高，兩扇窗子寬，位於一排住宅的最尾端，另一頭接著一排較寬矮的建築。我爬上一段階梯，門上有個獅頭形狀的銅門環，我正要去抓門環的時候，看到了門鈴，於是轉移目標按了門鈴，不知道有沒有響，總之我沒聽到那扇厚重的門後有任何聲音。正打算改敲門環的時候，門從裡面打開了。古魯留自己來應門。

他是個高個子，大約六呎三，瘦骨嶙峋。頭髮原是黑的，如今已褪成鐵灰色，而且留長了直披蓋過衣領，肩膀上一片捲髮。時光就像漫畫家的筆在他臉上留下痕跡，加長了他的鼻子，凸顯了他的眉骨，讓他的兩頰更凹陷，下巴更突出。他審視了我一陣，然後粲然一笑，好像看到我真的很高興，好像有人對這個世界開了個超大的玩笑，而我們兩人就身在這個笑話之中。

「馬修．史卡德，」他說，「歡迎，歡迎。我是雷蒙．古魯留。」

他讓我進門，一面道歉著房裡很亂。其實對我來說還好，那種亂還不致於讓人不舒服——嵌入式的書櫃裡書多得擠不下，都堆到地板上了，有扶手的單人沙發椅上放著一疊雜誌，維多利亞式的沙發椅背上搭著一件西裝外套，跟他身上的西裝褲是一套的。他上身穿著一件白襯衫，領口敞開，袖子捲了起來。腳上套了一雙涼鞋，勃肯牌的，看起來很怪，因為鞋子裡頭還穿著一雙搭配那套黑色細條紋西裝的黑襪子。

「我太太在薩格港，」他解釋道，「明天下午我要去跟她會合，然後星期一早上再趕回來出庭，除非我打電話告訴她我工作太多做不完。我可能真會打，大老遠趕出城去度週末，然後又大老遠趕回來，這樣到底有什麼意義？這樣就算是休息嗎？」

「有些人一向如此。」

「有些人會去參加拉卡車比賽，」他說：「有些人會拉朋友參加安麗的直銷。有些人相信地球是個中空的圓體，裡面那層發展了一整套的文明。」他講著聳了聳肩。「有些人就是不斷結婚。你結婚了嗎，馬修？」

「實質上結了。」

「實質上，我喜歡。我叫你馬修可以吧？」我說沒問題。「你叫我雷蒙就行了。『實質上』，我想意思就是住在一起吧？噢，你是個沒執照的私家偵探，為什麼不能當個沒執照的配偶呢？我猜你之前結過婚。」

「沒錯，結過一次。」

「有小孩嗎？」

「兩個兒子。」

「我猜都長大了吧？」

「是。」

「我結過三次婚，」他說，「跟三任太太都有小孩。我現在六十四歲了，可是有個女兒在三月時才剛滿兩歲，而她有個下個月就滿四十歲的哥哥。他真差不多可以當這個小妹妹的祖父了。老天在上，我有個三代同堂的家庭。」他搖搖頭，一副想不透的樣子。「等到我八十歲，」他說，「還得付小孩的大學學費。」

「據說這樣會讓你保持年輕。」

「那是自我辯護，」他說，「都忘了給你倒飲料了。你要喝什麼？」

「無味蘇打水就行了，謝謝。」

「沛綠雅行嗎？」

我說很好。他在餐室的餐具架弄飲料，兩個玻璃杯都裝了沛綠雅礦泉水，他自己那杯加了愛爾蘭威士忌。我認得那個酒瓶的形狀，是詹森牌特級的。我認識的人裡頭，唯一也喝這種酒的人是個職業罪犯，在地獄廚房開了家酒館。他喝的時候是不加蘇打水的。古魯留把飲料拿到前面房間來，清出一張椅子給我，然後自己坐在沙發上，長長的腿撐著。「馬修．史卡德，」他說，「前幾天我聽到你名字的時候，覺得完全陌生。其實我很意外，我們過去幾年所走的路居然沒有交叉過。」

「事實上，」我說，「有的。」

「哦？別告訴我你上過證人席。我總說我絕對不會忘掉任何一個敵方證人。」

「我從沒被傳喚去替你的案子作證。不過我曾在刑事法庭大樓和那附近幾個餐廳見過你，瑞德街的羅吉尼餐廳，還有公園道的一個小法國餐館，現在已經沒了，我忘了店名。」

「我也忘了，不過我知道你講的那家。」

「還有，幾年前，」我說，「在五十二街地獄廚房西邊的一家夜間酒吧，你曾坐在我隔壁桌。」

「喔，老天，」他說，「就在一個愛爾蘭實驗劇場的樓上，兩邊都是燒毀的樓房，對街是個瓦礫散布的空地。」

「就是那家。」

「老闆是三兄弟，」他回憶著。「他們姓什麼，我想說摩里森，不過不是。」

「摩里西。」

「就是摩里西！他們很野，紅色鬍子留到胸膛，冰冷的藍眼珠讓你覺得隨時都有死亡會發生。謠傳他們跟愛爾蘭共和軍有關係。」

「大家都這麼說。」

「摩里西。我這些年很少去那裡，大概加起來頂多兩三次。我想，我每次在那裡都是醉醺醺的。」

「唔，我有一陣子常常泡在那裡，」我說，「每個人到那裡都是醉醺醺的。每個人都很規矩，摩里西三兄弟會看著，不過你四周看看，也絕不會以為自己是在參加衛理公會的草坪宴會。」

「想必是二十年前了。」

「差不多。」

「當時你還是警察嗎？」

「不是，不過剛辭職不久。我搬到那個區，就在附近的酒吧喝酒，現在大部分酒吧都不見了。到了半夜所有酒吧都已經打烊，我卻還想喝酒時，摩里西永遠敞開大門。」

「下班後去喝杯酒可以讓自己放鬆，」他說，「天主在上，那陣子我喝得比現在凶。現在多喝兩杯我就會想睡覺了，以前酒是我的燃料，喝下去可以跑上整天整夜。」

「你就是在那裡學會喝愛爾蘭威士忌的？」

他搖頭。「你知道那句談成功的諺語嗎？『英國式穿著、猶太式思考』？噢，雖然不押韻，不過我要加上『愛爾蘭式飲酒』和『義大利式食物』，這兩個原則我是在格林威治村學到的。我在白馬酒吧和獅頭酒吧，還有對街的藍磨坊學會喝愛爾蘭威士忌。你在第六分局的時候知道藍磨坊嗎？」

我點頭。「食物不怎麼樣。」

「是不好，很爛。蔬菜都是罐頭的，而且都是那種有凹痕的爛罐頭，不過他們的牛排價錢只有別處的一半，只要你的刀子夠利切得動。」他笑了。「如果你想跟一堆朋友喝到打烊時間，那真是個天殺的好地方。現在那裡改名叫農莊，食物改善多了，可是你也別想進去安安靜靜喝一杯，因為你連自己講話的聲音都聽不到。那裡的顧客全是我老婆那個年紀的，有的還更年輕，而且老天，他們可真吵。」

「他們好像就喜歡那麼吵。」我說。

「那些噪音一定對他們有某種魔力，」他說，「可是我從來沒搞懂是什麼。我唯一的反應就是頭痛。」

「我也一樣。」

「聽聽我們兩個，」他說，「我們真是兩個糟老頭。你比我年輕多了，你五十五歲，對吧？」

「看來我臉上寫著自己的年齡。」

他看著我的眼睛。「我研究過一些你的事情，」他說，「你應該不驚訝。我想你也做了同樣的事情。」

「你的信用評分相當好。」我說。

「噢，讓我鬆了一口氣。」

「還有，你今年六十四歲。」

「我幾分鐘前說過，對不對？不是從什麼關於我的機密檔案裡看來的。」他往後靠，一隻手伸長放在沙發椅背上。「除了洪默之外，我是三十一俱樂部年紀第二大的。洪默．向普尼是建立我們這一章的人。」

「我知道。」

「當時我三十二歲，替法律救援會工作，正考慮要加入格林威治村獨立民主黨員團，同時嘗試打入政壇。麻煩的是，我發現那個改革民主黨員團比民主黨更可惡，老民主黨團根本狗屁不通，不過至少他們有自知之明，而改革派人士則是一小撮偽善的狗屎。誰曉得，如果我懂得跟著他們往上爬，我可能就會成為郭德華。」（譯註：Ed Koch，美國政治人物，曾於一九七八年至一九八九年間擔任紐約市長）

「說不定。」

「法蘭克．迪吉里歐比我大十個月左右，我不太了解他，但是我喜歡他。很正直、很可靠。他死了，你知道。」

「去年九月。」

「我在《紐約時報》看到了訃聞。現在我看報紙，第一個看的就是訃聞版。」

「我也一樣。」

「我就是這樣定義中年的，當你拿起早上的報紙頭一個事情是翻去看訃聞，那就表示你進入中年了。法蘭克突然死掉時，我心裡告訴自己，噢，古魯留，該你準備隨時要走了。」他蹙起眉頭。「好像下一個就會輪到我似的。結果沒想到輪到的是阿倫・瓦森。很好的人，很正直，凶手刺死他只為了他的手錶和皮夾。沒想到富理森丘會發生這種事情。」

「那一帶的街頭犯罪近來顯然增多了。發現他的是一個私家的保全人員，如果沒有必要的話，你根本不會去雇保全人員。」

「時間的徵兆，」他說，「很快到處都看得見。」他往下看著手上那杯威士忌加蘇打水。「我接到了菲麗霞・卡柏打來的電話，」他說，「我不知道她是誰，她告訴我她是佛瑞德・卡柏的遺孀時，我還一頭霧水。佛瑞德・卡柏？要命，誰是佛瑞德・卡柏？是律師、黑幫混混，還是激進分子？別忘了，我只是每年跟他吃晚餐時碰一次面，三年前他從他辦公室的窗子跳樓自殺後，我從此沒再看過他。所以我還想了好一會兒，然後她繼續說，有個偵探去找過她，這個小子告訴她說她先生可能根本沒有自殺，而是被謀殺的。她在某個俱樂部的名單上看到我列在上頭，她認得這個名字，所以就抱著希望打電話來，希望我能注意一下這件事。」

「接下來呢？」

「接下來我就努力隱藏自己的無知，當時我根本完全摸不著頭腦，然後我告訴她，我會看看自己能查出些什麼。當然我打了幾通電話，然後對你了解夠多之後，就打電話給你。」他露出迷人的微笑。「於是你就在這裡了。」

「於是我就在這裡了。」

「你的客戶是誰？」

「我不能告訴你。」

「你又不是律師。你沒有保護消息的特權。」

「我們也不是在法庭上。」

「沒錯，當然不是。我必須假設你的客戶是我們在世的會員之一，除非你是受雇於某個會員的遺孀或者其他人。」他說的時候看著我的臉。「我真是看不透你。」片刻後他說。

「我的客戶或許願意讓你知道他是誰。但我必須先問過他。」

「『他』，你用這個代名詞，不太可能是寡婦。不過我想說不定你很狡猾，馬修，你是個狡猾的人嗎？」

「不太是。」

「我懷疑。不過，反正一定是會員，對吧？還有誰會曉得其他所有會員的名字呢？不過我猜有些人會跟自己的太太公開討論俱樂部的事情。」他又笑，這個笑微弱多了。「應該說是我們的第一任太太，」他說。「就算你第一次離婚什麼教訓都沒學到，至少也學會了謹慎。」

「誰雇用我很重要嗎？」

「或許不重要。但我喜歡知道所有關於人的事情——陪審員、證人、對方律師。你知道，準備周全好辦事嘛。法庭的戲劇性或許讓我成為巡迴演講的熱門人物，但我是靠開庭前的家庭作業贏得官司的。我喜歡打贏官司。」

他問我還要不要再加點沛綠雅，我說這樣就可以了。

他說，「馬修，你覺得最有可能的，就是有個人正一步步企圖要殺光我們嗎？或者這也是機密？」

「這個俱樂部有很多人死了。」

「我不需要一個偵探來告訴我這個。」

「有幾樁謀殺，幾樁自殺，還有幾件意外可能是安排的。所以看起來不純是巧合而已。」

「嗯。」

「但也可能是巧合。凶手幾乎可以肯定就是你們其中之一，可是沒有動機、沒有錢的誘因，至少據我所知沒有。或者還有什麼我不知道的？」

「沒有，」他說，「早些年我們談過，要買箱不錯的波爾多葡萄酒，留給最後在世的人喝。後來我們認定不管是誰最晚死，都老得無法享受這箱好酒了。此外，這樣好像不太適當，甚至是輕浮。」

「所以凶手一定是瘋了，」我說，「而且不是突發性的瘋狂，因為他持續了很多年，一定是長期發瘋。可是你們十四個人看起來神智都很清楚，生活也非常穩定。」

「哈，」他說：「這一點，我那兩個前妻可以給你不同的觀點，而且我可以告訴你其他幾個名字，他們可以很快告訴你，我有多不安、多焦慮。也許我就是凶手。」

「你是嗎？」

「是什麼？」

「你是凶手嗎？你殺了瓦森、克魯南和其他人嗎？」

「老天，這是什麼問題。沒有，當然沒有。」

「嗯，我心裡放下一塊大石頭了。」

「我是嫌疑犯嗎？」

「我沒有任何嫌疑犯。」

「但是你是不是真覺得——」

「可能是你幹的？不知道，所以我才會問。」

「你以為我可能會告訴你？」

「可能會，」我說，「怪事年年有。」

「耶穌啊。」

「我所應該做的是，」我說，「去問各式各樣問題，包括蠢問題。你永遠不知道某個人會跟你說什麼。」

「很有趣。在審判中剛好相反。有一個基本原則，除非你已經知道答案，才會問證人那個問題。」

「你會發現用這種方式很難學會任何事情。」

「教育，」他說，「不是我們的目的。我還要再喝一杯，你要嗎？」

我讓他替我補滿沛綠雅。

∞

我說：「我頂多只能告訴你，我很吃驚看到你的名字出現在名單上。」

「哦？」

「我覺得，」我說，「你加入那個團體，好像是個異數。」

他從鼻子冷哼一聲。「我會說，不管任何人加入，那都是一個很怪異的俱樂部。每年聚會慶祝必死的命運，拜託老天。怎麼會有人想要加入？」

「你是為什麼加入的？」

「實在不記得了，」他說，「當然，當時我年輕多了，人格和職業都沒定型。如果卡柏的遺孀——她叫什麼來著，菲麗霞？」

「對。」

「給小孩取名叫菲麗霞，等於是讓大家喊她菲麗休，對不對？如果菲麗霞・卡柏在一九六一年看到我名字出現在一個名單上，她絕對不會多看第二眼。除非她以為古魯留是排錯字了。你知道，很多年前我常碰到，大家都以為應該是古力歐。」

「現在大家都認得這個姓了。」

「噢，毫無疑問。認得這個姓、這張臉、頭髮、聲音，還有那種諷刺的機智。每個人都知道『硬漢雷蒙．古魯留』。嗯，正合我意，可是你知道，這也是個巨大的詛咒。『你會有報應的』，被人這樣祝福，實在很要命。」

「成名的代價。」我說。

「也沒那麼壞。我去餐廳都不必排隊，路上會有人來跟我打招呼。布里克街有個咖啡店就用我的名字給一種三明治取名。你去那裡點一個雷蒙．古魯留，他們就會給你一些醃牛肉、生洋蔥，還有其他不知道什麼的怪組合。」

他的第二杯顏色比第一杯更深，而且看起來好像這杯酒力發揮得更快。

「當然不是只有醃牛肉和洋蔥這類玩意兒，」他說，「有時候會有人來打破你的窗戶。」

我的視線移到朝前的窗戶。

「換過的，」他說，「那是高耐震塑膠玻璃。看起來像玻璃，好像只禁得住輕敲，其實不然，那是防彈的。當然擋不住連發高速子彈，那種武器連水泥牆都擋不住，不過單發手槍打上去只會反彈。前陣子才有人來開槍過，而這種新窗戶據說手槍的小子彈打上去會彈開，連個小刮痕都不會留下。」

「他們沒抓到開槍的人，對不對？」

他頭一抬。「你不會真以為他們會逮自己人吧？我猜是警察開的槍。」

「你可能是對的。」

「在十二個大公無私的布朗克斯市民認為華倫・麥迪森無罪，而且激怒很多警察搞得他們抓狂之後，這當然是對的。」

「不少普通市民也被激怒了。」

「包括你嗎，馬修？」

「我怎麼想並不重要。」

「無論如何還是告訴我吧。」

「為什麼要？」

「為什麼不？」

「我認為華倫・麥迪森是個狗娘養的殺人犯，他的餘生都該蹲在監牢裡。」

「那麼我們意見一致。」

我瞪著他。

「某些我的當事人，」他說，「會把華倫當成一個冷面殺手。我則覺得他是個毫無悔意的極端反社會分子，而且我很樂意看見他被關進紐約州監獄裡。」

「可是你替他辯護。」

「你不認為他有資格得到辯護嗎？」

「你讓他脫罪了。」

「你不認為他有資格得到最好的辯護嗎？」

「你不只替他辯護，」我繼續說，「你把整個警察部門全都列入審判。你讓陪審團相信麥迪森是布朗克斯分局的線民，為了回報，警察讓他販毒，而且還把他們從別的毒販那裡沒收的毒品拿去供應給他。後來警方怕他說出去，就跑去他母親家，不是要逮捕他而是要謀殺他。」

「很棒的劇本，你也承認吧？」

「荒謬透頂。」

「你不認為警察利用線民嗎？」

「他們當然利用，如果不利用的話，他們一半的案子都破不了。」

「你不認為警方讓線民繼續犯罪勾當，以回報他們的貢獻嗎？」

「這是整個合作關係的一部分。」

「你不認為被沒收的毒品總有辦法流回街頭嗎？你不認為某些已經犯了法的警官、警察會採取極端的手段，來掩飾自己的紕漏嗎？」

「在某些狀況下是如此，可是——」

「你知道一個事實、一個駁不倒的事實嗎？那些警察並沒有去華倫的母親家企圖殺他。」

「這是事實？」

「駁不倒的事實。」

「喔，不，」我說，「我不知道。」

「我知道，」古魯留說，「完全是胡說八道。他們從沒利用他當過線民，也不會利用他去擦屁股，這一點，我沒法歸罪於他們，問題是陪審團相信。」

「你可真能幹，把這個故事推銷給他們。」

「我很高興接受這個讚美，不過我不太需要去推銷，因為他們自己想相信。這個陪審團都是黑色或棕色臉孔，而我一手炮製的荒謬劇本對他們來說完全可信。在他們的想法裡，警察一向就是搞這類飛機，而且事後撒下漫天大謊。所以陪審團幹嘛要相信警察的證詞？他們寧可相信其他的說法，於是我就給他們另一個可以接受的選擇。」

「然後把華倫．麥迪森放回街頭。」

他看了我一眼，眉毛一揚，嘴邊要笑不笑的。這個表情我看過，那是他表示失望的懷疑，每次在法庭上盤詰難纏的證人、在走廊碰到不合作的記者時，他就會露出這號招牌表情。「首先，」他說，「如果華倫．麥迪森或其他任何人回到街頭或離開街頭，你真認為這個城市的生活品質會有什麼不一樣嗎？」

「是的，」我說，「因為警察必須相信這一點，否則他每天早上很難去工作。」

「你現在不是警察了。」

「就像從小在天主教家庭長大似的，」我說，「當過警察，很多想法和習慣永遠都改不了。而且我也真的覺得是有不一樣，倒不是對那些麥迪森可能會去殺害的人有多麼大的不同，而是當人們看到他重回街頭時，所透露出來的訊息。」

「可是他們看不到。」

「怎麼會？」

「他們不會再看到麥迪森，除非在警備森嚴的綠天監獄裡。華倫現在就在那兒，而且可能會待到你我都早已不在人世。記得那個地鐵站裡有個摩門教男孩被刺死的案子，托雷斯在判刑的時候對行凶的小鬼說了什麼嗎？『你的假釋官還在他娘胎裡。』你也可以這麼告訴華倫。他殺死了那些毒販，而且被定罪了，有生之年他都得蹲在籠子裡面。」

「你沒法讓他從這些罪名中脫罪？」

「我根本沒試。他有其他律師，而且我也不想接那些案子。殺死一個毒販是為財謀殺，有一大堆其他律師會願意代表你。而射殺一個警察則會引起政治爭論，那就是古魯留能幫你的時候了。」

「奇怪，沒有人記得麥迪森的刑期。」

「當然不記得。大家只記得硬漢古魯留讓他脫罪了，警察也不在乎他是被關在綠天監獄還是跑去好萊塢搞瑪丹娜。警察的想法跟你一樣，認為我把整個警方都拿來審判。其實我沒有，我是把整個制度都拿來審判，一向如此，我是刻意的。不管是民權鬥士還是抗拒徵兵的人還是巴勒斯坦恐怖分子，或者，沒錯，華倫．麥迪森，我都把整個制度拿來審判。不過不是人人都這麼想。」

他指指他的塑膠窗子，「其中有些人就當成是個人恩怨。」

我說：「審判過後，我一直看著你和麥迪森的照片。」

「相擁的那張。」

「就是那張。」

「你有什麼想法？太沒格調？還是覺得那個姿態太戲劇化？」

「只是一個令人印象深刻的畫面。」我說。

「你聽過一個專為罪犯辯護的律師厄爾．羅傑斯嗎？非常有派頭，事業也很成功。那個黑幫老大克萊倫斯．達洛被控賄賂陪審團時，羅傑斯就是他的律師。他接的其他案子則大半是非常可怕的謀殺。細節我忘了，不過羅傑斯贏了官司，他的當事人被判無罪釋放。」

「然後呢？」

「然後陪審團唸出判決時，被告衝去要跟幫他脫罪的人握手，羅傑斯不肯碰他的手。『離我遠一點，』他就在法庭裡面大吼。『你這狗娘養的，你就跟原罪一樣有罪！』」

「基督啊。」

「這才是戲劇化，」他津津有味的說，「而且沒格調，至少在職業倫理上很有問題。『你就跟原罪一樣有罪！』看在老天份上，那幾乎每個人都有罪。如果你不想替有罪的人辯護，那就改行。如果你替他們辯護，又如果夠走運贏了官司，那他媽的你就大可以跟他們握握手。」他笑了。「或者給他們一個擁抱，這比握手更符合我的風格。而且我當時很想擁抱華倫，根本不必裝。當陪審團說『無罪』時，我真是痛快極了，很感動。你會想找個人來擁抱，而且我也喜歡華倫。」

「真的？」

他點點頭。「很有魅力的人，」他說，「但如果他有理由殺你的話，那就另當別論了。」

13

「我餓了，」六點左右他跟我說。他打電話到一家中國餐館。「喂，我是雷蒙．古魯留，」他點了幾個菜，兩瓶青島啤酒，又吩咐他們這次別忘了幸運籤餅。「因為，」他說，「我的朋友跟我很想知道未來會怎樣。」

他掛掉電話說：「你在參加那個課程，對吧？」

「那個課程？」

「別不好意思了，嗯？你跑來我家問我是不是他媽的連續殺人犯。我也應該可以問你是不是戒酒無名會的會員。」

「我不是不好意思。不參加戒酒無名會的人，一般不會稱之為『那個課程』。」

「幾年前我曾去參加過聚會。」

「哦？」

「就在這附近，哈德遜街上聖路克坊的一戶地下室，還有派瑞街上也有個小地方。我不知道那些地方現在還有沒有聚會。」

「還有。」

「沒人告訴我，『古魯留，滾你的蛋，你不屬於這裡。』而且我在那裡聽到一些讓我有歸屬感的事情。」

「可是你沒有持續下去。」

他搖頭。「不是我想放棄。第一階段的內容裡，談到生活失控的事情，我忘了用詞是什麼。」

「『我們承認自己無力戰勝酒精——以致難以控制自己的生活。』」

「就是這個。唔，我省視自己的生活，並沒有難以控制。有幾個晚上我喝多了，早上醒來很後悔，但這個代價我似乎還負擔得起。所以我有意識的去努力減少飲酒量。」

「有用嗎？」

他點點頭。「像現在我就覺得喝太多了，這也是為什麼我會叫外賣食物。晚餐之前我很少喝那麼多酒。最近壓力很大，我想這種時候多喝點很自然，你不覺得嗎？」

我說聽起來很合理。

「我本來不想提的，」他說，「但是如果你不喝酒，我就不想替你點啤酒，免得你為難。但我也不想表現得漠不關心。」他講到最後一個字，聲音變得很小很模糊。然後停了一下，才轉移話題說：「跟你住在一起的那個女人，她年紀多大？」

「我得問她才知道。」

「她不會比你年輕三十歲吧？」

「不會。」

「那你不像我那麼蠢，」他說，「俱樂部第一次聚會時，蜜雪兒還在包尿布。耶穌，她當時的年紀跟查塔姆現在一樣。」

「你女兒叫查塔姆？」

「沒錯。我甚至已經開始習慣她的名字了。她媽媽要取這個怪名字的，這點你不必懷疑。一個六十歲的人不會給寶貝女兒取這個名字的。我跟蜜雪兒建議過，如果她想用英國首相的名字給小孩取名字，應該多考慮迪斯雷利。跟古魯留這個姓比較搭配。叫迪西．古魯留，音韻很棒，你不覺得嗎？」

「可是她不喜歡？」

「她根本不懂。她的年紀只有我的一半，老天在上，如果我對待她像個小孩似的，上帝會原諒我的。我得平等對待她。我告訴過她，開玩笑的說，我從不平等對待任何人，不論年紀老少，也不論是男是女。『是的，』她說。『我注意到了。』你猜怎麼著？我想我不打算明天去薩格港了，我想事實會證明，我的壓力太大了。」

∞

我們在前側的房間吃飯，膝蓋上放著餐盤。他替我找了一瓶可樂，然後自己喝他那兩瓶中國啤酒。

他說：「真滑稽。洪默的死讓我很震驚。他死的時候已經很老很老了，比我認識過的任何人都老，可是我大概期望他能長生不死。他不是第一個走的，你知道。他是第三個。」

「我知道。」

「菲利普死的時候我很震驚，可是車禍，那就好比難免發生的閃電。早晚會劈中某個人。你從小在紐約長大的嗎？」

「是的。」

「我也是。在這個國家的其他地方，你念高中時難免會有一兩個朋友死於意外。每到畢業舞會的夜晚，你知道至少會有一輛車無法平安通過那個所謂的『死亡彎道』。可是在紐約的小孩不開車的，所以我們就不需要這種形態的人口控制。」

「我們有其他控制的方法。」

「老天，沒錯。總有一些方法可以減少年輕男性的數量。在歷史上，大半是由戰爭扮演這個角色，在晦暗年代前夕圓滿達成任務。不過，小規模的戰爭和地區性的小衝突依然不斷。在貧民窟裡，就由毒品扮演中介角色。不管是吸毒致死還是在交易中射殺對方。」他嗤鼻一笑。「不過我離題了。如果我要寫回憶錄，書名就會叫《不過我離題了》。」

「你剛剛談到卡里許的死亡。」

「他的死沒有嚇住我，剛剛我們是談到這個，對吧？害怕，害怕死亡。據說人類是唯一知道自己會死的動物，也是唯一喝酒的動物。」

「你覺得兩者有關嗎？」

「我連前者都不確定。我養過貓，老覺得牠們就跟我一樣，知道自己早晚不免一死。不同的是牠們不害怕，或許牠們根本不在乎。」

「我連對人類的某些想法都不了解，」我說，「更別說貓了。」

「我懂你的意思。你知道菲利普死的時候我為什麼不害怕嗎？答案再簡單不過了，因為我沒車。」

「所以你不可能——」

「步上他的後塵，沒錯。幾年後，史帝夫·寇斯塔科摔飛機時，我也有類似的反應。我開飛機嗎？不。所以我應該擔心這種事嗎？當然不必。」

「那吉姆·賽佛倫斯死在越南時呢？」

「你知道，」他說：「那連震驚都談不上。有一年的晚餐聚會他沒出現，我們就知道他去服役了。然後第二年我們知道他死了，我覺得大家都料想到這樣的結果。」

「因為他在打仗？」

「一部分原因是如此，那個操他娘的戰爭。只要有人出外作戰，你就會猜想他大概回不來。對於賽佛倫斯，這麼想會好過一點。我不知道這有多少後見之明的成分，可是我對他有這樣的感覺。那是一種氣氛，一種能量，隨便你想怎麼稱呼，我相信『新世紀』思想有特定的說法形容這種東西，可是我太太不在，沒法告訴我們是什麼。你曾經遇過某個人，不知道為什麼就是能感覺到他在劫難逃嗎？」

「遇過。」

「對賽佛倫斯就會有那種感覺。我不是要暗示我有預感他會早死，只不過他是……噢，在劫難逃。我沒法想出別的詞。」他的頭往後靠，陷入回憶裡。「你說過，你認為我在那個俱樂部裡似乎是個異數。其實沒有，不完全是。我以前跟其他會員很相似，你很難想像的。大部分的法庭凶悍名聲，還有媒體的形象，都是後來才發生的。一個一九六一年才首次參加聚會的年輕人，多年下來他自然會有成長，不過當年我可不像現在。我比大部分會員都年長，但那時我和他們一樣認真，熱心的想參與人生的牌戲，而且想拿到好分數。我適應得很好。」他喝乾杯子裡的酒。「如果我們之中有異數的話，那就是賽佛倫斯了。」

「為什麼？」

他想了好一會兒才開口。「你知道，」他說，「我不算真正了解那個人，現在我試著在腦海裡回憶他的樣子，可是怎麼樣都無法得到清晰的影像。但我覺得，他似乎跟我們其他人的層次都不同。」

「怎麼個不同？」

「他是食物鏈裡面比較低的一環。不過這只是一種印象，建立在三十年前的三次聚會中。如果他活得久一點，足以建立自己的獨特風格，而且發福一點，或許這種印象就會改變。可是他沒有這個機會。」他吸了口氣。「不過，他的死亡沒有讓我害怕。我沒有在掙扎穿越稻田時，被穿著黑色寬鬆農衣的小個子射擊；我是忙著幫助其他年輕人不去當兵。」他把玻璃杯放回桌上。「然後洪默．向普尼死了，」他說，「在某種意義上，派對結束了。」

「因為你覺得他會長生不死？」

「不太是。我知道他早晚會死，就像其他人一樣，然後我知道他沒撐過去。所以我沒理由覺得震驚。一個人在九十多歲死於睡夢中，那不會是悲劇，也不會是多麼大的驚奇。但是你必須了解，他是個活力充沛的人。」

「我的印象也是如此。」

「而且他是一個時代的終點，是他那個行列裡最後一個人。菲利普和吉姆都是意外死亡，他們也可能被閃電擊中。一道閃光從天上降下，咔擦，報銷。然而一旦洪默走了，那就輪到我們了。」

「輪到你們？」

「輪到我們走向自己的死亡。」他說。

∞

我們談著巧合與或然率，還有自然與非自然死亡。「全世界最容易的事情，」他說：「就是把這事情公諸媒體，讓他們去處理。當然這麼一來，俱樂部也就結束了。而且這會讓我們全體成為警察和媒體注意的目標，不堪忍受。如果這一切都只是巧合，只是保險公司資料庫裡面一個突兀的數字，那我們只是平白無故把自己的世界搞得天翻地覆，卻毫無所獲。」

「那如果的確有凶手存在呢？」

「你倒是說說看。」

「如果他是你們十四個人的其中一個，」我說，「他可能會碰到一個徹底的偵察，會有很多警察問各種問題，同時交叉檢驗各種不在場證明。他想躲在暗處就很困難了。也許沒有足夠的證據起訴他，但查明案情和打贏官司是不同的。」

「如果他是外面的人呢？」

「那麼比較不可能逮到他。不過我想大規模的調查和公眾的注意力會嚇退他，讓他不再殺害任何人。」

「我想你的意思是，短期內不再殺害。」

「嗯，沒錯。」

「可是那個混蛋不是急性子，對吧？」他身體前傾，手指長長的雙手誇張的比劃著。「老天，那個狗娘養的就跟冰河一樣耐性十足。如果那些案子都是他幹的，他已經這樣幹了三十年了。嚇退他，結果呢？他會回家，在錄影機裡面放捲帶子，給自己濾一壺咖啡，等個一兩年。等到新聞風潮結束，他就可以再安排一個意外，或者一個街頭犯罪，或者一樁自殺。」

「如果警察盯上他，」我說，「他可能會永遠嚇退，就算沒有足夠證據起訴他也一樣。但如果警方沒有懷疑到他頭上，那麼你大概沒說錯，他只會等待時機，再度開始動手。」

「就算他不動手，他也贏了。」

「怎麼說？」

「因為這個俱樂部完蛋了。新聞報導就足以毀掉它，你不覺得嗎？真是老朽不堪，十四個成人每年聚會一次看看誰還活著，我不認為在吸引了我們新聞界朋友的小小注意力之後，我們還能真誠的共聚一堂。」

他起身去倒飲料，直接在玻璃杯裡注入威士忌，回到沙發前先啜了一小口。中國菜讓他腦袋清醒，現在他講話不會含糊不清，也不會顯露出任何酒精的影響。

他說：「不可能是我們十四個人的其中之一，這一點我們都同意嗎？」

「我沒辦法照你的想法走，我只能說，不太可能。」

「唔，我占了點便宜。我認識他們所有人，可你不是。」一綹灰色的頭髮垂落他的前額，他用手把頭髮往後順，繼續說：「我想俱樂部應該開個會，而且看來我們沒法等到明年五月。我去打幾個電話，盡量看能找多少人來這裡。」

「現在？」

「不，當然不是現在。星期一呢？不，星期一我還沒法聯絡上某些人。每年這陣子大家都會出外度週末。星期二，就暫定星期二下午好了，如果我有約會也可以改期。你呢？你星期二下午能過來這裡嗎？我看看，三點鐘怎麼樣？」

「這裡？」

「有何不可？比我辦公室要來得好，空間很大，坐得下十四個人，而且這麼短的時間內，有半數能來就不錯了。可是就算只有五六個人來——」

「是的，」我說，「從我的觀點來說，也是很有用的。」

「從我們的觀點來說也是，」他說，「我們全體都應該知道發生了什麼事。如果我們身處危險，如果有人在對我們虎視眈眈，我們當然最好能警覺一點。」

「我可以打個電話嗎？看能不能說服我的客戶。」

「廚房裡有電話。就在牆壁上，你一進去就能看到。還有，馬修，你講完讓我跟他談談好嗎？」

∞

「希柏蘭很贊成，」我告訴伊蓮。「他好像鬆了口氣。」

「所以你還是保住了這個客戶。」

「截至幾個小時前是這樣沒錯。」

「你覺得古魯留怎麼樣？」

「我喜歡他。」我說。

「你沒想到。」

「是沒有，我去他家時，抱著一般警察的偏見。但是他有本事讓人卸下心防。他很善於操弄人心，自我意識強得不得了，而且他的當事人名單裡有太多人應該被處死刑了。」

「可是無論如何你還是喜歡他。」

「嗯，我以為他喝了酒會變得很討厭，可是完全不會。」

「他喝酒會困擾你嗎？」

「他也問過我。我告訴他，我最要好的一個朋友也喝他那個牌子的威士忌，而且喝得凶多了。至於殺人，我說，我那個朋友的積分是介於華倫．麥迪森和黑死病之間。」

「台詞不錯，」她說，「不過並沒有真正回答問題。」

「你說對了，我沒有回答。如果我非得要替他打分數的話——」

「當然像你人品這麼崇高的人，是不會隨便幫人打分數的。」

「——我必須說，他是個醉鬼。我想他也知道。他控制住，而且顯然他還能維持得夠好，讓他的生活照常進行。他常接大案子，而且都贏了。順帶一提，我搞清楚一件事情了，以前我老想不透，他的當事人根本都是窮光蛋，這樣他要怎麼過日子。」

「結果呢？」

「他靠出書和演講賺錢。辯護工作幾乎是純粹義務的，但是有很多個人興趣的成分，因為藉著接大案子，可以刺激書的銷售量，而且演講的價碼也會抬高。」

「真有趣。」

「可不是嗎？我問他有沒有什麼他不願意接的客戶。他說黑手黨分子，還有白領犯罪的，比方華爾街搞內線交易還有儲貸協會舞弊的案子。倒不是說這些人是全世界最壞的人，而是和他沒緣分。我還問他會不會去幫三K黨辯護。」

「他說，如果是典型的南方種族隔離主義者，或者是一些中西部的白人勢力那類型的人，可能不會。他還說，那些殺死金恩或者掃射非裔美以美主教派的教堂、企圖藉此挑起種族紛爭，因而在洛杉磯被逮捕的光頭黨，要是替他們辯護，可能會很好玩。我忘了他扯到哪裡去，總之他把這些人都歸類為該被褫奪公權的化外之民就是了。『可是』，他說，『他們可能不會想聘用一個姓古魯留的律師。』我還是沒回答你的問題，對吧？不，他喝酒沒有困擾我。他沒有變得很感傷或很激動。另一方面，我本來計畫晚上要去葛洛根看看米基的，現在我想延到明天或星期六好了。」

「因為你今天已經聞夠酒味了。」

「對。」

「我沒親眼見過他，」她若有所思的說，「不過我本來有機會的。」

「哦？」

「他是個大恩客，至少曾經是。用那種新左派的辭彙來說，他確實是上班女郎的忠誠支持者。你知道他曾經是誰的熟客？康妮．庫柏曼。」

「神聖的回憶啊。」

「她說他真的是個大好人，很風趣，很好相處，有點怪癖。」

「我還以為應召女郎從不談論他們的名人顧客呢。」

「是啊，親愛的。如果你把牙齒放枕頭底下，牙仙就會來給你一枚兩毛五銅板。」

「我想我寧可留著那顆牙齒。」

「噢，你就是頭老熊。」她說，「反正，他喜歡皮革，還喜歡被綁起來。」

「我們也試過了。」

「結果你只是發睏。」

「因為我在你面前覺得很安全。聽我說，雷蒙．古魯留是個性奴，這的確有趣，但是——」

「更別提金蓮蓬頭了。」

「金蓮蓬頭？」

「我剛剛才叫你別提這幾個字，我打賭他會帶女人去『瑪麗蓮小房』。」

「唔？」

「以前是『地獄之火俱樂部』，」她說，「前幾天我們才談過，記得嗎？『瑪麗蓮小房』是新店名，我猜典故大概是取自拷問房，還有以前的AV女優。明天去看米基，這樣星期天你就可以帶我去了。」

「你真的想去？」

「想啊，有什麼不可以？我問過了，每一對的入場費是五十元，沒有規定非得做什麼不可。而且還有免費的不含酒精飲料。他們只有這種飲料，所以你就不會聞到酒味了。」

「只有鞭子和鏈子。」

「星期六還排了身體穿孔的展示。你已經五十五歲了，不覺得該是親眼目睹身體穿孔展示的時候了嗎？」

「是啊，真不曉得少了這些我是怎麼活過來的。」

「我試穿過那套皮衣，我覺得看起來很火辣。」

「不意外。」

「可是有點緊，我發現如果裡面什麼都不穿，看起來會更棒。」

「這種天氣，」我說，「穿那樣會很熱。」

「噢，那個俱樂部裡面可能會有冷氣，你不覺得嗎？」

「華盛頓街的那種小地下室會有冷氣？我可不敢指望。」

「那又怎麼樣？如果流汗，就讓它流吧。」她用舌尖舔舔嘴唇。「你不介意我流點汗，是吧？」

「嗯。」

「我想我還會再試穿一次那套衣服，」她說，「到時候你可以把感想告訴我。」

她牽起我的手，高高興興的帶我往臥室走，到了門口，她說：「你有幾個留話。阿傑要你有空呼叫他，不過他沒有急事，所以我想可以等到明天早上，你覺得呢？」

「非等不可了。」我說。

14

早晨我呼叫阿傑，在對街的晨星餐廳跟他碰面吃早餐。他還是穿那件短褲，戴那頂帽子，不過背心換成一件拆掉領子和袖子的粗斜紋布襯衫，而且上頭三顆鈕釦沒扣。他來的時候我已經點過菜開始吃了。他在我對面的座位坐下，跟侍者說他要兩個起司漢堡和一大盤炸透了的薯餅。

我說：「不要薯條？」

「早餐吃薯條？」

「抱歉，」我說，「我昏頭了。」

「是啊，你早就昏頭了，派我去布朗克斯追查三年前發生的狗屎。我去過那一帶啦，你怎麼可能找到任何人還記得任何事？就像在一棟堆滿破爛的破屋裡找一根針似的。就算你真找得到有人記得什麼，他們又幹嘛要告訴你？」

「嗯，希望是不大，」我說，「可是我覺得值得一試。但也猜得到可能是浪費時間。」

「誰說的？佛瑞德嗎？我只說那是不可能的，可沒說我做不到。」

「哦？」

「走遍布朗克斯，還到那些沒地鐵經過的地方，下了地鐵，就得搭巴士。」他一副不敢置信的表情搖搖頭。「花了不少工夫，不過我找到幾個認得這個奧多拿的傢伙。結果，他們根本不叫他奧多拿。」

「不然叫他什麼？」

「膽小鬼。」

「膽小鬼？感覺上他膽子大得像條響尾蛇。」

「是，他現在是這樣，在北紐約州的監獄裡冬眠去了。他膽小的方式是，他混的那個幫派，裡頭的傢伙都是瞪著你的眼睛扣扳機，微笑著射殺你。」

「我聽說的奧多拿就這個樣子。」

「不，你看，因為他膽小得不敢這麼做，所以後來發現可以對付計程車司機高興得要命。他不需要看著司機的眼睛，只要在背後開槍就行了。」

「他們就因為這樣而叫他膽小鬼？」

「我剛剛不告訴過你了嗎？」

「所以他幹掉了那些計程車司機。」

他點點頭。「都是他幹的沒錯。不過那個白人黃牌計程車的案子不是他幹的。」

「他們這樣告訴你？」

「不必他們講。作案手法根本就不對。」他看著我的表情笑起來。「你們不都這麼說嗎？既然我要當個偵探，就也要學點術語才像樣。膽小鬼一向都是找車行的計程車，而且他也不會在奧德邦大道克魯南死的那種地方下車，因為那是西班牙語區，他去可能會引起注意。但為了確定，我設法找了認得他的人。」

「他們跟你談過話了？」

「我編了個故事，說我媽媽臨終時告訴我，奧多拿．敏斯可能是我老爸。所以我有責任要追查他的下落。」

「敏斯幾歲？我不認為他老得可以當你爸爸。」

「是不夠老，可是我談過話的那票傻瓜沒有一個會去追究。而且我猜膽小鬼的膽子也不會太小，因為他有個朋友帶著我去介紹給一個小鬼，說我們其實是兄弟。那小鬼才十二歲，狠得跟什麼似的，我看他活不到十八歲，除非接下來六年有人把他關進大牢。」他笑了，「不過他很高興跟我見面，很樂意有個哥哥，這樣就有個人攬著他，告訴他這個世界是什麼樣子。」

「你會把他導入正途的。」

他白了我一眼。「他唯一能走的一條路，就是像膽小鬼送那些司機上路那樣，給他後腦勺來個一槍。總之，他告訴我的都是我老早猜到的，膽小鬼沒殺那個黃牌計程車司機，不過你已經知道了，對吧？」

「看起來一定是這樣。」

他把最後一口起司漢堡連同最後一口牛奶吞下去，從餐紙盒裡抽出一張來擦嘴。「不過有些事情你不知道。」

「我不知道的事情太多了。」

「凶手是白人。」

「你怎麼知道？」

「一個妞兒告訴我的。」

「真是有意思了，」我說，「我不懂這種謠言怎麼會老遠傳回布朗克斯去。」

「誰說是在布朗克斯聽來的？我們談的是開著黃牌計程車到華盛頓高地的奧德邦大道被槍殺那個傢伙的事情。」

「你跑去那兒幹嘛？」

「就跟我在任何地方做的一樣，多管閒事。我說過那是個西班牙語區嗎？我在那邊不太吃得開。」

「我猜你的西班牙文都生疏了。」

「我最好弄點錄音帶來，睡覺的時候學學。可是在睡覺時講西班牙文有什麼好處？」他聳聳肩。「別鬧了。我去那兒，去當瑪麗莎．美川的助理，問他們想上《紐約第一》節目嗎？」

「我知道你的意思，你說你是她的助理？」

「有什麼不行？我又沒穿這些衣服。我弄了一條長褲，還有很像樣的針織馬球衫，一雙包鞋。再加上一點布魯克兄弟的口音搭配那身行頭。你想我看起來會不像電視記者的助理嗎？」

「那頭髮呢？」

他扯下帽子。一頭以前壓在帽子底下的茂密捲髮現在只有半吋高。「剪了，」他說，「你覺得怎麼樣？」

「看起來不錯。」

「戴上帽子更不錯，」他說，「至少在丟斯是這樣。」他從腰上的紅色腰包裡掏出一副牛角框眼鏡戴上。「當時我戴著這個，」他說，「而且手裡拿個寫字板，比眼鏡還管用。帶著寫字板的人，你就知道他不是冒牌貨，每個人都會迫不及待的告訴他各種事情。你猜誰教我這套的？」

「某個傳奇犯罪大師吧，我敢說。」

「是啊，不過他沒那麼吃得開，因為他得付錢請我吃今天的早餐。」

「寫字板的事情是我教你的？」

「大概一年前，我們一起喝咖啡，你回憶往事，告訴我一些有的沒的。你不記得了？看吧，馬修・史卡德講話的時候我都很專心聽的，可是你不見得專心。」

「你在奧德邦大道是怎麼告訴他們的？瑪麗莎・美川打算做一個被謀殺的計程車司機報導？」

他點點頭。「我說她針對這個特定案子要做個報導，還說這個案子一直沒破，你想想那些奧德邦大道的人怎麼會知道敏斯正在北紐約州蹲苦窯？我說，只要案發時在現場，或者聽到看到什麼的人，就可能有機會上電視，而且會見到瑪麗莎・美川。老兄，華盛頓高地那些人真愛死那個臭女人了！她是日本人，對吧？」

「如果她不是的話，」我說，「那她可裝得真像。」

「噢，那些人的樣子會讓你以為她是波多黎各人呢。跟我扯一堆屁，問我她人怎麼樣，有沒有男朋友。等編夠了關於她的故事之後，連我自己都開始相信了。總之，我發現了這個小妞，克魯南遇害的時候她就在現場。」

「她看到了什麼？」

「看到那輛黃牌計程車在角落的巴士站停下來，然後不一會兒，她看到一個傢伙下車，關上車門就走了。」

「『不一會兒』。五分鐘？十分鐘？」

「老大，這是四年前了，現在她還在念高中，所以當時她年紀多大？誰又記得計程車停下來後，直到那個傻瓜下車之間過了幾分鐘？當時她也沒多想，一直到後來警察來了，從裡面拖出一具屍體。」

「她沒聽到槍聲。」

「她說沒聽到。」

「兇手一定用了滅音器。你說她看了他一眼？」

「她看了一眼，不知道看得多仔細。」

「她說他是白人？會不會是中南美的白人？」

「我問他是不是西班牙語系的人，她說他是個白人。」

「她是不是回答，不，他不是西班牙語系的，而是個白人？」

「嗯，就是這樣。」

「他下了計程車，然後——」

「彎下腰，好像跟司機說什麼話。好比說等我一下這類的。這也是為什麼那輛黃牌計程車停那麼久，都沒有引起大家懷疑。」

「計費表還開著嗎？」

「一開始就沒開。」

「他停車前有沒有打手勢？有時候某些司機會這樣的，可是——」

「她所說的，」阿傑說，「你得記住，這是發生在四年前——」

「當時她只是個小孩，這我明白。她說了些什麼？」

「那傢伙不是乘客。」

「你說那個乘客，她看到的那個人？」

「他坐在前座。」

「你的意思不會是他開車，因為克魯南是在方向盤後面被發現的。」

「我沒說他開車，他是坐車，在乘客座。不過那座位應該換個名稱才對，計程車的乘客都應該坐在後座的，可是他移到前座去跟司機一起坐了。」

「她離車子有多遠？」

「兩三戶吧。她當時和朋友站在一家糖果店門口，她也指給我看了。還跟我解釋瑪麗莎・美川可以在糖果店前面訪問她。老兄，我看她談起那些新聞界的垃圾如數家珍，她真可以去當瑪麗莎・美川的助理了。」

「他長什麼樣子？」

「白人。」

「高矮，胖瘦，年輕還是有年紀──」

「只知道是白人，不過別忘記──」

「事情發生在四年前，而且當時她還是個孩子，對吧。你覺得我帶她去找雷・蓋林戴斯如何？」

「讓伊蓮再多一張畫可以掛在店裡？我想她會願意的，不過出來的結果可能想像成分大於記憶成分。只要有機會上《紐約第一》，她會發誓他有一對奶子，後頭還拖了條尾巴。」

「或許我應該跟她談談。」

「以警察身分？還是美川小姐助理的身分？」

「我可以假扮新聞助理導播，」我說，「你看怎麼樣？」

他想了一下，然後點點頭。「我得去找我的馬球衫和卡其長褲，」他說，「還有我那雙便宜的包鞋。我想無論如何都該帶著那些行頭，有機會就可以放在伊蓮的店裡。」他看著我的衣服。「也許你可以稍微穿得正式一點，」他說，「這樣我們就不會給《紐約第一》丟臉了。」

8

我穿了一件藍色的運動夾克，免得糟蹋了《紐約第一》的服飾聲譽。我們搭A線的地鐵往上城，花了四十分鐘找到宋布麗塔．帕多，又花了半小時在她四年前曾站在門口的那家糖果店附近的一家披薩店，邊吃臘腸披薩邊跟她聊。她身材略微矮胖，一頭光滑的黑髮，橄欖色皮膚，有著典型西印度群島移民的輪廓，棕色眼珠異常明亮。她名字的意思是「小影子」，她說，聽起來有點傻，她以前很討厭。不過現在開始喜歡了，因為這名字似乎相當與眾不同。

她的說法沒有改變，從那輛計程車下來的是個白人，她能提供的外表敘述就是這樣。還有他是從前方的乘客座下車的，她感覺當時那人只打算下車一會兒就要回到車上，可是他走過街角就不見了。然後她得回家，就忘掉了這件事，到了第二天她聽說了所有的騷動，警車什麼的，結果計程車司機死了。據說是被射殺的，可是他會不會只是心臟病發作之類的呢？或許他的朋友是要去求救，然後——

然後只是忘了要回來？

噢，她說，你也知道，說不定，是那個計程車司機嗑藥嗑到掛了，他朋友決定不想捲入這檔鳥事，於是就打了一一九然後回家。儘管後來她知道了司機的身上有子彈，起碼她聽說是這樣，可是有哪個人不是每天都聽說一大堆事，誰又知道該相信什麼？

怎麼確定呢？

談到一半，阿傑離座去上洗手間，片刻間「小影子」忽然變得又成熟又年輕了。她在座位上挺直身子說：「坦白告訴我好嗎？我不會上電視，對吧？」

「恐怕不會。」

「你是警察嗎？你可能是警察，不過阿傑・史密斯先生不可能是警官。當然囉，我也從不認為他是瑪麗莎・美川的助理。」

「真的？」

「他太年輕，而且太江湖氣了。你得去上大學，才能找到這種工作，不是嗎？他不可能上過大學。」就像我說的，她比實際年齡成熟。然後我問她，既然看穿了阿傑是冒充的，為什麼又那麼合作。「噢，他真的好可愛。」她說，然後咯咯傻笑起來，看起來大概只有十二歲。

「我是保險調查員，」我說，「史密斯先生是練習生。不需要讓他知道你，呃，看穿了他是冒充的。」

「好，我不會的，」她說，然後用吸管吸乾了可樂。「保險？希望我沒害任何人惹上麻煩。」

「肯定不會。」

「希望也不會害某個人拿不到錢。」

「這真的只是為了要理清一些書面公文而已。」我說，「或許也能替公司省點稅金。」

「噢，那麼，」她說，「很好，不是嗎？」

15

我們一起搭A線地鐵，在哥倫布圓環分手。阿傑要去店裡讓伊蓮看看他穿上有為青年制服的樣子。我則走到中城北區分局找德肯。他正在座位上吃著三明治，喝一瓶冰紅茶。

「湯姆・克魯南，」我說，「劇作家，兼差開計程車，四年前在奧德邦大道和一七四街交口處被射殺，被逮到的嫌犯從沒上過法庭。」

「老天，」他說，「我成了什麼，囉唆的無用老奶奶嗎？你以為我連短期記憶都沒有了嗎？」

「我只是想勾起你的回憶而已。」

「根本不需要提醒，我們前幾天才談過那個狗娘養的。」

「克魯南怎麼會成了狗娘養的？」

「不是克魯南，看在老天份上，是那個凶手。」他專心的瞇起眼睛。「姓敏斯，」他說，「就一個我沒必要費心的案子，這樣的記憶力不錯吧？」

「要不要再猜猜他的名字？」

「奧巴達。」

「奧多拿。」

「喔，幹，很接近了。他怎麼樣？」

「射殺克魯南的是個白人。」

我把自己所知的資料告訴他，那不是他主辦的案子——拖到現在也沒有人主辦了——可是他的警察本能太強了，不免會產生興趣、過濾資料，提出並放棄各種理論。

「前座乘客，」他說，「誰會坐前座？」

「在澳洲，」我說，「搭計程車的時候，你很自然就會去坐前座司機隔壁的位置。」

「因為後門打不開？」

「因為大家不分階級，每個人都是夥伴。坐在後面就太勢利眼了。」

「是嗎？射殺計程車司機又搶走他東西的是澳洲人，這機率有多少？」

「嗯，從挪威人變成澳洲人，整件事就全盤改觀了。」

「先不管這些，這表示兇手是司機的朋友，對吧？」

「總之司機一定認得他。」

「前座乘客，計費表沒開，工作日誌上沒登記。他在中城路邊搭載了一個客人，大老遠開到哥倫比亞長老醫學中心。兇手怎麼會知道他在那兒？」

「『湯姆，下回你載客人到附近的話，順便來綠寶石小館，我有點事情要跟你談談。』」

他想了想。「不知道，這跟那個鱷魚先生的理論一樣難以接受。」（譯註：《鱷魚先生》是知名的澳洲電影，「鱷魚先生的理論」顯然指前述乘客可能來自澳洲的說法）

「說不定是克魯南自己的主意，他剛好來到附近，所以決定去看看朋友。」

「然後他的朋友就把握機會殺了他。」他喝了一大口冰紅茶。「覆盆子口味的，」他說：「忽然之間就出現了，不知道，十二種，或十五種各種不同口味的冰紅茶。我以前會想，我們幹嘛搞出這麼多不同的選擇？如果他媽的蘇聯正在造坦克和登陸月球的時候，我們卻把精力花在搞紅茶口味，那我們怎麼趕得上？結果他們整個系統垮掉了，我們又安然的多發明了十幾種口味。這表示我懂什麼。」他又喝了一口，「你的目擊者可信度有多高？」

「如果滿分是十分，」我說，「她介於零和一之間。」

「我是這麼想的，凶手從克魯南腦袋後面兩槍，如果坐他隔壁的話，怎麼樣才能從他背後開槍呢？」

「『嘿，湯姆，窗戶外面那是什麼？』」

「他轉頭去看，砰砰。是啊，我想是這樣。我得去看驗屍報告。不過，凶手幹嘛要這樣呢？只為了讓一切看起來像是從後座開槍的？」

「或者只是為了讓克魯南沒法提防。」

「很合理。那你聽聽看這個理論，凶手坐在後座，計程車停在路邊，凶手開了兩槍。然後他下車，接著又上車，這回是從前門上的，然後抓走皮夾和零錢這一類的。然後，他再度下車，這回就被目擊者看到了。」

「有可能。」

「還有個理論。一開始一樣，從後座開兩槍，然後從靠街那邊車門溜下車，所以站在糖果店前面聊天的人不會注意到他。或許他跟那個奧巴達是來自挪威的同一個城市，抱歉，是奧多拿，也或許他就跟那個西班牙語地區一樣，是西語裔的，不管哪種，他都走到街角消失了。」

「然後呢？」

「然後你聽說的這個白人走到街上，想要搭計程車，白人在那種西語區，難怪他會想搭計程車。」

「那個區不算太壞。」

「一個白人在那裡就是寧可搭計程車，我們先接受這個假設好不好？他看到這輛計程車，有個人在駕駛座後面，他打開前門，想問司機是不是在等預約的客人。」

「結果看到司機死掉了。」

「答對了。於是他就像大部分人碰到這種情況的反應一樣，尤其那個區他不熟，就是沒命的趕快逃離現場，因為他才不想當目擊證人，也或許他是跑去華盛頓高地買毒品或找樂子，他幹嘛要捲入？」

「那他上車時證人都沒看到，只看到他下車？」

「幹嘛要看到他上車？」

「我沒把握，」我說，「她既沒看到凶手下車，也沒看到那個白人上車，倒是看到那白人下車。」

「她幹嘛要看到？她心裡在想別的事情啊。」

「我猜是這樣吧。」

「基本上，」他說，「你沒有任何收穫，對吧？」

「對。」

「我的意思是，任何有形的證據。」

「半點都沒有。」

「但如果你想讓一個凶手殺掉四個人的案子成立——」

「五個人，連同席普登的太太。」

「——那麼這點挫折也不會打擊到你。不過我也沒法建議你可以去三十四分局找誰。他們破不了的案子太多了，不需要捲入這種已經結掉的案子裡瞎忙。」

「我了解。」

「除非你想正式報案，申請重新調查所有的舊案子。看你的客戶願不願意。」

「我的客戶和幾個朋友過兩天會碰面，討論一下該採取什麼行動。」

「什麼？二十六個人全員到齊？」

「哪來的二十六個人？」

「三十個人，其中四個被殺死。這樣就剩下二十六個了，對吧？」他笑了。「這個老奶奶短期的記憶力可不會出錯。」

「算數錯了。」

他看看我。「三十減四等於——」

「十四。」

「呃？」

「有四宗謀殺，」我說，「還有其他十二個人死掉了。」

「怎麼死的？」

「幾個是自殺，幾個是意外。還有幾個是病死的。」

「耶穌基督，馬修！」

「不完全都是假的，」我說，「要把謀殺布置成睪丸癌或戰死越南不太容易。可是自殺有可能是假的，還有幾宗意外事件也是。」

「你的猜想是什麼？」

「包括那四宗登記為凶殺案的嗎？有人會說他們全都是被謀殺的，不過我猜有十二個。」

「耶穌基督。歷時幾年？」

「很難說。俱樂部成立是三十二年前，不過剛開始那年沒人死掉。當時大家都很真誠，大概是二十、二十五歲的年紀吧。」

他猛然站起身來。「我實在沒法坐視不管了。」

「坐視什麼？」

「你敢發誓這個俱樂部不是那種搞同性戀的？」

「如果你手邊有《聖經》，我可以把手按在上面發誓。」

「你知道我有什麼想法嗎？我想我該給你做筆錄。」

「好啊。只要寫『不予置評』就好，我可以簽名。」

「你不肯讓警方介入？」

「我的顧客是這麼指示我的。」

「我不懂。」他說，「你的顧客難道不怕自己也被幹掉？」

「他更怕媒體馬戲團。」

「你憑什麼認為媒體會對這件事有興趣？」

「開什麼玩笑？某個小丑對準一群男人，花了三十年一個個把他們幹掉。如果這不會讓記者瘋狂追蹤的話——」

「噢，你是對的。而且波依德．席普登也是被害者之一。」

「在世的還有三個人名氣不會比他小。」

「真的嗎？這個俱樂部真不得了。裡面還有個計程車司機，一個農產品批發商，還有那個同性戀是做什麼的？室內設計師？」

「卡爾．烏爾？我想他是一家外燴公司的合夥人。」

「同一類啦。有三個人跟席普登一樣有名？」

「家喻戶曉。」

「老天。」

「我不會坐視不管，喬，但同時——」

「噢，當然。你剛剛說他們十四個人要聚會？」

「至少有一部分會出席。」

「什麼時候？」

「星期二。」

「今天是星期五。從現在到星期二，你打算做些什麼？」

「看能做什麼就做什麼。」我說，「我剛剛想到富理森丘。」

「那個被刺死的傢伙，農產品批發商，瓦森。」

「對。我很好奇那個保全人員有沒看到些什麼。」

「他看到一個人躺在地上，跑過去看，然後報警。如果他還看到什麼，一定會在他的筆錄裡面。相信我，他們一定會問他的。」

「他們會問他稍早有看見過什麼嗎？」

「稍早？」

「如果有人在等瓦森，計畫要伏擊他——」

「嗯，我懂你的意思了。或許會問吧，一開始他們以為可能是客戶挾怨殺死他時就會問了。不過再去問問他也無傷。你想知道他的名字？」

「還有他在哪裡工作。」

他拿起電話，然後轉過頭來盯著我。「你看過那些AT&T關於資訊高速公路的廣告吧？他們卻完全沒提到那是條單行道。」

「我明白，喬。」

「只是先聲明一下。」他說，然後撥了電話。

16

我搭上七號地鐵，在科羅納區一〇三街車站下車，再往下兩站就是謝伊球場。兩個街區外的羅斯福大道上，科羅納保全公司占據了一棟兩層磚造樓房的二樓。一樓是家童裝店，櫥窗裡有一堆布玩偶。

大部分保全公司都是由退休警察經營的，大部分退休警察也會找這方面的工作。科羅納老闆馬丁．班札克的樣子好像應該在樓下賣連身衣褲給學步的娃娃。他是個小個子，六十來歲，圓肩禿頂，無框的雙焦眼鏡後面一對憂傷的藍眼珠，小圓鼻子下方是修剪得整整齊齊的短髭。

我身上帶著兩種名片，第一種是我戒酒的輔導員吉姆．法柏送的，上面只印了我的名字和電話。第二種是可靠偵探社給的，證明我是他們公司的偵探。我給班札克的是偵探社的名片，結果引起一個小誤會，他一看到名片就跟我解釋，科羅納保全公司大半只提供制服警衛和汽車巡邏警衛，很少雇用我這種有經驗的偵探。可是他們的確需要定期的調查員，所以我可以填寫他檔案裡面的某張表格，這樣就可以偶爾從他們那兒接點工作。

我趕快澄清，解釋自己的身分和來這兒的目的。

「吉姆．休特，」他說，「能否請問一下你為什麼對休特先生有興趣嗎？」

「幾個月前有個事件，」我說，「他是富理森丘一樁街頭犯罪第一個趕到現場的人，所以——」

「喔，當然，」他說，「真可怕，工作認真的生意人在回家途中被刺死。」

「我想你的員工可能注意到那天晚上附近有什麼不尋常的事情、有什麼陌生人。」

「我知道警察後來有問過他。」

「我相信有過，但是——」

「整個事情非常困擾休特。可能還引起其他問題。」

「什麼樣的問題，班札克先生？」

他透過鏡片的下半截看著我。「告訴我，」他說，「吉姆．休特到你們公司求職嗎？」

「找可靠偵探社？噢，我想不會吧，不過如果他去試過的話，我也不會曉得。我不是那裡的管理人員，只是偶爾撥出幾天替他們工作罷了。」

「你現在不是在替他們工作？」

「不是。」

他想了想，然後開口道：「我剛剛說過，那件案子曾經非常困擾他。畢竟事情發生在他值勤的時間，其實這一點也不表示他就應該防止那件事情的發生。我們每個巡邏人員負責的區域都很大，目的是透過最大能見距離，達到最大的嚇阻力。罪犯看到有我們標幟的巡邏車，就知道這個區域有固定的巡邏人員，也比較不敢在那邊做壞事。」

「這樣不就等於把他們趕到其他地方去做壞事嗎？」

「關於這點，不論是警察或私人保鏢都一樣，我們無法改變人性。我們只要能降低工作地點的犯罪率，那就算是盡忠職守了。」

「我了解。」

「不過，我想休特一定覺得自己有點責任。這也是人性。而且那對他也是個震撼，親臨犯罪現場，發現一具屍體。還有不同警察輪番訊問。我不敢說這招來什麼後果，但很可能是因此引起的。」

「引起什麼？」

他用肢體語言回答，把手肘彎起，手腕從上往下劃，就像放下一杯酒似的。

「他喝酒？」

他嘆了口氣。「喝酒就得開除。我們的規定是這樣，沒有例外。」

「這是可以理解的。」

「不過我還是破例一次，」他說，「因為他所受的壓力太大了。我告訴他要再給他一次機會。結果又發生了第二次，就沒辦法了。」

「那是什麼時候？」

「我得查一查。我想命案發生之後不到一個月吧，頂多六個星期。那傢伙是什麼時候遇害的？一月底？」

「二月初。」

「我想他是在三月中旬離職的。《三月中旬》，」他吃驚的說，「那是一本小說，你看過嗎？」

「沒有。」

「我也沒看過。那本書就在我書架上，我母親買的，她過世後連同其他幾百本我沒看過的書都留給我。不過我老是會注意到這本書的書背。《三月中旬》，喬治．艾略特的作品。我確定我以後也絕對不會去看。」他搖搖手打住這個不相干的話題。「我有吉姆．休特的電話號碼，要我幫你打嗎？」

休特的電話沒人接，班札克把號碼連同一個位於曼哈頓東九十四街的地址抄給我。我在一個義大利快餐店匆匆吃了點東西，搭地鐵回市中心。在大中央車站轉萊辛頓大道的快車，然後在八十六街下車。我又打了公用電話試試看休特家，響了六聲，還是沒人接。

差十五分就五點了。如果休特找到新工作，現在可能就像這個城市絕大部分的勞動人口一樣正在上班。另一方面，如果他還在做同樣的工作，我也不會知道他的上班時間。他可能穿著保全制服在日落公園區負責運送現鈔，或者在長島市的某個倉庫守夜。我無從知曉。

有時候我會在口袋裡面塞一份聚會時間表，可是那本冊子太厚了，裡頭列出整個紐約都會區所有戒酒無名會的聚會時間地點，而且我常常沒帶。今天就沒帶在身上，於是我把兩毛五硬幣再度塞進投幣口，撥了聯絡中心的號碼，一個義工告訴我，五點半在第一大道和八十四街交口一家教堂的地下室有個聚會。

我提早到了，發現那裡沒咖啡——有的團體有，有些則沒有。我到對街的雜貨店，碰到兩個也要去參加聚會的人，其中一個我認得，在我偶爾會去的西區中午聚會見過。我們帶著咖啡一起過街回到會場，然後在幾張長形餐桌之間各自找位子坐下，剛過五點半，會議已經開始時，又有幾個人陸續進來。

總共只有十二個人——這是一個新團體，就算我帶著那本會議小冊子也找不到這裡，因為還沒登記上去。一個叫瑪格麗特的女人戒酒剛滿一年，花了快一個小時細述她的故事。她跟我年紀差不多，家裡上一代和上上代都出了酒鬼，她小心的跟酒精保持距離好些年，只准自己在社交場合喝一杯雞尾酒或葡萄酒。後來她先生死於食道出血——當然，她嫁了個酒鬼老公——於是到了四十來歲，她開始喝酒，然後就好像這件事等了她一輩子似的，緊緊的抓住她，再也不肯放她走。耽溺杯中物的過程又快又突然又狂野。她很快就失掉一切，只剩下有房租管制資格的公寓，和足以讓她付房租的社會福利金支票。

「我曾在垃圾堆裡找食物，」她說，「在陌生的地方醒來，而且往往都不是獨自一個人。我是教養良好的愛爾蘭天主教家庭長大的，以前除了我先生從沒跟別人一起睡過覺。我記得有一次失去記憶，我沒法告訴你們自己做了什麼，或者跟誰做了什麼，可是我腦袋裡只想到，噢，瑪格麗特，修女們現在可不會以你為榮了。』」

她講完之後，大家傳著籃子丟錢並輪流講話。輪到我的時候，我莫名其妙談起自己在尋找一名保全人員的事情，還有他因為喝酒而被解雇。「我有一種似曾相識的強烈感覺，」我說，「我自己是在辭去警察工作之後開始喝酒的。如果我繼續喝酒，就會像這個人一樣丟掉後來的工作，而且也會喝掉自己的一切。我並不真的知道有關他的任何事情，也不知道他的生活是什麼樣子，但想著他的事情，我忽然明白，如果我沒發現這個團體的話，我的人生會變成什麼樣。總之，我很高興我在這裡，很高興自己戒酒了。」

∞

聚會之後，我跟幾個人一起出去喝咖啡，非正式的繼續會議裡的經驗分享過程。到了咖啡店之後我撥了一次休特的電話，十五分鐘後又試了一次。離開那家店之前，我試了三次，此時大概是七點多，那枚兩毛五硬幣再度掉到退幣口時，我拿來打電話給伊蓮。

沒有我的留話，她說，信件裡頭也沒什麼特別的。我告訴她截至目前的進度，又說我可能大半夜都會在外頭。「如果他有答錄機的話，」我說，「我就會留話給他，等過一兩天沒消息再打過去。可是他沒答錄機，我又在這附近，而且這一帶我不常來。」

「你不必跟我解釋的。」

「我是跟自己解釋。而且看起來他不太可能給我任何答案。我想問的問題，富理森丘的警察都問過了，所以他能給我什麼呢？」

「也許反過來是你能給他些什麼。」

「這是什麼意思？」

「沒有什麼特別意思。噢，那個法國教堂有場演講和幻燈片展示，我可能會去，如果摩妮卡想跟我去的話，或許我們之後就會展開女生夜遊。你大概也會忙到很晚，對不對？」

「可能。」

「因為你本來打算去找米基的，不是嗎？這樣你明天晚上才能去『瑪麗蓮小房』。」

「你還是想去？」

「在昨夜我們共度那段時光之後嗎？」我可以想像她臉上的表情。「現在更想去了，你可真是夠火辣，史卡德先生。」

「別鬧了你。」

「『別鬧了你。』你知道你講這些話聽起來像誰嗎？傑克・班尼。」〔譯註：Jack Benny，美國知名喜劇演員〕

「我就是在學傑克・班尼。」

「喔，這樣的話，你學得不太像。」

「你剛剛才說——」

「我知道我說過什麼。我愛你，你這老熊，你對這話有什麼意見嗎？」

∞

八十六街北邊，上東城的街景是一個過渡期地帶，它不屬於約克維爾也不屬於東哈林，而是讓你聯想到兩者。街道對岸，豪華的共管公寓在低收入的公共住宅計畫間昂然矗立起來，兩類建築的牆上都一律有著難以辨認的噴漆塗鴉。往北的人都是提著公事包和阿戈斯蒂諾超市包裝袋的人；另一邊，人沒有變少，只是通往反方向，人們則是拿著雪泥紙杯、喝著四十盎司瓶裝純威士忌，或者抽著亮晶晶的雪茄，有如螢火蟲閃爍。

休特住的那棟建築在九十四街，介於第二和第三大道之間，是一棟六層樓的磚造出租公寓，我在門口算了算，有五十幾個電鈴，每個電鈴旁邊都有住戶的名字。其中一半沒標示，休特的名字也不在上頭。

一開始，這棟建築每層應該有四個房間，但歷經多年，屋主把房間隔開，論戶出租的公寓就變成了論房出租了。過去多年來我已經進出過幾百次這類地方，就算有什麼不同，本質上也還是一樣。門廊和樓梯間的烹煮氣味隨著住戶的種族而改變，但其他的氣味則永遠充斥在整個城市，而且多年不變。尿騷味、老鼠味、還有堆積廢物悶出來的惡臭。偶爾這些鬼子籠裡會出現一個明亮而通風、清潔又整齊的房間，但建築本身永遠黑暗、陰沉、骯髒。

這類地方曾經可能是我離開旅館後的落腳處。如果我沒戒酒，等到我付不出房租，又沒法說服房東讓我拖到有收入再補繳的話，我就得搬到這種地方了。或者不管有錢沒錢，我會喝到再也沒臉天天經過樓下櫃檯，另外找個地方安頓。

我問一個朝外走的男人認不認識吉姆·休特，他只是搖搖頭表示不知道，速度不減的繼續走他的路。我又拿同樣的問題去問一個往裡走的小個子灰髮老太太，她手裡拄著拐杖，肘上的網袋裡裝著採購來的日用品。她說公寓裡的人她半個也不認識，不過他們看起來好像人都很好。她的氣息裡有薄荷味和酒味——我猜是荷蘭薄荷琴酒，或者是用薄荷調味的琴酒。

我走到第二大道，在角落的一個公用電話再試一次休特的號碼。沒人接，我忽然想到，如果他現在沒在工作，非常可能在哪裡喝酒，這附近要喝酒太容易了。第二大道上靠九十四街的兩個街區就有半打酒館。我一個個進去，向酒保打聽吉姆．休特。他在這裡嗎？他早些時候來過嗎？沒人認識他，至少沒聽過這個名字，但歐巴尼恩酒館吧台後面的那個大鬍子說，他過去幾年聽過幾次這個姓和這個名。「我只知道，他可能是這些小夥子的其中一個。」他說。

我考慮要叫叫看他的名字。「吉姆．休特？吉姆．休特在這裡嗎？」但這樣我還得回頭去我問過的那幾家酒館重複一通，我可不想。我已經聞了夠多酒氣了。

那麼，到第一大道的酒吧試試看呢？我該去那兒打聽蹤影難覓的休特先生嗎？

可能吧，不過首先我再去試一次他的號碼，這一回他接起電話了。

我告訴他我的名字，說我從警方那裡打聽到他，又從科羅納公司的班札克先生那兒拿到他的電話號碼和住址。「我知道這件事情你已經被問過很多遍了，」我說，「但如果你能給我幾分鐘，我會很感激的。我現在就在你家附近，所以如果我能過去見你——」

「嗯，我們找個地方碰面吧，」他提議。「第一大道轉角有個不錯的地方，叫藍色獨木舟。那裡很適合談話。十分鐘之後怎麼樣？」

藍色獨木舟用鑲板裝潢，看起來很像圓木小屋。牆上掛著幾個獸頭，吧台後面的鏡牆上方陳列著一個馬林魚標本。那裡的燈光經過反射之後很柔和，播放著爵士樂和軟式搖滾。裡面客人不多，而且看起來水準比這個區要高。

∞

我站在門口一會兒，四處張望，然後走向一張有個男人單獨飲著啤酒的桌子。我說：「休特先生嗎？」但我其實已經知道他是。之前我在他公寓的對街等他出來，然後跟蹤他到酒吧，再給他一點時間坐下點杯酒，最後我自己才進來。

我想，這是死都改不掉的老習慣。

我們握手，然後我在他對面坐下來。我心裡想像過他的樣子——是會這樣的，腦袋裡憑著你對某人的感覺，憑空塑造出來一個形象。通常我見面後會發現那些人跟我心目中的樣子不太一樣，他也不例外。他要老一些，膚色深一些，而且，沒錯，比我猜想的要矮一點。我估計他快五十了，五呎八吋，很壯，有一張圓臉和一對深陷的眼睛。鼻子扁扁的，嘴唇不寬。沒留鬍子，不過染深兩頰和下巴的鬍渣一定有兩天沒刮了。暗色頭髮，在藍色獨木舟的朦朧燈光下是黑色的，剪短了在圓圓的腦袋上往後直梳。他穿了一件T恤，前臂和腕背毛髮濃密。

「發現瓦森的屍體時，」我說，「你一定很震驚。」

「震驚？耶穌，沒錯。」

女侍過來，我點了杯可樂。然後我拿出筆記本，開始談他的故事。

收穫不多，他和皇后區刑事組以及一一二分局的警探都已經談過很多遍了，就算還有什麼沒說，經過快五個月也該忘光了。沒有，他沒在附近看到什麼可疑的人。沒有，他早些時候沒看到阿倫．瓦森從巴士站往家裡走。沒有，他想不起任何事情，半件都想不起來。

「你怎麼會現在才來追查呢？」他很好奇。「你有線索了嗎？」

「沒有。」

「你是別的分局的警察還是什麼？」

他假設我是警察，之前我就是希望他這麼假設的。但現在我告訴他，我是私家偵探。

「噢，」他說，「不過你不是科羅納的人吧？」

「科羅納保全公司？不，我是獨立作業的。」

「調查富理森丘的一樁殺人搶劫案？雇用你的是誰？受害者的遺孀嗎？」

「不是。」

「別的人？」

「他的一個朋友。」

「瓦森的？」

「沒錯。」

他等著女侍朝這邊看時，又點了一瓶啤酒。我不怎麼想再喝可樂，不過我還是又點一杯。休特說：「我想有錢人看事情的眼光不太一樣。我剛剛在想，如果我有個朋友在街上被刺死，我會雇偵探去追查凶手嗎？」他聳聳肩，笑了。「我想不會。」他說。

「我不能透露客戶的事情。」

「喔，我了解，」他說。女侍端飲料過來，他說：「我想這是你自己規定的，值勤的時候不喝酒。」

「怎麼說？」

「比方說，如果你是警察的話，值勤的時候不能喝酒。當了私家偵探也一樣，因為你是替科羅納保全這類的公司做事。但獨立作業，你就可以自己判斷是否應該喝酒，對吧？所以你只點可樂，我猜想這是你自己規定的。」

「你是這麼想的嗎？」

「或者你只不過是喜歡可口可樂罷了。」

「還可以，不過不會很迷。呃，我不喝酒。」

「噢。」

「可是以前喝。」

「是嗎？」

「我喜歡喝酒，」我說：「大部分喝威士忌，但是那些醉酒的日子裡，我喝下去的啤酒多到能讓巡洋艦浮起來了。你以前當過警察嗎，休特先生？」他搖搖頭。「噢，我當過。我曾經是警察，警探。不值勤的時候我會喝酒。」

「這樣可以嗎？」

「我從沒因為喝酒誤過事，」我說，「都不是直接的。但我想要走自己的路，我離開警界，離開了工作，離開太太和小孩，還有我整個的人生……」

∞

我看不出他能提供我什麼，之前我這麼告訴伊蓮。或許你能給他什麼，她這麼說。或許可以。

戒酒的運作方式簡單無比。一次戒一天，不要喝酒，去參加聚會，分享自己的經驗和力量，和你的酒鬼朋友們一起祈禱。

然後保持下去。

戒酒不是靠說教或傳福音，而是藉著說自己的故事——以前怎麼樣，中間發生了什麼事，現在又變得怎麼樣。這就是開會的時候演講人做的事情，後來大家輪流發言時也是這樣。

於是我說出我的故事。

我說完之後，他拿起杯子，看著酒，又放下。他說：「我在科羅納保全工作時，只在下班時間喝酒，但我想你知道後來怎麼樣了。」

「聽說過。」

「發現屍體還有後來的種種，把我給打亂了。我再也不像以前那樣，你懂我的意思嗎？」

「當然懂。」

「所以那陣子我就喝得凶一點。事情就這麼發生了，沒錯吧？」

「會這樣的。」

「通常我不會喝那麼多的。」

「據說問題不在於你喝多少，」我說，「而是對你產生什麼影響。」

「我必須說，對我產生很大的影響，」他說，「讓我放鬆、紓解，產生安定感。這就是酒對我的影響。」

「嗯，那麼酒又對你產生什麼壞處呢？」

「哈，」他說，「那就是另外一回事了，對吧？」他又拿起杯子，再度放下。「我想你很擁護戒酒無名會，嗯？」

「它救了我一命。」

「你戒酒好一陣子了，嗯？兩三年？」

「超過十年了。」

「天啊，」他說，「中間沒有小假期嗎？」

「到目前為止沒有。」

他點點頭，思索著。「十年。」他說。

「一次戒一天就好，慢慢就會累積起來了。」

「戒了這麼久，你還是繼續去參加聚會？多久去一次？」

「一開始每天都去。早些年有時還一天去兩三次。現在只要我覺得想喝酒，或者壓力很大的時候，還是會天天去。偶爾我會一個星期去一兩次。不過大部分時候，我一星期會去個三四次。」

「過了那麼多年還這樣，你哪來的時間？」

「噢，以前我永遠找得到時間喝酒。」

「對，我猜喝酒是不計時間的，不是嗎？」

「而且要找配合時間的聚會很容易，這就是紐約的好處之一，二十四小時都有聚會。」

「是嗎？」

我點點頭。「全市都有，」我說，「哈德遜街有個團體每天午夜有一次聚會，凌晨兩點又有另一次。諷刺的是，聚會的地方是多年來全市最多夜間酒吧的地方，那些酒吧都開到很晚，到現在還是這樣。」

他覺得很滑稽。我告退一下去上洗手間，回來時順便打了個電話。我很確定在東八十二街有個夜間聚會，但我想知道確實的時間和地址。我打到聯絡中心，接電話的小姐不必查閱就告訴我了。

回到我們那桌，休特還在瞪著那半盎司啤酒瞧。我告訴他這附近十點有個聚會，我大概會去。

我告訴他，我有兩三天沒參加聚會了，這是謊話。我又說，去參加聚會會有幫助，這是實話。

「你想去嗎？吉姆？」

「我？」

還會有誰？「來嘛，」我說，「跟我作個伴。」

「天哪，我不知道，」他說，「我才剛喝這些啤酒，之前我還喝了一兩杯。」

「那又怎樣？」

「不是要保持清醒才能去參加嗎？」

「這樣你才不會大吼大叫或摔椅子，」我說，「不過我看你不會做這些事情，對吧？」

「對，可是——」

「又不必花費什麼，」我說，「而且咖啡和餅乾都是免費的。你還會聽到很多人說一些很有趣的事情。」我站起來。「不過我不想逼你，如果你確定自己喝酒沒有任何問題——」

「我可沒說過。」

「對，你是沒說過。」

他也站起來。「管他去死，」他說，「趁我改變心意之前走吧。」

17

聚會地點是在第八十二街靠第二大道的一棟褐石建築。一個戒酒無名會的團體租下這裡的二樓，每天舉行六次聚會，從早上七點開始到晚上十一點。為了附近鄰居的安寧，午夜這場聚會不能拍手，有個人說表示歡迎或贊成時，可以改用彈手指。

演講人是個已經戒酒五年的建築工人，他講了一個很典型、很明確的喝酒故事，而且很精簡，二十分鐘就結束了。接著休息一下宣布幾件事，大家輪流傳籃子，然後是舉手發言。

我很高興這個聚會是這樣，他就只要把手放在膝上，不必講什麼話。第一次參加聚會沒必要讓自己成為焦點，如果是大家一個個輪流站起來講話，他就躲不掉了。

我第一次參加聚會的時候，最不想做的事情就是在滿屋子的酒鬼面前開口。接下來我找到在這類輪流發言聚會的生存之道。「我名叫馬修，」每次我都這麼說。「跳過我吧。」當時我腦袋裡頭有一大堆想法，但就是沒辦法說出口。「我名叫馬修，謝謝你們的見證，今晚我只聽就好。」

十一點我們下樓離開，我建議一起去喝杯咖啡，他說也好。我們走到八十六街，那兒有一家他喜歡的餐館。我很餓，點了一個烤起司三明治和一份洋蔥圈，他只要了咖啡。

他說：「我差點舉手了。就差一點點。」

「沒關係啊，只要你想講就舉手。不過沒有硬性規定。」

「說什麼都可以，對吧？我原以為每個人講話都得跟前一個人所講的有關，不過其實不必，是嗎？」

「心裡想什麼就說什麼。」

「在我們家，聽到的說法總是，『別把你的事情告訴陌生人。』我已經習慣把事情擱在心裡了。」

「我明白。」

「真的有用，呃？不喝酒，去參加聚會。」

「對我有用。」

「老天，我想沒錯，十年呢。」

「一天天累積起來就是了。」

那上帝呢？他想不透，那牆上的標語，還有列出來的十二個建議步驟呢？反正不要喝酒，我告訴他，去參加聚會，保持開放的心。我信上帝嗎？偶爾，我說。我不必一直相信上帝，我每天每時每刻必須做的唯一一件事情，就是不要去碰酒。

他說：「我不該黏著你。說不定你有事情要忙。」

「我很高興有人作伴，吉姆。」

「你知道，剛剛就在開會的時候，我還在想，因為我會聽著別人的發言，心思不知道飄到哪兒去了。我想到瓦森，那個被刺死的傢伙？」

「怎麼樣？」

「好像有什麼糾纏在我記憶裡面，我卻抓不住。」

「或許我們可以一步步慢慢回憶那天晚上的情形。」我說。

「不知道，說不定什麼時候就想起來了。你說他那個朋友認為這不是偶發的搶案？」

「這正是我想查清楚的。」

「為什麼？有人有動機殺掉他嗎？」

「據我所知沒有。」

「那——」

沒理由不讓他知道。「有其他幾個人也死了。」

「在同一區？」

「不是，」我說，「也不全是發生在街頭。」

「那麼有什麼相關呢？」

「被害者彼此都認識。」

「被害者？那麼他們都是被謀殺的囉？就跟瓦森一樣？」

「某些是，某些只是有可能。」

「有可能？」

「有幾宗自殺可能是布置出來的，」我說，「還有幾樁意外死亡也可能是安排好的。」

「所以你想這群人……他們是什麼團體？俱樂部還是什麼的嗎？」

「我真的不能透露細節。」

「當然，我明白。那發生了什麼事？其中一個人雇用你？他們為什麼不去找警察？」

「我的任務之一，」我說，「就是要搞清楚這到底是不是歸警察管的事。」

「看來一定是，對吧？如果一個團體裡面有好幾個人都被陸續殺掉——」

「那就是我必須去追查的。」

「你剛剛不是說——」

「謀殺案彼此之間可能沒有關聯。自殺也可能是真的。」

「意外死亡也可能完全沒有問題，」他說，「我懂了。你有什麼進展？」

「我真的不能——」

「——透露細節，沒錯。對不起，我只是想試著回想我該想起的那件事。你知道，之前我只覺得那是一宗搶案，一般大概稱之為臨時起意的犯罪。我想有個警察提起了這個詞，意思是說，劫匪只是在那裡想找個對象弄幾文錢，然後瓦森先生走過來，那個區環境不錯，看起來他是當地住戶，穿西裝打領帶，顯然是個下班回家的專業人士，劫匪猜想他手臂上的手錶大概很值錢，皮夾裡可能會有幾張大鈔。」他皺起眉頭。「但如果有人是計畫好要謀殺瓦森，他會怎麼做？在他房子裡等著他回家不就得了？」

「那是一個方法。」

「不然就是要先埋伏在那一帶，」他說，「我不記得有看到任何可疑的事物，但就算有，我也不見得會注意到。有些衣服髒兮兮鬍子亂糟糟的人渣會在暗處躲躲藏藏的，我的工作之一，就是找出這些人，要嘛我自己對付他們，不然就打一一九把他們弄走。但是你在找的人不是這類的，對吧？」

「可能不是。」

「他可能穿得不錯，」他說，「而且他得盯著瓦森的房子，所以會出現在瓦森回家的路上。此外，仔細想一想，他很可能開車，不是嗎？想到劫匪，腦袋裡頭總以為是徒步的，但是假裝劫匪的人，就會開自己的車，對不對？」

「很可能。」

「那附近有沒有車子停下來？車子太多了，所以真正的問題是，有沒有人坐在停下來的車上？答案是我沒注意到類似的狀況。你追蹤的那個傢伙長什麼樣子？」

「不知道。」

「你心裡沒有嫌疑犯，嗯？也沒有外貌特徵？」我搖搖頭。「所以如果他開車——」

「我也不會知道車子的廠牌、款式，或車型。」

「我想也是，馬修。」

「我甚至不知道他有沒有車，」我說，「如果我知道是誰幹的，那一定是天使顯靈告訴我的。」

「嗯，我懂你的意思。」

我們又聊了一些探案的基本原則，還有我過去辦其他案子的方法。他沒當過警察，但是當警衛和巡邏的那段日子讓他對這個話題很感興趣，他提出的問題都很棒，而且很快就抓到要領。侍者過來給我們添咖啡時，我們安靜下來。重拾話頭後，我們轉移話題，聊起戒酒無名會、酒精中毒，還有吉姆今後該何去何從。

「我不知道自己是不是酒鬼，」他鄭重的說，「今天晚上我聽到很多有趣的事情，但是發生在演講人身上的許多事情，不可能在我身上重演。我從沒入院治療，沒有到酒精勒戒所或再生中心過。」

「反過來說，他從沒因為喝酒丟掉工作。」

「是啊，而我有過。這點我沒話說。」

「吉姆，」我說，「誰曉得你適不適合呢？但是眼前你正在換工作的空檔。之前你說過你的時間很多，要殺時間的話，去參加聚會總比逛酒吧便宜。那裡的咖啡免費，而且談話有趣多了。你知道，參加聚會的人就跟去小酒館的沒兩樣，唯一的區別是參加聚會的人不喝酒。這樣跟他們相處起來更愉快，而且被人吐在鞋子上的危險性要小多了。」

剛剛參加聚會時，我在事務處買了本聚會手冊，現在我拿出來跟他一起看，指出附近的聚會處。他問我通常去哪個地方，我告訴他大半在我家附近。「每個聚會都有自己的風格，」我說，「多試幾個地方，你就會找到最適合自己的。」

「就像不同的酒吧。」

我把自己的名片給他，是最陽春的那種，上頭只有我的名字和電話號碼。「這是我的辦公室，」我說，「但是我不在的時候，電話會自動轉到我家。如果有急事你可以打來，無論白天晚上都可以。平常半夜之後打來可能不太方便。如果過了午夜，你覺得很焦慮，可以打到聯絡中心，電話號碼就在聚會手冊上，那裡二十四小時都會有義工接電話。」

「你的意思是，就這樣打去找個陌生人講話？」

「總比喝酒好。」

「老天，」他說，「你知道嗎？你讓我得考慮很多事情。我的意思是，我想我不會鬧到那個地步的。」

「我也不會。」

「之前你打電話給我時，我想，管他的，就跟你碰個面，喝一兩杯啤酒，鬼扯幾句，說不定運氣好，你會幫我出酒錢。沒想到那竟是我這輩子最後一次喝啤酒。」他笑了。「早知道的話，我就點進口的啤酒了。」

18

我到家時早已過了午夜。伊蓮的女生夜遊顯然很早就結束，現在睡得正熟，我在她旁邊躺下來也沒能驚動她。我累壞了——這一天過得真漫長——但和吉姆共處的時間讓我振作起來，結果現在又疲倦又亢奮。我的心緒四處漫遊，大概得起來看看書或電視才能鬆弛。就在我正準備打起精神起床這麼做時，睡魔出其不意的攫住我。

吃早餐時，我告訴伊蓮昨晚的事情。「我不知道他還會不會去參加聚會，」我說，「更別說戒酒，而且一直保持清醒了。他說他一向喝得不多，而且喝酒也沒對他造成多糟糕的影響。據我所知，這是實情。可是跟你說，這件事對我有好影響。據說再沒有比幫助一個新進者更能鼓舞你認同這個協會的了。」

「他對富理森丘的謀殺案有任何幫助嗎？」

「沒有，」我說，「他有很多疑問，也推出幾個理論，但那些想法我自己都想過了。要追查富理森丘的命案，我想我得再去那兒一趟。氣象預報怎麼樣？今天會下雨嗎？」

「又溼又熱。」

「總會轉變的，對吧？」

「明天也差不多，星期一可能會下雨。」
「那對我一點也沒有好處，」我說，「我還希望今天會下雨，或至少有可能下雨。」
「為什麼？」
「這樣我就有藉口不必去富理森丘瞎晃了。我應該去拜訪阿倫．瓦森的太太，可是我實在不想去。」
「不想去，可是你會去，」她說，「我太了解你了，如果下雨的話，你就得冒雨去了。一樣得去，只不過你會淋溼。所以你很幸運，今天天氣只是溼熱而已。」
「感謝你提醒我這一點。」
「所以你就好好享受和那位寡婦相處的時光吧。怎麼了？我說錯什麼了嗎？」
「沒有，當然沒有。不過我可不期待自己能享受。」
「管他，親愛的。只不過這樣你就可以八點之前回家。我們有約會，記得嗎？」
「你還是想去？」
「嗯。我們應該十點前到那兒，之前得先吃晚飯。要不要我給你做點菜，還是你想去市中心哪裡吃？」
我叫她別做菜，離瑪麗蓮小房五分鐘路程內有很多好餐廳。「不過每一對收五十元，」我說，「你會覺得那些混蛋應該餵飽我們才對。」
「肉體的部分只供展覽，」她說，「吃起來可不會美味。」

我過街去旅館，在櫃檯拿了信，上樓，打了阿倫・瓦森的電話。響了十聲，沒有人接，也沒有答錄機。我看了看信件，大部分丟掉，寫寫付房租和付電話費的支票，又打電話去皇后區資訊局確定我手上的電話沒錯，然後再打一次，又聽它響了八九聲。

我掛掉電話，打給路易斯・希柏蘭。接電話的小姐告訴我他在加班，想把他辦公室的電話給我。我說我已經有了，打過去，是希柏蘭本人接的。

「你跟我一樣慘，」他說，「星期六還工作。不過我不確定自己是來工作，還是純粹不想待在家裡而已。一個人待在套房辦公室裡面輕鬆極了，我覺得好像整個地方都屬於我。」

「那地方不是你的？」

「喔，是我的，只是一個說法罷了。但是晚上或週末，獨自在這裡的感覺不一樣。雷蒙・古魯留打過電話給我。」

「當時我跟他在一起。」

「他後來又打了一次給我。昨天晚上打的，他說有兩個會員他還沒聯絡上，另外有三個人確定星期二沒辦法出席，還有一個有困難，可是會想辦法看能不能趕來。」

「假設他沒法趕來，那古魯留估計會有幾個人？」

「八個。」

「包括你和古魯留？」

「對，你就是第九個了。我想你是三點半跟我們會合吧。」

「我以為是三點。」

「我們會員是三點，」他說，「我們決定先花半小時商量一下，然後再讓你加入。」

「好，」我說，「這樣也好。我不確定自己該扮演什麼角色，但我想我會報告自己的一些收穫，然後建議你們該怎麼做。」

「我想也是這樣。」

「不過你是雇用我的人，所以我想先跟你報告一下。」於是我告訴他我的收穫，還有我覺得可疑的事情，大略摘要說了，把自己的利益當做他的利益盡力報告出來。

「聽起來，」他說，「你做了很多事情。」

「我知道，」我說，「對我來說也是如此，天曉得我忙死了，我沒記錄自己花了多少時間，不過好像費了很多時間在上頭。」

「如果當初給你的錢不夠——」

「我不知道夠不夠，我還不想去動腦筋想。現在我已經做了很多事，而且收集了很多資料，但我不知道這些資料有什麼價值。我比當初跟你坐在艾迪森俱樂部吃中餐那時更接近嗎？我自己也不知道。」

「你說『接近』是什麼意思？」

「接近主要的問題啊。」
「什麼問題？」
「有人殺掉那些會員嗎？如果有，是誰？他在哪裡？該怎麼逮到他？我想主要的問題就是這些。針對第一個問題，我暫時的回答是肯定的，至於其他問題，我還完全沒有頭緒。」
「在解答這些問題的過程中，就能慢慢解開這個案子了，是嗎？」
「應該是。」
「所以現在還沒有解答也就不意外了。另外有一個問題，我認為那是主要的問題，雖然跟偵查比較沒關係，而是決定的問題。是到了把這件事情曝光的時候嗎？到目前為止，我們可以期待會有一個謹慎、低調的調查嗎？」
「這是個大問題，」我同意。「但不是我該回答的。我很高興星期二會在古魯留家看到你們八名會員，如果多一點就更好了，我本來希望你們都到齊的。」
「我也是。」
「因為我們現在談的問題必須由你們決定。」我說：「我想到時候你們也必須做出決定。」

∞

剩下來白天的時間我都待在我西北旅館的房間裡，每隔一個小時左右，就撥通電話到富理森丘試試看，每次都沒人接。一天下來我又打了幾通電話，同時也收看MSG台轉播的洋基隊棒球賽。（伊蓮曾經很認真的問我，為什麼這個有線電視台要取一個食物調味料的名字。我告訴她，那是麥迪遜廣場花園的縮寫。她說，喔，原來如此。）〔譯註：Madison Square Garden，其縮寫MSG一般係指味精〕九局上半，韋德．波格斯一支難得的全壘打讓洋基隊追平比分。延長兩局之後，崔維斯．佛萊曼擊出一支三壘邊線旁的強勁滾地球。波格斯沒接到，然後傳給馬亭利時又發生暴傳，結果讓佛萊曼上到三壘，接下來由賽西爾．菲爾德的一支左外野安打送回本壘得分，讓底特律老虎隊贏了球。

我關掉電視，電話響了起來，是吉姆．休特打來的。

「希望我沒打擾到你，」他說，「只是你給了我名片，說我隨時可以打。」

「很高興你打來，」我說，「你還好吧？」

「不太壞。我今天還沒喝過酒。」

「太棒了，吉姆。」

「喔，現在還很早。今天還沒過完呢。反正，有時候我就是整天都不會想喝酒。」然後停了幾秒鐘，「我剛剛去參加聚會了。」

「對你有好處。」

「我想對我的確有好處。不知道，我看不出會對我有什麼壞處，不是嗎？」

「對。你去哪個聚會處？」

「昨天晚上我們去過的那個地方。我在籃子裡面放了一塊錢，喝了兩杯咖啡，還有幾片餅乾。這種交換不會吃虧，對吧？」

「相當划算。」

他跟我聊起那個聚會。去參加的人比昨天晚上少，他說，但他認出幾個人昨晚也參加過。他告訴我演講人故事裡的幾個重點。

「我原本想舉手的。」他說。

「你可以舉手沒關係啊。」

「戒酒不到九十天的人會舉手，告訴大家自己戒酒的時間，然後大家都會替他鼓掌。我本想舉手，說我是第一天戒酒，但是我又想，狗屎，再多等幾天吧。」

「都可以，你覺得舒服就行了。」

「或許今天晚上我還會再去，」他說，「一天去超過一次可以嗎？」

「你整天都去也沒關係，」我說，「沒有限制的。」

「你會去嗎？或許我可以查查西區的聚會，看看有什麼不一樣。」

「我想去，」我老實的說，「可是今天晚上我有事。」

「那下次吧。你的案子進行得怎麼樣了？」

「今天進度遲緩。」

「喔，那我就不打擾你了，」他說，「明天，呃，或許我會再打電話給你。」

「隨時歡迎，」我說，「真的。」

8

我經過樓下櫃檯正要回家時，才想起自己沒把電話設定為「自動轉接」功能。我上樓去，按下那個鍵，又撥了對街公寓的電話，告訴伊蓮兩分鐘內我會回家。「那你打電話來幹嘛？」她說：「喔，對了，自動轉接。」

我到家時，她已經打扮好了，穿著她之前展示給我看過的那套皮衣，香水擦得比平常多，妝也化得比平常濃。「我決定，」她解釋，「絕對不可小看一個小小地牢。」

「你不認為那裡的人活動會稍稍受到限制嗎？」

「我會原諒你這麼說，」她說，「但只是因為我愛你。你大概想沖個澡吧，你的衣服已經放在床上了。」

我沖了澡，刮了鬍子，穿上她替我準備好的那件暗色寬鬆長褲，然後邊扣釦子邊走進起居室。

「這是什麼衣服？」

「瓜亞貝拉衫。」〔譯註：guayabera，盛行於邁阿密等加勒比海沿岸海灘的一種寬鬆襯衫，類似夏威夷衫，但為素色。特色是胸前兩側和腰際兩邊都有口袋，長度至臀，穿時下襬不必塞入褲內，一般印象是年老、富有觀光客的度假標準裝束〕

「我知道。哪來的？」

「墨西哥吧，原裝進口。不過我覺得這件應該是台灣生產的，說不定是韓國，衣服標籤上有。」

「我的意思是——」

「我替你買的。穿好，讓我看看。嘿，很好看吔。」

「這些口袋是要幹嘛的？還有這些刺繡？」

「設計就是這樣，你不喜歡嗎？」

「如果你早點告訴我，」我說，「我就可以留長鬢角，唇上也可以留點小鬍子。然後，又配上我現在的髮型，看起來會像一九四〇年代電影裡面的皮條客。」

「我覺得你的服裝看起來很輕鬆，但是很有威嚴。順帶一提，這件襯衫是我送你的禮物，不過你不必謝我。」

「很好。」我說。

∞

瑪麗蓮小房在華盛頓街一個倉庫的地下室，左右兩邊和對街都是肉類包裝工廠。沒有招牌，綠色的大門也沒有標示，只是門上有顆小燈泡發著黯淡的紅光。十點整我們敲門，一個年輕人讓我們進去，他一身暗色黑皮膚，理了光頭，一件無袖的連身工作服，臉上戴著黑面具。一點十五分，同樣一個年輕人又開門讓我們出去。

一部計程車駛入華盛頓街，我走到人行道邊緣招手。我把地址告訴司機，往後一靠。伊蓮開口想聊天，我打斷她，建議我們就安靜的坐到家再說。

「我寧可聊一聊。」

「我寧可不要。」

「你是怕我讓司機難為情？」

「不，我是怕——」

「因為他名叫蒙馬沙．卻特吉，來自印度，那個象徵感官肉慾之愛的伽摩愛神家鄉。他們的同胞發明了花式床上功夫。」

「拜託。」

「所以他不會難為情的。」

「我會。」

「何況，如果他臉紅的話，誰會曉得？」

「該死……」

「我就在你耳朵邊小聲講，」她說，「他不可能聽見的，你這頭傻老熊。不講了，我會規規矩矩的，我保證。」

接下來她一路都沒開口。在電梯裡她說：「現在可以講了吧，先生？或者你以為電梯裡也裝了竊聽器？」

「我想現在安全了。」

「我玩得很開心，而且穿皮衣不會太熱。」

「如果你上衣不脫掉就可能會熱了。」

「應該是。你穿那件瓜亞貝拉衫看起來很時髦。」

「輕鬆但是有威嚴。」

「沒錯。我真的很高興我們去了。跟你說，想在電視上看到這類東西還有得等呢。」

「讓我們期待吧。」

「我真正喜歡的是那裡的人看起來很平常，不是說穿著，而是他們本身。看了費里尼電影你就會有些額外的期待，以為自己會闖進一個可以召開特百惠保鮮盒的家庭主婦直銷聚會。」

「還是有些檯面下的性交易。」

「可是那樣只是更刺激，」她說，「因為那更真實。還有身體穿孔展示，每個人都好實際，感覺上好怪，不是嗎？讓人感覺到部落、原始。」

「還有永恆。」

「就像刺青，只是不限於皮膚的深度而已。不過我的耳朵穿了洞，如果你認真追究，耳垂和乳頭又有什麼不一樣？」

「我放棄，」我說，「有什麼不一樣？」

此時我們已經在公寓裡了。「我不知道，」她說，雙臂輕巧環著我的腰。「洋芋泥和青豆湯有什麼不一樣？」

「任何人都能把洋芋搗成泥。」

「我已經告訴過你了，嗯？」

「講過好多次了。」

「最好的笑話就是老笑話。很好笑，不是嗎？你玩得開心嗎？」

「開心。」

「我把上衣脫掉時你有沒有生氣？」

「我很吃驚，」我說，「可是沒生氣。」

「有那麼多胸部在你面前晃來晃去的，我可不想要你忘了我的長什麼樣子。」

「絕對忘不了，你的胸部是全場最漂亮的。」

她離開我的懷抱，往後舞去。「哈，」她說，「反正你今天晚上怎麼樣都有愛可做，小夥子。沒必要撒謊。」

「誰說我撒謊？」

「這麼說好了——如果你是木偶奇遇記裡面那個皮諾丘，現在鼻子都不知有多長了。」

「告訴你讓我吃驚的還有什麼，」我說，「我以為我們講好不參與的。」

「誰參與？喔，你是指女女搞在一起那套？那才不算。」

「嗯。」

「我猜想，我是有點被那種氣氛催眠了。那會困擾你嗎？」

「我不認為『困擾』是適當的形容。」

「那你生氣嗎？」

「我也不確定『生氣』是適當的形容。」

「讓你開了眼界，嗯？」

「對，讓我開了眼界。」

「好啦，」她說，「那不就是我們去那兒的原因嗎？好讓我們開開眼界。你這頭老熊，猜猜我打算做什麼？我要把你綁起來，你該不會又要睡了吧？」

「可能不會，」我說，「幾個小時之內不會。」

19

巴黎綠餐廳星期天的早午餐很棒，可以坐在室外綠白相間的傘篷下享用。我們睡得很晚，去那兒開始新的一天。然後伊蓮搭計程車去六街的週末跳蚤市場，繼續她的城市民間藝術狩獵行動。我喝完第二杯咖啡便回家。

我們不在時吉姆・休特打過電話來，在答錄機留了話。我回電給他，約好一個小時後在阿姆斯特丹大道和九十六街口的聚會碰面。然後我打電話給另外一個吉姆——我的輔導員吉姆・法柏，確定我們的晚餐之約，順便決定該去哪家中國餐館。

最後我們決定到「素食天堂」，就在五十八街快到第八大道交口那兒。那家餐廳低於街道的地面，主餐室凹進去，裡面擺上一堆桌椅，大半是空的。

「很高興來這裡，」吉姆說，「我一直很想來試試看，可是這家店從外面看起來很冷清。他們生意做得下去嗎？希望他們是海洛因走私商，開餐廳只是副業而已。」

「中午有時候很擠。伊蓮很喜歡這家店，因為菜單上面什麼都有。大部分中國餐館只有同樣的四五種素菜，她都吃膩了。」

「她來這裡多少次都點不完，」他說，邊翻著菜單。「你點菜吧，這裡你不是很熟嗎？」

「沒問題。你想吃哪一類的？」

「食物，」他說，「好食物，而且要很多很多。」

∞

我們邊吃邊聊著我這個下午發生的事情，還有我如何在一樁困難的調查中，發生了意外的插曲，最後竟意外達到了第十二步驟。

「不太像你，」吉姆說，「你從沒表現出那種傳教的熱中。」

「噢，我從不認為讓全世界戒酒是我的責任，」我說，「早年我連自己要不要戒酒都還不確定，所以我最不願意做的事情，就是去說服別人加入。然後，不碰酒愈久，我就愈加確信其他人喝不喝酒完全不關我的鳥事。或許有些人戒酒會好一點，你知道我要說誰？」

「你的朋友巴魯——」

「我的朋友米基．巴魯這輩子天天都喝酒喝得很凶，如果他肯去參加聚會，絕對不會有人告訴他走錯地方。雖然現在還沒機會看到，但我很確定戒酒對他的身體和心理都有好影響。可是老天在上，他是個成人了。他可以自己做決定。」

「可是你那位上城的朋友——」

「我想我把他當成自己了，」我說，「我看著他的一生，或者想像他往後的人生會如何，就看到自己很可能也會走上類似的路。無論如何，我沒有預謀要拖他去參加聚會的，只是不知不覺就談起來，他也好像很有興趣，我就提議帶他去了。」

「我想這對你是好事。你現在沒輔導任何人，對不對？」

「我現在也沒輔導他。」

「嗯，不過我聽起來會覺得你是在當他的輔導員，不管你是不是這麼稱呼。我想去輔導新進者對你會有好處。只是他如果又去喝酒，也別太驚訝就是了。」

「我不會驚訝的。」

「你沒辦法讓任何人當酒鬼，也沒辦法讓任何人戒酒。你知道的。」

「當然。」

「還有，我希望你記得成功的輔導精神。」

「就是輔導員不可以喝酒。」

「你真他媽的說對了。你知道，這類東西真是會愚弄你，你以為自己在吃肉，其實不是。這應該是什麼？鰻魚？」

「我想是黃豆做的。」

「總有一天，」他說，「什麼東西都是黃豆做的。椅子、桌子、汽車、熱火雞三明治，全部是。不過這道菜吃起來看起來都像是鰻魚，如果是真的，我就一點都不能沾，因為我碰巧不喜歡。我覺得我對鰻魚有點過敏。」

「我點菜的時候你該說的。」

「可是如果是假鰻魚，那又有什麼差別？我對假鰻魚又不會過敏。事實上，我還挺喜歡這道菜的。」

「那就多吃點。」

「我正有此意。伊蓮都吃這類東西，對吧？我不是說這道菜，而是素食。她連魚都不吃，對不對？」

「對。」

「換了我會想念肉。你們兩個還好吧？」

「一切都很好。」

「你還在跟另外一個見面？」

「偶爾。」

一開始我沒告訴他麗莎的事，不過不是因為怕他反對。他認識伊蓮，我不想告訴他這件他必須瞞著伊蓮的事情，造成他的負擔，尤其是我以為這段關係兩三個星期就會結束。沒想到後來沒結束，而且一直持續下去，我就告訴他了。

「上回我跟她見面，」我說，「一開始是因為我想喝酒，結果就打電話給她來代替。」

「噢，如果你有這兩個選擇，我得說你挑了對的那個。我不知道這段關係未來有什麼發展，但我昨天晚上看了公共電視台一個談溫室效應的特別節目，覺得拿來講人也講得通。她不會想破壞你的婚姻吧？」

「我沒結婚。」

「你知道我的意思。」

我點點頭。「她只是在那裡，」我說，「她從沒打過電話給我，每次我打給她，她就會叫我過去。」

「聽起來好像是夢中才可能出現的理想情人，」他說，「幫我一個忙，好嗎？去查查她有沒有姐妹。」

∞

我們這頓飯吃了很久，然後去參加聖克萊爾醫院的戒酒聚會，遲到了幾分鐘。之後我走到吉米家，然後又繼續走到五十街和第十大道交口的葛洛根開放屋。這家酒吧是米基・巴魯開的，不過執照上不是登記他的名字。他在城外兩小時車程的蘇利文郡有個農場，房地契上登記的又是另外一個人的名字。市內他也擁有兩棟公寓，平常開一部凱迪拉克，但都不是登記他的名字。要是警方引用組織犯罪取締法起訴他，會發現他沒有財產可以沒收。

我本來是打算星期五晚上過來的，可是後來卻在上東城消磨，把精神花在勸人戒酒上頭。現在，兩個夜晚過後，整個酒吧幾乎是空的，只有三個老人靜靜的坐在吧台，另外有兩個人占了一張桌子。吧台後面的柏克告訴我，大個子今天晚上不見得過來。說的時候，那兩片薄薄的嘴唇幾乎沒張開。

我坐在那兒一陣子，喝了一杯可樂，又看了一下ＥＳＰＮ頻道的比賽，釀酒人隊和白襪隊的那場棒球賽，好幾個球員把球打上觀眾席。不過我沒認真在看，杯子空掉後，我就回家了。

∞

一早威利．東恩打電話來。「這星期我有份工作得花上你三四天，」他說，「能接嗎？」

「我有個事情正在處理。」我告訴他。

「你都沒空？」

也不是真的沒空。星期二下午古魯留家的聚會之前，我也不能做什麼。

我說：「我星期三早上再打電話給你怎麼樣？或者有機會的話，明天傍晚我就打。到時候我會更確定狀況。」

「我今天真的需要你，」他說，「等到你星期三打電話來，說不定就用不著你了。不過你還是打來試試看吧。」

∞

我其實可以當天過去的，因為該做的事情都做完了。我照例打電話去富理森丘，毫不意外的還是沒人接。我已經判定瓦森太太不在市內，也開始好奇萬一她忽然出現的話，我能問她什麼問題。

午餐之後，我去伊蓮店裡，想給她一個驚喜，可是她不在。阿傑穿著他那套又正點又專業的大學預科生服裝，正在替她看店。我坐下來跟他聊了半小時，中途他賣了一對銅書擋給一個穿了件印著「愉快的死亡」字樣T恤的駝背男子。那人出價三十元，然後四十元，最後說他願意付標籤上的五十元，但是要阿傑自行吸收消費稅。阿傑堅持不肯。

「你真硬，」那個男子很讚賞的說。「好吧，也許價錢太高了，可是又怎麼樣？十年後我看著這對書擋放在書櫃裡，還會記得自己付了多少錢嗎？」他遞出信用卡，阿傑寫下這筆交易的記錄，熟練的做完信用卡交易的各項手續，好像這類工作他已經做了好幾年似的。

「這東西真的很漂亮，」他最後說，把包好的書擋交給顧客。「總之，我覺得你這筆支出相當划算。」

「我也這麼覺得。」那個男子說。

∞

晚餐時我一五一十跟伊蓮敘述這筆交易。「『總之，我覺得你這筆支出相當划算。』你想他這個說法是從哪裡學來的？」

「不知道，」她說，「他怎麼會那麼堅持要照標籤上的價錢賣呢？我告訴過他可以看情形打九折的。」

「他說，他知道只要自己堅持，那個顧客會願意付五十元全額的。」

「稅外加？」

「稅外加。」

「看樣子，他以前去當『三張牌芒提』騙局（譯註：three-card-monte，三張撲克牌一字排開，等人看清牌色後蓋牌再交叉換位的賭局）的假顧客，倒是學了不少東西。只要能在四十二街做生意，去哪裡做買賣都不成問題了。」

「顯然是。」

「可是我還是很驚訝他講話的口氣怎麼能這樣轉換自如。會不會他其實是個中產階級家庭的乖小孩，那些街頭黑話只是裝出來的？」

「不是。」

「我也是這麼想，可是你永遠不會知道，對不對。」

「有時候你就是知道。」我說。

∞

吉姆·休特沒打電話來。晚餐後我打去找他，沒人接電話。我去聖保羅教堂參加聚會，演講的那個女人對每件事情都有強烈的意見，中場休息時我離開，回到我的旅館房間，坐在那裡望著窗外。

每回我一來就取消電話轉接的設定，我試著把這個變成一種習慣，而且也習慣走前再回復設定。我拿起一本書看了一會兒，然後放下書，又瞪著窗外看了一會兒。接著電話響起，是休特。

「嘿，」他說，「你怎麼樣？」

「很好，」我說，「你呢？」

「這個嘛，我還沒喝酒。」

「太棒了。」

「我剛剛去參加聚會，」他說，然後告訴我他去哪裡的聚會，以及其實我不需要知道的演講內容。我們聊了聊戒酒無名會的事情，然後他說：「你的調查怎麼樣？進行得如何了？」

「沒什麼進展。」

「明天是大日子，對不對？」

「大日子？」

「就是你們大家聚在一起，看看下一步該怎麼走。依你看，凶手會出席吧？」

「想過。不過我還不確定是不是有這麼『一個』凶手。」

「嘿，馬修，發現瓦森屍體的是我，記得吧？一定是有人殺害他的。我的意思是，那不可能是自殺。」

「我的意思是，我不確定所有案子都是同一個凶手幹的，」我說，「就算是，也沒理由認為他是俱樂部的成員之一。」

「不然還能有誰？」

「我不知道。」

「嗯，我想——不過我有什麼資格發表意見？算了，你不會想聽的。」

「我當然想聽，吉姆。」

「你確定？呃，我打賭凶手是俱樂部成員之一。有些人的生活表面上看起來完美無缺，可是底下一團亂。你懂我的意思吧？」

「懂。」

「他們明天都會來嗎？」

「大部分會，有幾個沒法出席。」

「如果你是凶手，」他說，「有人打電話要你去參加這麼個聚會。你是會出席呢，還是找個藉口推掉？」

「很難講。」

「換了我就會去。這種事情怎麼可以缺席？你會想聽聽大家說些什麼，不是嗎？」

「應該是。」

「你最好早點睡覺，」他說，「明天你得跟那個凶手共處一室。你想到時候自己能察覺出什麼嗎？」

「我很懷疑。」

「不知道，」他說，「你當過很長一段時間警察，你有那種直覺。這可能會讓他不敢出席。」

「我的直覺？」

「猜到他會出現。除非，他想見見自己的對手，你覺得怎麼樣？」

「我覺得你看太多電視劇了。」

他笑了。「你知道嗎？我覺得你說對了。明天你們要在哪裡碰面？誰的辦公室嗎？」

「我真的不能說，吉姆。」

「不過是在曼哈頓，對不對？抱歉，我太好奇了，不是故意要打探的。」

「是在格林威治村，不過我不能再多講了。」

「沒關係。說到格林威治村，我剛剛還在想，我可能會去參加哈德遜街的午夜戒酒聚會，我想你今天晚上不會去吧？」

「不會。」

「嗯，你明天要忙呢。我也不知道自己會不會弄到很晚。那個聚會是一點結束，然後我得大老遠回上城，而且會下雨，很可能會下。你猜怎麼著？我還是待在家裡算了。」

「我不會怪你的。」

他笑了。「跟你聊天真愉快，馬修。相信我，這樣聊一聊對我很有幫助。打電話給你之前，我還在想，我憑什麼不能喝杯啤酒？我的意思是，一杯啤酒會有什麼了不起的影響呢？」

「這個嘛——」

「別擔心，」他說，「我不會喝了。現在我連想都不想。祝你明天愉快，嗯？開完會有機會打個電話給我，可以嗎？」

「我會的。」我說。

∞

剛剛有意無意間，我一定是在等他的電話。一掛了電話，我立刻設定自動轉接，然後回家。我不在家時，雷蒙·古魯留打過電話來，我回電給他。

他說：「明天三點半。你沒問題吧？」

「沒問題。」

「我告訴其他人三點到。好在你加入之前，有機會帶著大家趕快進入狀況。」會有八個人，他說，如果比爾·魯蓋特能騰出時間來就是九個。自從上回一起吃晚餐後還不滿兩個月，這麼快就再度見面會有點怪。而且不是在平常聚會的餐廳，而是在一個私人的起居室。

「順帶一提，」他說，「前兩天跟你聊天很愉快。」

「我也很愉快。」

「下回有空我們一定要再聊聊，」他說，「等這件荒謬的事情解決之後，好嗎？」

「沒問題。」我說。

我掛上電話，給自己倒杯咖啡，去和伊蓮一起看電視，可是我就是沒法專心在節目上頭。會有八個還是九個成員聚在古魯留家？會有五人還是六人缺席？這些都要看魯蓋特是否能取消他的預定行程。凶手會出現還是缺席？好奇心會引他參加嗎？恐懼會阻止他出現嗎？

說不定那就是他自己的房子。

想到凶手可能是古魯留實在太荒謬了。硬漢雷蒙會是個惡魔殺手？天曉得他夠聰明可以處理一切細節，執行的決心也夠堅強。還會有很多人說他夠無情，甚至夠瘋狂。

我看不出他會是凶手。可是我也看不出其他任何人會是凶手，更何況沒有人有動機。先不管動機——外人甚至都不知道這個俱樂部的存在。

我能排除掉任何人嗎？我想希柏蘭可以吧。凶手不可能把一個私家偵探帶進來的。

除非——

噢，這個想法很瘋狂，但是你怎能要求一個有系統殺掉自己畢生好友的人，能有理智的行為呢？或許弄一個偵探來會讓這個遊戲增加一點小小刺激。或許每年幹掉某個人，遊戲玩久乏味了。或許其他人始終沒發現有什麼異狀，因此激怒了他。因此或許路易斯．希柏蘭決定要加入一個私家偵探，做為小小的放水。但是，因為他也不想讓情況太棘手，他就很機靈的雇用了一個不那麼聰明的偵探。

好好睡一覺，吉姆．休特會這麼勸我。

怎麼可能。

20

在這六月最後一個星期二的下午三點，三十一俱樂部在世的十四個會員有九個共聚一堂。天氣炎熱，有點薄霧，沉滯的空氣中夾著蒸發的臭味。首先到達的是傑瑞·比林斯和肯多·馬加瑞，他們分別搭不同的計程車來，剛好同時下車。兩人按古魯留的門鈴時，是兩點五十五分。進門還沒坐下，門鈴便再度響起。鮑伯·柏克在三點零二分進門，為自己的遲到而道歉，他是第九個。

三點零五分，雷蒙·古魯留站起來，開始主持這個聚會。

他曾經主持過一次，去年九月法蘭克·迪吉里歐死後，他就成為俱樂部裡最年長的會員，因此得主持每年五月的聚會。三十二年來，主持聚會的人只換過兩次——從洪默·向普尼換成法蘭克·迪吉里歐，現在又換成古魯留。

但他沒做過、之前也沒人做過的，就是在非傳統的時間和地點主持聚會。他曾想過這個聚會應該採取的形式，也詢問過其他幾個會員這方面的問題。結論是盡量不要和過去的形式有任何差異，於是他先以死亡順序朗誦不在世的會員名單做為開場，從菲利普·卡里許、吉姆·賽佛倫斯和洪默·向普尼開始，直到法蘭西斯·迪吉里歐和阿倫·瓦森為止。

「謝謝各位的到來，」他說，「我曾跟各位談過我們現在面臨的情況，而且我知道你們有些人也跟其他會員討論過。我試著簡單報告一下我們現在遭遇到些什麼，然後循慣例輪流發言，討論應該如何處理。三點半會有一個人加入我們的聚會，是一個名叫史卡德的偵探。希望我們能在他來之前，達成某種共識……」

8

我提早十五分鐘抵達商業街，在彎曲的街道上徘徊，打發時間。此情此景讓我回想起自己剛到第六分局那陣子，當時警局在查理街，我對格林威治村還不熟，對於眼前所見的一切感到興奮，但是在這些奇奇怪怪街道上，我卻老是迷路。我以為我不可能摸熟這一帶，在那種區域巡邏，卻什麼都不熟悉，不過最後我還是弄明白了。

三點半我準時爬上古魯留家門前的那道台階，敲敲那個獅頭門環，古魯留立刻開了門，用一臉笑容迎接我，那種笑容我看過，意味著我們兩個分享了一個祕密。「你很準時，」他說，「請進，這裡有一群想見你的人。」

儘管天氣炎熱，我還是很高興自己穿了西裝。他們都穿著深色的西裝，只有婁威爾・杭特穿了印度泡泡紗的套裝，還有那個在電視台播氣象的傑瑞・比林斯打了他註冊商標的領結，外罩一件黃綠色的夾克。古魯留介紹我，我一一和每個人握了手，試著記住每張臉，也把他們的長相和我已經知道的名字比對一下。要記的不多，九個人之中，我已經見過古魯留和希柏蘭，另外我還認得比林斯和艾佛瑞．戴維斯。剩下的就是杭特和鮑伯．柏克、比爾．魯蓋特、肯多．馬加瑞，還有戈登．華瑟。

其餘五個人，布萊恩．奧哈拉和他的長子去爬喜馬拉雅山，十天後才會回來。約翰．揚道住在聖路易，他是八年前搬去的，每年五月的聚會都沒缺席過，可是今天下午沒法來，因為臨時通知太趕了。鮑伯．瑞普利去俄亥俄州參加女兒的大學畢業典禮。道格．波莫若和理查．貝佐連則已經有約，沒法取消。

介紹後大家坐下來，他們都等著我開口。我看著一張張期待的臉，腦袋裡唯一的念頭就是喝杯酒。我深吸了一口氣，又吐出來，把那個想法甩掉。

我告訴他們，我很感激他們出席。「我知道剛剛你們稍微討論了一下情況，」我說，「但我覺得我可以從一個局外人、而且是一個職業偵探的角度，告訴你們一些我對這件事的看法。」我說了大概十幾二十分鐘，輪流討論每一樁死亡，推敲其中某些是否真的是自殺和意外。我不記得自己確實說了些什麼，但是我沒有結結巴巴，而且我想我把意思表達得夠清楚。從他們臉上的表情看來，他們都把我的話聽進去了。

「現在我們該怎麼走，」我說，「就要看各位的決定了。在我列出各種選擇之前，我想藉這個會議的難得機會，問你們一些問題。」

「比方什麼？」古魯留想知道。

「這個俱樂部的死亡率高於一般。這也是促使希柏蘭來找我的原因。我想知道你們有多少人也對這樣的死亡數感到困擾，還有，你們有沒有想過謀殺的可能性。」

那位有個祖先曾簽署獨立宣言的肯多．馬加瑞說，兩年前，他曾有同樣的想法。「但是我馬上就打消了這個念頭，因為毫無根據，而且太可笑了。這類電視劇上的情節，登上螢幕很不錯，但在現實生活裡實在太荒唐了。」

鮑伯．柏克承認說這個念頭也曾掠過他的腦海。第一次聚會中宣布他生下來雙手都有六個指頭的戈登則說，過去三十多年來，他的父母和一些家人都過世了，這大概讓他對俱樂部的高死亡率沒什麼警覺。同樣的，婁威爾．杭特已經有「數不清的朋友」因愛滋病而去世。他向我們保證，這個俱樂部的死亡率要比他的社交圈低太多了。

傑瑞．比林斯說，他曾擔心這種高死亡率會不會是一種疾病的結果。「那是一種威脅，」他說，「癌症、心臟病，這些小小的定時炸彈都在你的細胞和血管裡，這種事情會讓人害怕。可是自殺，那是可以選擇的，而我自己根本從來沒想過。私人飛機失事，這個嘛，我沒有私人飛機，所以這種事怎麼可能發生在我頭上呢？至於謀殺，這就好像被閃電劈死一樣，只會發生在別人身上。別去治安不好的地區，別碰別人的老婆，夜晚不要去中央公園，你就不會成為吉姆的朋友。你知道吉姆．克羅斯〔譯註：Jim Croce，美國民謠歌手，巡迴演出時因飛機失事而過世〕的那首歌嗎？」他哼了兩句，其他人瞪著他看，他就愈唱愈小聲了。

比爾．魯蓋特說他曾經強烈感覺到俱樂部裡的死亡率太高了，可是卻沒有因此起疑過。困擾他的是，他明白到，他這一輩的人都開始一一走向死亡，他也可能比自己所料想的更接近生命的終點。艾佛瑞．戴維斯說：「你知道，我想過同樣的事情，可是思考的方向剛好相反。我認為死掉的人就多占掉一個死亡的缺額，既然他們死了，那我就有機會活更久一點。這麼想實在沒道理，可是當時卻覺得邏輯上好像說得通。」

我問他們有沒有注意到任何可疑的事情，會不會覺得他們正被跟蹤或伺機暗算？是不是常接到打錯的、或者是不講話就掛掉的電話？

沒人有什麼具體的事例。住在紐澤西蒙克萊爾市北部的鮑伯．柏克說，以前有一陣子，他家電話常常有咔嗒聲和雜訊，感覺上簡直像是被錄音，也不知道是為什麼。但是幾個月前，忽然也不知為什麼的就消失了。比爾．魯蓋特說，他太太曾經有一陣子老接到那種不出聲就掛掉的電話，覺得很煩，正當他打算有所行動時，才碰巧搞清原來打電話的人是他的一個女友，只是想打電話去他家找他而已。

「你混蛋哪你。」傑瑞．比林斯說。

但那段婚外情已經結束了，魯蓋特說，怪電話也就沒再出現了。

我又問了幾個問題。有一點我沒告訴他們，其實我對他們能提供我的情報並不那麼感興趣，我比較有興趣的是藉著他們的回答，感覺一下他們是什麼樣的人。我已經知道他們住在哪裡、年齡多大、做什麼工作、經濟狀況如何，但我還需要一些感覺，讓我知道他們一個個是什麼樣的人。

我也不確定知道這些要做什麼。

等他們回答得差不多，我也沒什麼問題可問之時，我重新整理一下他們的意見。他們可以去找警方，無論是找對他們情況略有所知的喬．德肯，或任何警方高層人員都行。如果他們對警方的反應不滿意，或者希望能因此得到一個全面且優先的調查，就可以直接訴諸媒體。

或者我可以繼續我的一人調查工作，進展緩慢，過濾資料，等著某種突破。這可以讓俱樂部不致成為眾人矚目的焦點，也不會讓任何一個會員的名字上報。可是這樣的調查可能不會有任何結果。不過，我建議每個人要注意自己的安全，他們也必須扮演輔助偵察的角色，和我保持聯繫，只要覺得不對勁，任何不相關的可疑線索都要隨時告訴我。

「我不能保證自己能查到什麼，」我告訴他們。「但是警方也不能向你們保證。而且他們會把你們的生活搞得天翻地覆。」

「你是指因為媒體的注意？」

「就算沒有媒體注意也一樣。如果我是警察，你猜我第一個會去做什麼？我會要你們一個個告訴我，今年二月阿倫．瓦森遇害的那個夜晚，你們人在哪裡。」

有幾個人反應很明顯，他們還沒想到自己會是嫌疑犯。「雖然你不是警察，也許你還是該問問我們，」艾佛瑞．戴維斯說：「包括我們在場的，還有那五位沒法來的都該問一問。」我搖搖頭。「為什麼不行？」

「因為我沒法檢查你們的不在場證明是否有效。但我個人也不認為警方能因為檢查不在場證明而破案。我猜想你們會有幾個人無法證明自己未曾跟蹤瓦森回家並殺害他，但這也並不表示你們有罪。事實上，殺害瓦森的人很可能已經有強力的不在場證明，而且很可能無法推翻。但是警方必須檢查每件大小事，因為官方調查不會忽略任何細節，尤其是這個案子具有高度敏感性。」

古魯留說：「你的建議呢，馬修？」

「我沒有建議。我能建議什麼？這必須由你們諸位決定，你們才是性命受到威脅的人。」

「如果性命受到威脅的人是你呢？」

「不知道，」我說，「兩種方式都有待商榷。看起來好像很明顯，最簡單的方法就是立刻公開，但我不太確定該這麼做。這是一個非常有耐心的凶手，如果警方積極偵辦，報紙頭版也大幅報導的話，他會怎麼做？我猜他會爬到一個洞裡，放低姿態。他一點也不急，他又不必趕著非搭上哪班車不可，大可以等上一兩年，然後，等到每個人都相信他根本從一開始就不存在，他就可以挑選他的下一個受害人，再度下手。」

「老天在上，為什麼？」婁威爾．杭特問。「不會是我們其中之一吧？不可能的。」

「我無法相信凶手會是這個房間裡的任何一個人。」鮑伯．柏克說。

「難道會是房間外面的人？你以為會是瑞普利或波莫若或布萊恩．奧哈拉或——還有誰？約翰．揚道？理查．貝佐連？」

「不是。」

「如果是我們其中之一，」比爾．魯蓋特說：「那就表示我們有一個人瘋了。不只是一點點古怪而已，也不只是一點點行為異常而已，而是真的瘋掉了。我每年只跟你們見面一次，但是我覺得你們都相當理智。」

「比爾，我可以引用你這些話嗎？」

「所以一定是俱樂部外面的人，」他繼續道，「可是誰有可能想殺掉我們？老天，甚至會有人知道我們存在嗎？」

「前妻，」雷蒙．古魯留說，「我們有哪些人離過婚？」

「前妻怎麼會想——」

「我不知道，感情的疏離引起的嗎？誰曉得前妻做得出什麼來？但我們現在都很激動，對不對？我們來這裡是希望商量出一個決定，在其他行動之前，我們得先達成共識。」他轉向我。「馬修，」他說，「請你先給我們十分鐘，讓我們商量一下該如何處理這件事，好嗎？你可以在樓上等，如果你想伸展一下四肢，樓上也有個臥室。」

我說我只想出去呼吸一下新鮮空氣，沒想到結果我是睜眼說瞎話，一離開古魯留那個中央空調的房子，滯悶的熱氣就迎面結結實實的撞上來。我站在階梯最頂端一會兒，好承受那股衝力，然後過街，一輛黑色的加長型轎車停在櫻桃巷戲院門口。司機靠在擋泥板前面抽菸，有一度我覺得他是在盯著我瞧，可是我下樓梯的時候，他的視線並沒有跟著我，然後我才明白，他是盯著那扇門，想看看有沒有其他人出來。

「他們還得再花十五分鐘，」我告訴他，「至少。」

他充滿警戒的看了我一眼；他很樂於聽到這個消息，但我向他攀談這點又讓他很不舒服。好吧，去你的，我心裡想著，一邊走到可以看到禮車尾巴的地方。ABD-1，車牌上印著這組號碼，我研判這代表艾佛瑞・布蘭察・戴維斯的縮寫。有了個新發現，讓我內心著實得意了一下。也該是時候了。

∞

我是在四點十九分走出古魯留家。才剛過四點三十分，前門再度打開，硬漢雷蒙走出來，先看看左邊，再看看右邊。他沒看到我。

之前我走到第七大道，在一家熟食店買了杯冰咖啡，然後坐在對街一棟公寓門口的階梯上慢慢喝。此時戴維斯的司機已經抽完菸，回到那輛暗色玻璃的加長型轎車裡面了。中間除了一個溜滑板的紅髮小孩從貝佛街衝過來，掠過我身邊，繞過轉角呼嘯而去，其餘再沒有人車經過。我喝完咖啡，把空杯扔進一個沒有蓋子的垃圾桶，然後對街的門打開了，古魯留走出來找我，卻沒看到我。

我站起來，古魯留馬上注意到了。他向我招招手，我等一部車子開過去才過街。他走下階梯來，在人行道上迎接我。

「我們希望你繼續偵查。」他說。

「如果你們確定的話。」

「我們先進去吧，」他說，「好讓我正式告訴你。」

21

「他們每個人拿出一千元，」我告訴伊蓮。「身上帶著支票簿的就開了支票，其他人則寫了借據。」

「你收了他們的借據？」

「雷蒙．古魯留收了那些借據，」我說，「還有支票。大家一起雇用他，付錢給他當法律顧問費。」

「那他們打算怎麼樣？控告那個凶手？」

「然後古魯留雇用我，他以事務所的名義開了一張九千元的支票給我，就是他從其他人那裡收來的支票和借據，再加上他自己的一千元。」

「所以你是替他工作的？」

我搖搖頭。「我是他雇用來為了他當事人的利益而進行調查的，他的當事人就是那個俱樂部的在世會員。根據他的說法，這麼一來，我就在律師和當事人的特權保護之下了。」

「這是什麼意思？表示你在法庭上可以拒絕回答問題？」

「我想我們都不是顧慮這點。而是這麼一來，我就不必把我的調查結果告訴警方，也不必透露我的雇主古魯留、或他的當事人所告訴我的事情。」

「這樣真能保護你嗎？」

「不知道。古魯留好像覺得如此。在任何情形下，我不告訴警方任何資訊都不會覺得有什麼不對，我才不管什麼法律細節。所以有隨便什麼律師和當事人特權的保障也無傷；不過就算沒有，我也會保密的。」

「你真是我的英雄，」她說，「願意為客戶做任何事。」

「不完全是，」我說，「因為我告訴他們，任何時候我都可以讓警方介入。我主要關心的是在凶手繼續行凶之前阻止他。」

「他們關心的也是這個，不是嗎？」

「你這麼認為，對不對？我不知道我坐在對街的階梯那段時間，他們說了些什麼，但我的印象是，比起不讓自己的名字登上訃聞版，他們更關心的是不讓三十一俱樂部成為電視上的八卦新聞。如果這件事被報導出來，俱樂部就得結束。別忘了，這個俱樂部早在他們出生之前就存在了，他們也希望在自己手上傳下去。他們不會想為這個俱樂部而死，但是也不希望眼睜睜的看著這個俱樂部消失。」

「男人啊。」她說。

「要命，這還不是最糟糕的，」我說，「有兩個人打著一模一樣的紅黑條紋領帶，可是居然沒有人提起。我看根本都沒人注意到。」

「真可怕，」她說，「不過我才不信。你編出來的，對不對？」

「沒錯，是我編的，你怎麼知道？」

「因為你自己也不會注意到的，你這老頭子。」

「可能會喔，我在觀察這方面很有訓練的。」

「你形容看看他們的領帶。」

「誰的？」

「每一個人的。」

「這個嘛，傑瑞．比林斯繫了領結。」

「他一向就繫領結。什麼顏色的？」

「呃——」

「別想給我瞎掰。你記得其中任何一個人的領帶嗎？」

「有些是條紋的。」我說。

「嗯哼。有些人不是。」

「我心裡頭有更重要的事情，」我說，「比領帶重要多了。」

「是齁，」她說，「我的詰問到此為止。」

8

我收下古魯留的支票，跟他們談到安全的問題。「你們應該做的，」我說，「就是去注意一些習慣上會忽視或習以為常的事情。街上有人跟蹤你嗎？有同樣一輛車子老是繞著你的街區打轉嗎？或者在對街監視你的房子？你是不是常接到可疑的電話？電話裡有很多雜音嗎？或者會有咔嗒聲、音量忽大忽小？」

「妄想症發作了。」有人說。

「我們這個時代，某種程度的妄想症是生活的一部分，」我說，「但是你們比平常人更有資格多妄想一點。你們才剛剛付了一千塊給我，因為有個人想殺你們，而你們不會希望對方能輕易得逞。」

「找個保鏢怎麼樣？」

「我的司機身上有槍，」艾佛瑞・戴維斯主動說，「而且車子是防彈的。我不是因為現在這件事才弄的。我們曾有幾個朋友坐在車上被掃射——艾德和莉雅・范波克對不對？」

「我在報紙看過那個消息。」比爾・魯蓋特說。

「噢，我聽到的是第一手消息，艾德自己告訴我的。那群狗娘養的用手槍拚命射他，後來我又在報上看到其他消息，於是我就買了部加長型轎車，雇了一名司機。而且我找的司機以前當過保鏢。」

「他會跳到火線上嗎？」鮑伯・柏克想知道。「他會替你擋子彈嗎，艾佛瑞？」

「我想不會，我付錢給他不是要做這個的。」

我說：「我不會勸任何人不要雇保鏢，但我也不認為你們需要。我想對你們來說，警戒一點要比雇一個人來保護更重要。你們必須無時無刻保持戒心。」

「要隨時檢查自己有沒有被跟蹤？」

「還有其他，記得伊恩．海勒是怎麼死的嗎？」

「跳到正要進站的地鐵火車前面。」有人說。

「跳下去，或摔下去，」我說，「我們假設當時他是被推下去的。負責處理的那個警察在地鐵站值勤很多年了，因此他自己在地鐵月台上一向非常小心。他會提防那些滿街亂走的神經病，小心不要夾在月台邊緣和任何可能的瘋子中間。但是只提防瘋子，也保護不了伊恩．海勒。」

「為什麼？」

「我們假設把海勒推下去的人是他認得的，是他的朋友。」

「你的意思是，那是我們其中之一。」肯多．馬加瑞說。

「不一定，但是我也不排除這樣的可能。開一張一千元支票，並不表示你們因此就是清白的。但是我們先假設，海勒當時在地鐵車站，等著車子來，有人走向他。」

「他認識的人嗎？」

「認識他的人，」我說，「直呼他名字的人。『你是伊恩．海勒，對吧？你不記得我了，不過我們在某某人的宴會上見過面。』他對海勒夠熟，可以找到搭訕的話題，海勒也不擔心會被他推下月台。他頂多覺得比幾分鐘前更安全，因為他身處在一群有潛在危險的陌生人中間，並不全然的孤單。他身邊有一個朋友。」

戈登．華瑟說，那太邪惡了。婁威爾．杭特說：「你知道，我想到《教父》那部電影。攻擊你的都是你信任的人，是你永遠不會懷疑的人。劇情都是這樣安排的。」

「凶手一定就是利用這一點，」我說，「另一方面，伊恩．海勒不是個好例子。他是在尖峰時間發生意外，那時月台很擠，任何人都可以找到一個適當的位置，抓對時間推他一把。但只要照我剛剛說過的方法，同樣的事情也可能發生在離峰時間空盪盪的月台。」

「所以我們不該去搭地鐵了。」有人說。

「你們應該做的，」我建議，「就是把凶手想成一個你信任的人，而非凶惡的刺客。想想阿倫．瓦森回家的途中被凶手跟蹤，然後瓦森在奧斯汀街停下來買披薩時，凶手就順利的上前跟他打招呼。『阿倫，你好嗎？你要走回家？我跟你同路，一塊兒走吧。』就算瓦森從沒見過這個傢伙，他也會假設對方是鄰居，或者是個他見過卻忘記的人。兩人說不定還愉快的交談了一會兒，然後他就忽然掏出刀子刺進瓦森的胸口。」

∞

「我不知道自己是不是都回答了他們的問題，」我告訴伊蓮。「有幾個人想知道他們是不是應該弄把槍來，我不知道該怎麼回答。他們可能弄不到槍枝許可，這麼短的時間肯定弄不到，所以他們就得冒著以非法持有武器罪名被捕的危險。」

「總比被殺來得好，不是嗎？」

「那當然，而且這些人都有頭有臉，就算到頭來他們得用一把沒登記的手槍保護自己，也不會有人急著要起訴他們的。但假設有個完全沒惡意的人跟他們借個火點菸，或者不小心一個踉蹌，摔在我們武裝英雄的懷裡怎麼辦？」

「砰砰。」

「我告訴他們，如果有任何不尋常的事情出現，就打電話給我。他們彼此也會保持聯絡。真滑稽。」

「怎麼說？」

「這樣讓他們彼此聯繫在一起，比以前更親密。別忘了，這群人分享了一個非常親密的組織超過三十年——但是每年只有一個晚上而已。他們藉著一種深切而長期的兄弟之誼互相結合，但彼此其實並不了解。」

「然後呢？」

「然後現在情況改變了，再沒有比對抗共同敵人的需要，更能使你們緊密聯繫。但同時，敵人也可能是他們其中的一個。」

「漫畫蝙蝠鼠不是說過這類話嗎？」

「『我們已經見過敵人了，他就在我們中間。』問題是我們沒有見過敵人，沒有正面見到過。他可能是我們其中之一，也可能不是。所以——」

「所以他們雖然緊密聯繫在一起，但是卻又有點不安。」

「差不多就這個意思吧。他們第一次必須和其他人保持聯絡，就好像食人族和基督徒一樣。」

她露出困惑的表情。「你知道，食人族和基督徒，是一個邏輯問題。有六個人要渡河，三個是基督徒，三個是食人族。船一次只能載三個人，可是不能讓一個基督徒單獨和兩個食人族在一起，不然他就會被吃掉。」

「我覺得很不真實。」

「看在老天份上，」我說，「這個故事不是要寫實，是一個邏輯問題。」

「噢，我是個猶太女孩，」她說，「食人族、基督徒，有什麼差別嗎？誰分得出來呢？」

「顯然不會是你。」

「不是我，」她同意。「你知道我怎麼想嗎？異教徒就是異教徒，我的想法就是這樣。」

∞

我們在隔壁街口的一家義大利餐廳吃晚飯。還是沒有下雨，可是感覺上好像下過雨了。「你見到傑瑞．比林斯了，」伊蓮說，「希望你問過他對這種天氣有沒有什麼辦法。」

「老天，這種話他一定聽煩了。」

「如果他不厭煩指著牆談論暖氣團和冷鋒，那麼他大概就不會對任何事情厭煩。你看到他在電視上指著地圖或什麼表格，其實那些圖都不是真的，你知道。」

「是有人替他指嗎？」

「他沒有真的指著什麼，」她說，「他指著的影像，其實是把地圖或表格的影像重疊上去的。看起來沒什麼不對勁，但其實他站在那兒只是指著一片空牆。這或許是這份工作最困難的部分，得記得牆上哪部分是懷俄明州之類的。」

我們搶著付帳，她想付，因為她剛賣出一幅著色畫，價錢是當初買來的大約一百倍。我說，那也不過是幾百元而已，而我才剛賺到九千元的聘用費。

「你還是得認認真真去賺這筆錢，」她說，「可是另一方面，我那幅畫已經賣掉，送出店門了。這筆交易完成了，結束，完畢。」

「真不幸，」我說，「你逮到我的要害了。」

回到家，我檢查答錄機。吉姆．休特沒打來過，我原希望他打來的。我打去找他，沒人接電話。然後我又撥到對街旅館的電話去，試試看自己是不是忘了設定自動轉接，但結果聽到忙線中的訊號，表示我沒忘。

我又試了富理森丘阿倫．瓦森的遺孀家，沒人接。

「你都沒休息，」伊蓮說，「想去看場電影嗎？還是該去參加戒酒聚會？」

我說：「我在考慮搭計程車去約克維爾。」

「那是哪裡？」

「聚會的地方。」

「聖保羅方便多了，為什麼大老遠跑去那兒？你想去找你輔導的那個人，對不對？」

「我沒在輔導他。」

「非正式的輔導。他沒打電話來，讓你很擔心。」

「應該是吧。你那些艾樂儂屋戒酒中心的朋友會怎麼說？」

「他們會告訴我，你怎麼進行你的戒酒計畫與我無關。」

「我不是這個意思。」

「我知道。你是想知道他們會教你怎麼做，而如果你想知道，就得自己去問他們。」

「我不應該去煩他。」我說。

「你這麼想，嗯？」

「我應該為自己去參加聚會，而不是為其他任何人。如果他沒喝酒，那很好，而如果他出去又開始喝酒，那也無所謂。」

「所以呢？」

「所以我很擔心他會喝酒，」我說，「而且我擔心那是我的錯。但如果他喝酒，那不會是我的錯，他繼續戒酒，也不會是我的功勞。無論如何，他自己的意志最重要，對不對？」

「你說得都對，先生。」

「得了吧。」

「那你現在打算怎麼樣？搭計程車去上城？」

「不了，滾他去的，」我說，「我們去看電影。」

∞

我們看的那部電影男主角唐・強生飾演一個吃軟飯的小白臉，女主角蕾貝嘉・迪摩妮則是他的辯護律師。離開戲院時，伊蓮說：「真不敢相信她長得那麼像希拉蕊。」誰是希拉蕊，我問。還有，誰長得像她？

「希拉蕊・柯林頓，」她說，「還會有誰？迪摩妮長得真像她，連總統都可以騙過。你沒注意到嗎？真不敢相信。你神遊到哪兒去啦？」

「我想是迷失在太空裡吧。追悔過往，恐懼未來。」

「還是老樣子。提醒你一下，唐・強生是演壞蛋。」

「這點我還曉得。」我說。

「噢，那就夠了。看來總算下雨了，我感覺到雨點，除非哪一戶冷氣在滴水。」

「不是滴水，我也感覺到了。」

「兩個人都碰到冷氣滴水？我看是不太可能。接下來你打算做些什麼？」

「不知道，回家吧。」
「坐在家裡看著窗外發呆？打幾個沒人接的電話？在地板上走來走去？」
「差不多就這樣吧。」
「我有個更好的主意，」她說，「陪我走回家，然後你去看看米基要不要跟你共度今宵，灌點咖啡和沛綠雅礦泉水，觀賞日出，之後你們再一起去望彌撒，參加聖禮。」
「是領聖餐。」
「隨便啦。」
「異教徒就是異教徒，嗯？」
「我可沒說。」
到了凡登大廈門口，她說：「確實開始下雨了，你要不要上樓拿把傘？」
「雨沒那麼大。」
「要不要看有誰打電話來？要不要去看看氣象報告，順便瞧瞧你的朋友傑瑞．比林斯打了什麼顏色的領結？不了，你不需要氣象員告訴你雨往哪個方向下。」
「不需要。」
「當然囉，你只想去葛洛根開放屋，你會替我向米基致意吧？玩得開心點。」

22

「你剛錯過他，」柏克說，「他才出去不到十五分鐘，但是還會再回來。他提過你可能會來。」

「是嗎？」

「你應該等他回來，他不會出去太久的。我剛煮了咖啡，看你要不要。」

他替我倒了咖啡，我端著去米基和我平常坐的地方，就在角落有個塔拉莫愛爾蘭威士忌廣告鏡子下頭的那張桌子。旁邊的桌子上有一份別人看過的《郵報》，我打開來翻到體育版看專欄，對那些字句的專注程度不比剛剛看電影時來得好，過了一會兒，我放下報紙，又想打給吉姆·休特了。現在打去會太晚嗎？我正在想的時候，門打開，米基·巴魯走了進來。

他就站在門邊，頭髮被雨淋得貼在頭皮上，衣服都溼透了。他看到我，臉色亮了起來。「老天，」他說，「我不是說過你今天晚上會來的嗎？不過你可真挑到了一個爛日子。」

「我來的時候，雨才不過像濃霧一樣大。」

「我知道，我剛剛就在這種天氣裡出門的。愛爾蘭人說這種天氣很溫柔。結果操他媽的最後就變成傾盆大雨了。」他兩手互搓，在舊磁磚地板上踱踱腳。「我去把這身溼衣服換掉。這個時候要是感冒了，他媽的得拖到聖誕節才會好。」

他走進後面的辦公室。偶爾他會在裡面的綠皮沙發上過夜，橡木衣櫥裡面也有一些換洗衣服。裡面還有一張書桌，外加一個龐大的莫斯勒保險箱。保險箱裡一向放著很多現金，我不相信那個箱子會有多難撬開，不過到目前為止，還沒有人笨到敢來偷。

幾分鐘後，他走出辦公室，頭髮梳得整整齊齊，換了一件顏色鮮艷的運動襯衫和寬鬆長褲。他向一名玩飛鏢的人說了幾句話，又輕輕拍了一個戴著布面棒球帽的老頭肩膀，然後走到吧台後面給自己倒酒。他先快快喝一杯，驅走寒意，我幾乎可以感覺到那股暖流從心口向外四散開來，提供慰藉，溫暖他的身體和靈魂。然後他又把杯子加滿，連同另外一杯給我的咖啡一起帶過來。

「這樣好多了，」他邊說邊在我對面坐下來。「真可怕，這種夜晚被叫出去解決事情。」

「希望你解決了。」

「啊，沒什麼大不了的，」他說，「有個小鬼賭博輸了點錢，寫了一張借據。然後他覺得他是被詐賭，就下定決心不還債了。」

「然後呢？」

「然後他的債主就把他的借據賣掉。」

「賣給你。」

「沒錯，」他說，「我想這個投資不錯，像是買抵押品似的，折扣很多。」

「你是付現金買的？」

「是啊，然後我派安迪·巴克利去跟那個小鬼談。你知道嗎，那小鬼還堅持說他是被詐賭，所以不管借據在誰手上，都沒有欠債這回事。他說沒什麼好商量的，他已經下定決心了。」

「那你怎麼辦？」

「我去看他。」

「然後呢？」

「他就改變心意了。」米基說。

「他打算要還錢了？」

「已經還了。所以你可以說，這是個明智的投資，利潤相當誘人，而且很快就回收了。」

∞

我的朋友米基是個大塊頭，又高又壯，那顆腦袋放在復活節島上的風化岩頭裡面也難以分辨出來。他有一種原始而堅韌的氣質，多年前，一個在摩里西夜間酒吧的聰明傢伙曾形容說，英國威爾特郡的史前巨柱群看起來就像米基和他兄弟們圍成圓圈站在一起似的。

當時是很貼切，如今他好像是消失中族裔的最後一脈香火。四〇、五〇年代，凶悍的愛爾蘭罪犯會狂飲、爭鬥、繁衍，最遠可追溯至南北戰爭之前。當時各種幫派林立——高佛氏家族、羅德幫、帕羅黨，還有葛利羅家族幫。很多幫派頭目也是酒館老闆，包括馬利．墨非和「神父」派迪，還有歐尼．麥登都是。他們就像以往紐約的各種族群一樣歡欣的墮落，如果不是那麼貪杯的話，應該會在這個城市留下更多痕跡。根據米基的說法，上帝創造威士忌是為了不讓愛爾蘭人接管全世界，我想也必定讓地獄廚房的流氓沒能接管紐約市。

幾年前，一些報社記者開始稱現在的這批人為「西部幫」，等到這個說法流行起來的時候，已經很難找到符合的人物了。這附近的壞蛋大半走光了——有的死於酒精或暴力，有的在上紐約某個監獄被終身監禁，有的在曼哈頓州立醫院裡等死。或者結了婚，住在紐澤西的郊區，變得又肥又傻，去汽車行騙點錢，在教堂的賓果遊戲之夜募款會上作弊，或者整個星期替岳父工作，然後週末大醉一場。

米基的母親來自愛爾蘭梅約郡，父親來自法國馬賽附近的一個漁港，他喝起威士忌像喝水似的，是個職業罪犯，一個殘忍的殺手。他會穿上父親傳下來的屠夫圍裙展開一個屠殺之夜，然後穿著同一件圍裙去參加次日清晨聖本納德教堂的屠夫彌撒。很難理解我們怎麼會成為朋友，我也無法解釋我們共度的那些漫漫長夜，彼此的故事就像水或威士忌流瀉出來。他會為我們兩人而喝，一次又一次的用十二年份的詹森牌威士忌加滿玻璃杯。我則陪在旁邊喝咖啡，或可樂，或蘇打水。

或許就像吉姆．法柏的說法，這對我來說，是一種不會醉的喝酒法，可以重新捕捉酒館的甜美氣氛，卻不必冒著肝臟壞掉的危險。或許，就像伊蓮猜想的，我們兩人冥冥中是宿命相連，過去已經連了不知幾輩子了。或者，就像我偶爾想起，米基同時是我未曾擁有的哥哥，也是我沒有踏上的那條路。

也或許，我們只不過是喜歡在安靜房間裡面說說故事，以此度過漫漫長夜的兩名男子。

∞

「你還記得，」他說，「前年我去了愛爾蘭一趟。」

他的律師馬克・羅森斯坦送他出國，以避免被法庭傳喚。「我本來要跟你一起去的，」我提醒他，「可是正好有事。」

「啊，我們兩個一定會把那些小妞給迷死。愛爾蘭是個奇怪的民族，我告訴過你派迪・米漢的酒吧嗎？」

「沒有。」

「派迪・米漢在科克西部開了一家酒館，」他說，「我相信一定很不錯，雖然當時我沒親眼看到。不過那傢伙有個住在波士頓的叔叔，聽說老傢伙死的時候，留下了一大筆遺產。」

「我想是留給派迪。」

「沒錯，而且他有生以來第一次表現得有點生意頭腦。他把錢全拿來整修那個酒館，牆板換上松木，裝上樹枝狀吊燈，而且還可以調整燈光明暗，大門上方掛了一個大招牌，很引人注目，幾哩外就看得到。」他露出微笑，津津有味的回憶著。「他還在木頭地板上鋪了很精緻的油氈布，買了新桌椅，真的是不惜血本。但這家小鄉村酒館最了不起的，就是店後方兩扇並排的木頭門，上頭寫了古愛爾蘭文。一扇上面漆著FIR，表示『男用』；另外一扇漆著MNA，表示『女用』。上頭還各有一個男生和女生的側面剪影，就跟機場洗手間看到的那種是一樣的，免得遊客看不懂古愛爾蘭文。」

「他好好整修了廁所。」

「啊，你是這麼想的，對吧。派迪．米漢這傢伙本性不改，等到你走進任何一扇門，不管是FIR還是MNA，你就會看到眼前還是同樣那片五英畝的田地。」

∞

他又說了另外一個愛爾蘭的故事，讓我想起幾年前一樁發生在綠寶石會晚宴上的事情。我們就這麼有一搭沒一搭的聊著，外頭的大雨還在下。

「我告訴過你丹尼斯和那隻貓的故事嗎？」他問。

「我不記得。」

「要是說過的話，你一定會記得的，」他說，「就算你喝醉了，也不會忘掉的。噢，那時丹尼斯還是個小鬼。」

「我記得丹尼斯。」

「我們從小被管得很嚴，你知道。我是唯一學壞的，法藍西斯後來成為神父，現在在奧勒岡州賣汽車，轉變真大，呃？約翰在懷特平原，是那個操他媽社區的領袖。」

「他是律師對不對？」

「房地產律師，每次早報上有我的新聞，都害他早餐吃不下。」他的綠色眼珠因思考而發亮。

「而丹尼斯，」他說，「就是那種所謂快樂幸福的小孩，心地善良又光明。當然他喜歡喝酒。」

「當然。」

「他喜歡喝幾杯。剛從高中畢業，他就去鐵路快遞公司做事。在他們的中央倉庫，午夜到八點，每星期五天。他從來沒請過假，而且打從他一上班直到黎明時分離開，也從來沒有少喝一口酒。他們上夜班的每個都喝很凶，不喝酒就是偷東西，不偷東西時就是在計畫接下來要偷什麼。那家公司現在倒了，不必是天才也可以告訴你為什麼會倒。」

「我想是。」

「不過那裡發生過最絕的事情，」他說，「就是那隻貓。有個女士有一隻得獎貓，我相信是波斯貓，反正就是那種長毛的品種。她有一個為那隻貓特製的細條木籠子，送到收貨站，打算運到加州去。」

「他們偷了那隻貓？」

「沒有，誰要偷貓啊？他們只不過是把那籠子亂摔，那個精緻的木籠子就摔散了，那隻貓站在散開的木條堆裡面，對著這群喝醉的白癡左看右看，然後一轉眼就不見了。你猜他們怎麼辦？」

「怎麼辦？」

「他們把籠子修好，找來了鎚子釘子把整個籠子又拼回去，他們自己說，修得挺好的。可是修完之後，貓沒再出現，這也不意外。可是他們不能光送一個空籠子去聖地牙哥，所以他們全體就在倉庫裡找來找去，喊著『來，小貓』，還喵喵喵的亂叫一通。」

「那幅景象一定很好笑。」

「如果那隻貓看到就好了，」他說，「但是貓一直不見蹤影，連根毛都沒讓人再看到過。不過他們卻發現了另外一隻貓，一隻很髒的老黑貓，瞎了一隻眼，耳朵也只剩一個，髒兮兮的黑毛毫無光澤，而且因為皮膚病而處處結痂。這隻貓就住在倉庫裡，你知道，靠捕鼠維生。當然，我不懷疑，還有小孩子偶爾會給牠點東西吃。」

他笑著陷入回憶。「結果丹尼斯解決了這個難題，」他說，「『貨單上寫著：貓一隻，上頭就只有這樣，』他告訴大家。『她在籠子裡面裝了一隻貓，然後她會領回一隻貓，她能怎麼說？』於是他們把那隻老黑貓裝進籠子，貼上封條，送到加州。」

「喔，不。」

「啊，耶穌，」他說，「你能想像嗎？那個可憐的女士親自打開籠子，跳出來這隻小癩貓，沒瞎的那隻眼睛露出邪惡的光芒。」

「『喔，小可愛，』」我說，故意把嗓子揑得很尖，「『他們把你怎麼了？』」

「『哎呀，小可愛，我都認不出你了！』」

「『路上很辛苦吧，小可愛？』」

「你能想像嗎？喔，你應該聽丹尼斯說的，他比我說得精采多了。」他的臉色一暗，然後喝了一大口威士忌。「後來他們叫他去越南，」他說，「那個該死的笨蛋就去了。我應該把他弄出來的，我告訴過他我有辦法，那再簡單不過，只要打個電話就搞定了。」

「他不讓你這麼做？」

「他說他想去，他說他想報效國家。我說，丹尼斯，讓那些操他媽的黑鬼去報效操他媽的國家吧。他們收穫會比你多，損失會比你少。但是他才不聽，結果他去了，死在那邊，被裝在屍袋裡運回來。親愛的耶穌，真是他媽的浪費。」

「你想他為什麼要去，米基？」

「啊，誰知道？他等著去越南的時候，我告訴他，如果他現在想脫身，可能就不是只打一個電話那麼簡單，但是不去越南是輕而易舉的。他可以去加拿大，或者愛爾蘭。可是他說，我去加拿大幹什麼？我去愛爾蘭幹什麼？我留在這裡又能做什麼？然後他跟我笑得好甜，真能讓你心碎。於是我知道，他會死在那邊，而且我知道他心裡明白這一點。」

我想了一會兒，開口道：「你認為這就是為什麼他要去？」

「沒錯。」

「『我跟死亡有約。』」我說，引了幾句艾倫．席格的詩。

「正是如此，」他說，「和死亡有約。他約好了，不想失約，可憐的小鬼。」

8

快到兩點時，柏克收拾了吧台，送走幾個顧客，除了那個戴著布面棒球帽的小老頭。他依然坐在吧台的高腳凳上，柏克則把椅子放在桌上，方便次日一早拖地。弄完了，柏克把米基的酒瓶和一個保溫瓶的咖啡放在鄰桌我們伸手可及之處。

他說：「我要走了，米基。」

「好。」

「道爾提先生還坐在那裡。我會跟他一起出去，這樣可以吧？」

「問他要不要待到雨停再走，他沒問題的。你把門鎖好就行，等他要走的時候，我會替他開門。」

可是那個老頭不願意打烊後還待在這裡，他跟著柏克走到門邊，兩人一起出去。米基把所有的燈都關了，只留我們桌子上方那盞，回來又給自己倒了酒。

「那是耶索．道爾提，」他說，「以前他從來不來的，結果早春的時候，第七大道蓋威．羅斯的店關了，那整棟建築排定要炸毀，或者要拆除。我沒去看過。道爾提以前天天去那家店，現在他天天來這裡。他會坐上八個小時，喝兩品脫啤酒，從來不開口。」

「我不認得他。」

「你當然不認識。你出生前十五年，他還在殺人呢。」

「你是說真的？」

「我們剛剛談到科克西部，」他說，「還有派迪．米漢的酒館，以及他重新裝潢的事情。耶索．道爾提就來自科克西部的史基賓鎮，一九二〇年代，英國鎮壓愛爾蘭民族主義運動期間，他是湯姆．巴瑞飛行隊的。」他唱道：「『喔，但看起來多麼壯觀／Auxies和RIC／黑棕隊落荒而逃／遠離巴瑞的悍將。』你知道這首歌嗎？」

「我連歌詞是什麼意思都不懂。」

「Auxies是當時徵募的傭兵，RIC是皇家愛爾蘭警察，黑棕隊你知道了。還有一首不必查字典你就可以了解的歌。」（譯註：黑棕隊是當時為鎮壓行動而額外徵募的皇家愛爾蘭警察，由於缺乏正規制服，新召人員只發給卡其色衣褲和綠色便帽，因而被稱為「黑棕隊」）

十一月十八日
馬克倫鎮外
棕衣人隊搭上大船
急急奔赴他們的厄運
但巴瑞旗下的狠將男兒們等待著
帶著來福槍、火藥和砲彈
愛爾蘭共和軍

「歌詞裡講的是大屠殺，相信是哪個愛爾蘭人寫的。耶索．道爾提就參加了那場騷動，喔，他也殺了很多人。英國曾懸賞要他的人頭。然後美國政府贖了他的人頭，於是他就來這裡。一個親戚替他找了個倉庫裡卸貨的工作，不過你看他的個頭也知道他做不來。然後他去當計程車調度員好些年，退休到現在已經好久了。如今他每天喝兩品脫啤酒，半句話也不說，只有上帝知道他腦袋裡面在想什麼。」

「你剛開始談到他的時候，」我說，「我發現自己在想另外一個老頭，名叫洪默．向普尼。」

「我不認識他。」

「我自己也不認識，」我說，「可是他開啟了一個東西，或者該說繼續了一個東西，很難確知是什麼情況。這是一個很長的故事。」

「啊，」他說，「告訴我吧。」

23

於是我告訴他三十一俱樂部的故事。說了很久，講完之後，一開始米基沒說什麼。他把杯子重新添了酒，然後舉起來迎著燈光。

「我還記得康寧漢餐廳，」他說，「他們的牛排很好，而且吧台給的酒分量也足。每次我回想起那些已經消失的店，那些已經消失的人，我就不明白時光，一點也不明白。」

「是不明白。」

「沙子穿漏沙鐘，你手上會暫時抓住一些東西——任何東西——可是就又消失了。」他歎了口氣。「他們第一次聚會是什麼時候？三十年前？」

「三十二年前。」

「那時我二十五歲，還是個大蠢貨。他們絕對不會邀我加入俱樂部，任何像樣的組織都不會邀我。但是如果他們開口，我會加入這種俱樂部的。」

「我也會。」

「而且聚會絕不缺席，」他說，「站在一起，耐心見證，等著那個帶大斧頭的人到來。」

「帶著什麼的人？」

「那是我想像的死神，」他說，「一個上身赤裸，臉上戴黑面罩，手提大斧頭的男人。」

「伊蓮會說，你上輩子就是死神，而你剛剛描述的，是個劊子手。」

「誰能說她不對呢？」他搖搖那顆大腦袋。「沙子穿漏沙鐘。耶索・道爾提，操他媽史基賓鎮之禍，現在坐在吧台高腳凳上，看著時光從眼前流逝而去。他就戴著他那頂小帽帽，喝著他的兩品脫啤酒，比蓋威・羅斯那個凶殘的小混蛋活得久，也會比我們所有人活得久。」他又喝了一口威士忌。「一長串的死者。」

「那是什麼？」

「噢，那是一個故事。你知道巴尼・歐戴嗎？他去過摩里西酒吧。」

「我沒在那兒碰到過他，」我說：「不過我以前在第六分局時認得他，他在西三十街一家酒吧當經理，有現場演奏，偶爾他會上台唱首歌。」

「他的歌喉好嗎？」

「我覺得不比任何花錢請來的歌手差，我也常在獅頭酒吧碰到他，他怎麼了？」

「這是一個傢伙清醒的時候告訴我的故事，」他說，「好像是巴尼的老母親住院，他去陪她，老媽媽就告訴巴尼，她已經準備好要死了。她說，我這一生很美好，享盡了人間歡樂，我不希望以後還用機器維持我的生命，讓針管掙進我體內。所以親我一下，巴尼乖兒子，她說，你一直是一個母親所能夢想最棒的兒子，請大夫拔掉插頭，讓我走吧。

「所以我們的男主角就親了她一下，然後去找大夫，坦白把母親的要求告訴他。那個大夫剛工作沒多久，年輕得要命，巴尼看得出來他完全沒有處理這類事情的經驗。他想延長生命，而非縮短。他很困擾，巴尼人很好，但他盡可能用威脅的口氣，好讓那個大夫別再猶豫。

「『大夫，』他說，『別緊張，你要做的事情沒那麼可怕。大夫，我告訴你一件事，我們歐戴家族的人就是來自一長串的死者。』」

外頭風很大，雨撲在窗上。我看看外頭，有車子經過，燈光映在溼漉漉的人行道上。「好棒的故事。」我說。

「自從我聽過這個故事，」他說：「這句話就一直忘不掉，我們不都全是來自一長串的死者嗎？」

「是啊。」

「你那個俱樂部的故事讓我想起這句話。三十一個人，一個接一個走向自己的墳墓，剩下的最後一個就再重新開始一個俱樂部。這一長串的死者，可以上溯到好幾世紀。」

「據說可以上溯到巴比倫時代。」

「再上溯到亞當時代，」他說，「上溯到第一條長出雙手掙扎上岸的魚。是哪個混蛋殺了那些俱樂部的人嗎？」

「看起來是這樣。」

「你知道是誰嗎？」

「不知道，」我說，「我沒辦法。有可能是他們其中之一，也可能不是，反正我也無從知道。一開始他們有個人給了我一筆錢，我很努力的去查，可是我不知道自己做了什麼有用的事情。現在他們一起出資給了我更多錢，我收下了，可是還是不知道自己該怎麼去賺這筆錢。」

「你會找到他的。」

「我不知道該怎麼找。我甚至不知道接下來該怎麼辦，一點頭緒也沒有。」

「只要耐心等待就行了。」

「等待？」

「還剩幾個人？十四個？」

「十四個。」

「慢慢等吧，」他說，「到最後只剩一個人的時候，把他抓起來就行了。」

∞

過了一會兒，他說：「華盛頓特區有個紀念碑，是一面牆，上頭有所有越戰陣亡將士的名字，你看過嗎？」

「只看過照片。」

「我以前想，他媽的我幹嘛跑去那兒看？我知道那個紀念碑長什麼樣子，也知道丹尼斯的名字。如果我想要的話，可以把丹尼斯的名字刻出來，掛在我自己的牆上。但是有個我無法解釋的什麼，促使我去看那個紀念碑。

「我搭火車去，下車後從火車站叫了計程車，跟司機說我想去看越戰紀念碑。離車站很近。那只是一面牆，你知道，形狀很簡單。不過你說你看過照片，所以你已經知道它的樣子了。

「我看著那面牆，開始看上面的名字。『一長串的死者』，那真的是一長串的死者。幾千個名字沒有特別的順序，其中只有一個名字對你有意義而已，所以我幹嘛看其他人的名字？又何必想在那麼多名字裡面找到丹尼斯的呢？

「我不小心聽到有個人教另外一個人怎麼查一個特定名字的位置，所以我就停止看那些名字，去查了指南，看他的名字在哪裡。我很怕他們會漏掉，但沒有，查到了，完全沒問題。我在牆上找到了他的名字。只有名字而已，丹尼斯．巴魯。

「我看著那個名字，」他說，「喉頭開始哽咽，覺得胸口好脹，好像挨了一記拳頭似的。他名字的字母在我眼前模糊了，我得眨眨眼才能看清楚，我想我大概掉眼淚了。打從懂事以後，我就沒哭過。我教自己挨我爸揍的時候不能哭，這一課我學得很好。我很高興那天掉了幾滴淚，但是從此再也沒哭過了，我心底已經沒有淚，早都流乾化為塵土了。

「但是我沒法離開那面操他媽的大紀念碑，我一次又一次看著他的名字，然後又看看排在他前面和後面的名字，然後我一路走下去，看了更多名字。我在那裡待了好幾個小時，看了幾個名字？沒法告訴你。而且好幾次，我又回去找他的名字，再看一遍。

「我本來打算在華盛頓特區過夜的，好好觀光一下。我在白宮對街的一個飯店預訂了房間，可是最後卻在紀念碑那兒待到太陽下山。然後我走到一家酒吧，進去喝杯酒。接著又去另一家酒吧，再喝一杯，最後我買了一瓶酒，叫計程車回聯合車站。

「我搭了最近的一班車離開，直到德拉瓦州威明頓那站，才把酒打開來喝。到了紐約時，瓶子已經空了。不過那種時候就算只是喝水，也會有同樣的酒勁。到了賓州車站，我就叫了計程車直接來店裡，安迪·巴克利正在等我，說有個朋友從布朗克斯打電話來，叫我們得去找一個人，曾有人看見他走進槍丘路附近的一棟房子裡。

「於是安迪開車和我一塊兒到槍丘路，找到那個傢伙，我就赤手空拳把他狠狠揍死。」

8

「告訴我，」他說，「你父親是什麼樣子？」

「我不確定自己了解他。我還沒成年他就過世了。」

「他以前也是警察嗎？」

「喔，老天，不是。」

「我還以為說不定你們有家族傳統。」

「一點也沒有，他做別的行業。」

「他喝酒嗎？」

「喝酒是他做過的很多事情之一，」我說，「大部分時間他都替人工作，但有幾次他也自己做生意。我最記得的一個是開鞋店，就在布朗克斯，那是一棟兩層樓的房子，我們就住在鞋店樓上。」

「然後他在樓下賣鞋子。」

「大部分是兒童鞋。還有工作鞋，那種工地穿的鞋尖鑲鐵的靴子。那是個小鞋店，人們會一年帶小孩來鞋店買一次新鞋，店裡有個X光機器，站在上面，就可以測出你的腳骨大小，看你是不是該換新鞋了。」

「難道不能捏捏鞋尖，看腳趾是不是抵得太前面嗎？」

「我想是可以，而且我猜這就是我們現在再也看不到那種機器的原因。不曉得那些X光對腳會造成什麼影響，當時沒人會擔心這個，不過當時也沒人擔心石綿會致癌。」

「如果你活得夠久，」他說，「你就會發現地球上每樣東西都對你沒好處。那個店後來怎麼樣了？」

「我猜是做垮了，或者是他賣給別人。總之就是我們得搬家，那是我最後一次看到那間店。幾年後我回去找，整條街都不見了。要拓寬布朗克斯快速道路的時候，房子都拆掉鋪成道路了。」

「你從小在布朗克斯長大的？」

「我們常常搬家，」我說，「布朗克斯、上曼哈頓、皇后區。我外祖父母住在布魯克林區，有幾次我父母親分居，我們就跟外祖父母住。等我爸媽復合，我們就又搬進隨便哪裡的公寓，重新開始。」

「他死的時候你幾歲？」

「十四歲。」之前我已經不喝咖啡改喝沛綠雅礦泉水了，我拿起玻璃杯，仔細看看裡面的小汽泡。「當時他在地下鐵的車上，」我說，「第十四街線，ＬＬ號車，現在只說Ｌ號了，拿掉了一個字母。我想這是個經濟的措施。

「他站在兩個車廂之間，原先是想去那兒抽菸，結果就掉下去，車輪碾過他。」

「啊，耶穌啊。」

「事情一定發生得很快，」我說，「而且他一定是醉了，你不覺得嗎？除了醉鬼，誰會想到要像他那樣站在兩個車廂之間？」

「他喝什麼酒？」

「我爸？威士忌。吃飯的時候可能會喝杯啤酒，可是真要喝，他就喝威士忌，威士忌加蘇打水。都是調和威士忌，三羽牌、四支玫瑰牌、卡斯泰牌。我連現在有沒有這些牌子都不知道，但是他就是喝這些牌子的。」

「我爸是喝葡萄酒。」

「小時候我從沒在家裡看過葡萄酒。據我所知，我老爸這輩子沒喝過葡萄酒。」

「我爸都是一加侖一加侖買回來。他從一個釀酒商那邊買來，也是法國人，他也喝 marc，你喝過嗎？」

「我連那是什麼東西都不確定，是一種白蘭地？」

他點點頭。「釀完葡萄酒後，就可以把榨渣拿來釀一種白蘭地。義大利人也有這種酒，不過稱之為grappa。不管什麼名字，那都是全世界最難喝的酒。我在法國我父親出生的那個小鎮喝過，一入口只能趕快吞下去。無論如何這是跟著他移民來的一點小嗜好。你知道，這附近有很多法國人，很多都在飯店或餐廳工作，有些則像我爸一樣，在肉類市場討生活。」他喝了口酒。「他打過你嗎，你爸爸？喝多了之後？」

「耶穌啊，不。他是有史以來最溫和的人了。」

「這樣啊。」

「他很安靜，」我說，「而且很憂愁。我想你可以說他是個絕望的人。喝酒時才會開心，他會唱歌，還有，不知道，就是做些傻事。然後他繼續喝，喝到最後比他剛開始喝的時候還要憂愁。但我沒看過他發脾氣，也絕對沒聽說他打過任何人。」

「我父親也很安靜。那個混蛋從沒講過話。」他又倒滿杯子。「他的英文不好，而且腔調很重，很難聽懂。但是他很少開口，所以也無所謂。不過他的手倒是傳達了不少訊息。」

「他揍你？」

「揍所有人，不過不揍我媽媽，我想他怕她，就像大象怕老鼠一樣，他是個粗壯的大塊頭巨人，而她則是個小巧的女人。可是她用舌頭所能毀滅的，遠甚於他的拳頭。」他頭後仰，看著錫片補過的天花板。「我遺傳了他的塊頭，」他說，「而且從小塊頭就大。他會悶不吭聲的揍我，然後我也悶不吭聲的讓他揍。到了我快滿十六歲時，有一天，我覺得受夠了，他打我耳光時，我沒躲，只是站起來用拳頭捶過去，正中他的嘴巴。他眼睛瞪得好大，吃驚的看著我。我一拳又一拳的打，把他打倒了，然後我拿起一張木頭椅子高舉過頭，打算往他身上扔。那樣可能會打死他。因為那把椅子他媽的好重，只是我氣壞了，根本不覺得重而已。

「然後他忽然笑了起來。他躺在地上四肢大開，血從他嘴裡不斷流出來，而我正要拿一把椅子砸在他頭上，他就笑了起來。之前我從沒看他笑過，而且後來也沒再看他笑，可是那天他笑了。這救了他的狗命，也挽救我不至於犯下滔天大罪。我放下椅子，抓住他的手，讓他站起來，他拍拍我的背，一言不發的走出去，從此再也沒打過我。

「一年以後，我搬出去住，在河邊替幾個義大利人收保護費，偷偷東西。又過了一年，他就死了。」

「怎麼死的？」

「腦中風，很突然，毫無徵兆。他比我媽年長將近二十歲。過世的時候比我現在還老。我出生的時候，他已經四十五歲了，所以他總共活了多久？六十二歲？他是在工作時過去的，早上還去望了彌撒，所以我想他是在很優雅的狀態下死的。我不知道這是不是真有差別，我知道他死的時候手上還拿著屠刀，穿著一件沾了血跡的圍裙。這兩樣我都還留著，你知道，他的屠刀和圍裙。我去望彌撒的時候就穿那件圍裙，而且他的屠刀偶爾也派得上用場。」

「我知道。」

「你的確知道。他每天早上都去望彌撒，我不知道他為什麼去，也不知道他認為望彌撒對他有什麼好處。同樣的，我也不知道自己為什麼去，又認為這對我有什麼好處。」他沉默了一會兒。

然後開口道：「你的母親也不在世了，對不對？」

「嗯，幾年前過世了。」

「我母親也是。她死於癌症，但我總覺得是丹尼斯的死引起的。自從她接到電報後，整個人就變了。」他盯著我。「我們是孤兒，我們兩個都是，」他說，然後伸出一隻手在急雨撲打的窗前搖晃著。「暴風雨中的孤兒。」他說，然後又喝了一口酒。

∞

「前幾天，」我說，「有個我認識的律師告訴我，人類是唯一知道自己會死亡的動物，也是唯一喝酒的動物。」

「律師會這麼說，真不尋常。」

「他是個不尋常的律師。可是你覺得有關聯嗎？」

「我知道有。」

∞

不知道我們是怎麼扯到女人的。他說，他現在好像不怎麼需要女人了，也不知道是年紀還是喝酒造成的影響。

「我已經戒酒了。」我提醒他。

「老天在上，你戒酒了。現在從內林區到砲台公園的女人都不安全了。」

「噢，他們很安全。」我說。

「你還跟另一個女人有往來？」

「偶爾。」

「伊蓮曉得嗎？」

「我不這麼認為，」我說，「雖然前幾天她讓我嚇了一跳。那時我正想去找一個女人，她先生二月初在富理森丘被刺死。我跟伊蓮提起，我打算去富理森丘找那個女人，後來她就要我好好享受跟那個寡婦共度的時光。她沒有什麼意思，我卻以為她話中有話。我想當時我的表情一定很吃驚，不過還是掩飾過去了。」

他因此想起了一個故事，便說給我聽，我們的對話如同老河流一般蜿蜒緩慢的流去。稍後他說：「住在富理森丘那個寡婦，你為什麼要去見她？」

「去看看她是不是知道什麼。」

「她會知道任何事情嗎？」

「她可能看到過什麼，她丈夫也可能跟她說過些什麼。」我把自己打算問的一些問題，還有一些我想解決的疑點告訴他。

「你就是這麼偵查的嗎？」

「部分是。你問這個做什麼？」

「因為我不知道你是怎麼進行你的工作的。」

「大部分時候我自己也不知道。」

「啊，你當然知道。你試探各種不同的方向，直到有某些結果出現。我沒有設計這類東西的想像力，也沒有耐心去一個個試。如果我想知道什麼，找出解答的方法只有一個。」

「是什麼？」

「我去找知道答案的那個人，」他說，「我會用盡各種可能的方法讓他告訴我。但如果我根本不知道該去找誰，也不知道為什麼要去找，那我就徹底迷失了。」

∞

如果雨停的話，我大概會早點回家。到了早上四點半還是五點的時候，我開始體力不支了。有一度我們兩人都沒話說，我朝窗外看了一眼。可是雨還是很大，於是我沒法向疲倦投降走出門去，便把礦泉水推開，又從保溫壺裡倒了一杯咖啡。稍後我又恢復了點精神，撐到天亮，然後到聖本納德教堂去參加屠夫彌撒。

在側廊的小禮拜堂裡有十幾二十個人，包括七八個來自肉類市場的人，跟米基一樣穿著白圍裙，有些圍裙上頭跟他一樣還有血漬。還有幾個修女，兩個家庭主婦，幾個上班族的男人。另外有幾個老先生老太太，其中有個看起來像透了那個殺人犯耶索．道爾提，一樣都戴著布面棒球帽。

彌撒結束後，我們走出教堂，沒有領聖餐。天空依然陰沉，可是雨停了。米基的凱迪拉克還是停在老地方，塔美父子葬儀社的門前空地上。塔美看到我們，走出來揮揮手，米基向他點頭微笑。

「近來塔美日子過得很不錯，」他說，「他的生意比以前好兩倍，好多人死於愛滋病。一種邪風，呃？」

「的確。」

「再告訴你一個，」他說，「每種風都是邪風。」

∞

他載我到我家門口，我上樓盡可能不出任何聲響的把門打開，怕伊蓮還在睡會吵醒她。開了門，她站在那兒，穿了一件我買給她的睡袍。一看到她臉上的表情，我就知道有什麼不對勁了。

我還沒開口問，她就說：「你還不知道，對不對？你還沒聽說嗎？」

「聽說什麼？」

她伸出一隻手，抓住我的。「傑瑞．比林斯昨天晚上被殺死了。」她說。

24

整整十二年來，傑瑞・比林斯都為一個獨立的紐約電視頻道擔任氣象播報員。儘管他為人所知的頭銜是首席氣象專家，但他的角色主要是播報。他之所以能崛起，並不是基於判讀氣象圖的能力。他顏色鮮艷的服裝，他那種無法抑制的個人色彩，還有他在鏡頭前面扮演傻瓜的那種露骨的熱心，都是更重要的因素。

他一天播報兩次，晚上六點五十五分那次是緊接著六點半的新聞；再來是十一點十五分夜間新聞的中間，播完就是體育新聞摘要。通常，他會在下午五點抵達電視台，準備當天要播報的內容，排好他要講解的圖表順序，播報完就出去吃晚餐。有時候晚餐時間他會在外頭晃上兩個小時，才回到攝影棚；平常他則是回家打個盹，換衣服，然後回攝影棚準備他的第二次播報。他會在十點和十點半之間到達，不需要花太多時間準備，因為用的圖表是一樣的，而且播報的內容基本上也沒有太多更動。

星期二晚上七點，他直接回到位於西九十六街的公寓，自從四年前離婚後，他就一直住在那兒。他打電話給一家阿姆斯特丹大道的中國餐館叫了外賣食物。快到十點時，他下樓招了一輛計程車，司機是剛從孟加拉來的移民，名叫拉克曼・阿里。計程車正在等綠燈要左轉到哥倫布大道時，一輛企圖從右邊超車的汽車擦撞上來，司機跳下車和拉克曼．阿里吵架。吵得正凶之際，他掏出一把手槍，朝阿里臉上和胸部射出三發，然後猛然拉開計程車門，把槍裡其餘子彈都射進阿里的乘客身上。然後他回自己車上迅速逃逸。那部車子的形容從兩年新到十二年都有。證人似乎一致同意，那是一部深色四門轎車，白天的話，就能看得更清楚了。

伊蓮之前看著新聞，甚至在電視台介紹代替比林斯的新氣象播報員之前，她就知道了。在那種天氣，氣象員缺席卻沒有人講俏皮話，而且攝影棚裡面所有的播報員似乎都守著一個不祥的祕密。其實他們早在新聞播出之前就接獲比林斯的死訊，但是決定不予報導。可是後來他們發現這樣有被其他電視台搶先的危險，於是便決定播報這則新聞。因此，在體育新聞摘要之後，主播便宣布了這個不幸的消息。

「我不知道該怎麼辦，」伊蓮說，「我知道你在葛洛根酒吧，於是到處找那裡的電話想打過去，可是在這種大雨的半夜，你又能怎麼辦？此外，據我所知，這個事情就像表面上看起來那樣，只是一個交通意外引起的吵架失控。這種事情總是難免，何況現在人人都有槍，說不定警方很快就會抓到那個吵輸的凶手，我幹嘛要為這件事毀掉你和米基共度的夜晚呢？

「於是我就沒打電話，打開收音機熬夜聽ＷＩＮＳ頻道，聽了好幾個小時。我把收音機音量關小，然後一面看一本書，一遍遍的聽每半個小時播報的新聞，一聽到比林斯的報導，我就停止看書，把音量調高，播報的內容每個字都跟前面播報過的一樣。最後我就聽著收音機睡著了，到了七點才被整點音樂吵醒。

「我應該打電話給你嗎？我真的不知道該怎麼辦。」

她沒打電話給我的原因沒有錯，我不能怎麼樣。而現在我能做的也不多。槍殺次日的早晨，我也只能接接雷蒙．古魯留和路易斯．希柏蘭還有戈登．華瑟的電話。我告訴每個打電話來的人，我得更深入了解，才能知道接下來該怎麼做。

∞

過了中午，警方發現了行凶的那輛車，一輛一九八八年的福特，牌照是紐澤西州的，登記的主人是個住在提內克的眼科醫師。車子是在拖吊場被發現的，之前因為停在城中戲院區的一個禁止停車處，而被拖吊到這裡。會被認出來，主要是基於目擊證人記住了部分車號，之後又在車子身上發現了擦撞到拉克曼．阿里那部計程車的烤漆痕跡。那位眼科醫生的妻子告訴警方，她的丈夫到休士頓去參加一個專業會議，他在星期五晚上從紐華克搭飛機離開，車子就停在機場的長期停車處裡面。

汽車儀表板和方向盤上都有指紋，但結果是交通警察的，因為他們拖吊時得打開車門把車子打到空檔。沒有任何可能屬於凶手的指紋，幾個目擊證人形容開槍的人身材中等，戴著一頂棒球帽，穿著一件亮面的深藍色運動夾克，胸口的口袋上方有繡字，但距離太遠，沒有一個證人看清上面繡的名字。

整個事件看起來夠司空見慣了，唯一的新聞價值就是被害人之一在本地稍具知名度。有人在機場的停車處偷了一輛車，或許是想偷來幹壞事的。或許發生那件意外讓他情緒大壞，或許他那一整天心情都壞。總之，他對一個尋常的小車禍反應過度，他沒有跟對方交換駕照和保險卡號碼，而是拿出一把槍瘋狂亂射。

很有可能是這樣的。

或者他可能把偷來的車停在可以看到比林斯那棟公寓門口的地方，等比林斯招了計程車後就跟上去，安排了擦撞和後來的結果。

誰曉得。

8

我整天沒睡，為了克制疲倦而喝了太多咖啡。到了晚上八點半，我逼自己去聖保羅教堂，參加平常去的那場戒酒聚會，可是卻沒法專心，到了中間休息時忍不住就走了。回到家裡，伊蓮叫我去洗個熱水澡，上床睡覺。

「照做就是了。」她說。

熱水澡消除了部分緊張，一上床我幾乎立刻就睡著了。我一定夢到了吉姆·休特，因為我醒來時想著他。我告訴伊蓮，她說前一天我去聖保羅的時候，休特曾打電話來找我。

「他說沒什麼重要的事情，」她說，「還說不必回電給他，因為他正要出門，所以我就沒跟你提。」

我打電話找他，沒人接。

我聽了收音機的新聞，沒有比林斯的報導。我出去買了《紐約時報》和其他三份小報，然後看完四份報紙關於比林斯遇害的報導。《紐約時報》的文章是從前面幾版的報導轉到訃聞版，訃聞有一張照片和六欄高的內文。我看了那篇訃聞，又看了五六則其他人的。然後繼續看了占半版的死亡相關報導。其中三分之一是關於一個上星期死掉的人，顯然一生廣結善緣，每個受訪者都哀痛的懷念他，對他的去世表示悲悼。

我草草看過這些，但對其他人的訃聞，則依照我這陣子的習慣看得相當仔細。一如往常，看到後來注意力就開始鬆懈。翻完訃聞版沒看到熟悉的名字，我就沒那麼熱心研究了。但我照著字母順序看過去，於是得知住在富理森丘的阿倫．瓦森遺孀海倫．瓦森，在星期一去世。

∞

我打了好幾通電話，才找到一個願意跟我談的警察。

「意外溺死，」他說，「可能是滑倒了，頭撞到磁磚，淹死在自己的浴缸裡。只要失去意識太久，你的肺就裝滿了水，這種事不稀奇。」

「哦，真的嗎？」

「你要問我意見的話，我就要說，他們應該在浴缸上貼警告標示的。不，你知道，有自殺的可能。她今年稍早失去了丈夫，因此消沉，諸如此類的。我們在浴缸旁邊的地板上發現了一瓶J&B威士忌，在浴缸裡喝這玩意兒，然後昏過去，你會把這算做自殺嗎？我不會，她不顧小孩在不到六個月內失去父母的感覺，沒有留下遺書。此外，誰曉得別人心裡想什麼？你喝了點酒，失去意識，然後就昏過去淹死了。或者喝了太多，特別是泡在熱水裡，結果失去平衡撞到頭，就昏過去了。嘿，意外常常有的。」

「她是星期一死的嗎？」

「是星期一發現的。醫生認為當時她已經泡在水裡三天了。」

怪不得她沒接電話。

「你知道這幾天的天氣，」他說，「或許你也知道屍體泡在水裡幾天會變成什麼樣。兩者加在一起，還需要我來告訴你那是什麼情形嗎？」

「發現屍體的是誰？」

「一個鄰居。她的一個小孩因為一直聯絡不上他母親，有點擔心，就打電話到隔壁。那個鄰居有一把鑰匙，自己開門進去。要命碰到這種事情。」

8

我打電話給吉姆・休特。沒人接。

我又打到伊蓮店裡，問她，「休特昨天打電話來的時候，是不是有點緊張？他的聲音聽起來像不像害怕的樣子？」

「不像。怎麼了？」

「阿倫・瓦森的遺孀週末淹死在自家浴缸裡。死亡時間很難確定，但顯然是發生在我去科羅納和那個保全公司的老闆談過之後。」

「我看不出這有什麼關聯。」

「一定有關，」我說，「我猜凶手是想毀掉線索。他一定害怕有人看到什麼，或者知道什麼。他殺了那個寡婦，照理說下一個目標就是第一個到達現場的人，也就是發現瓦森屍體的警衛。」

「吉姆・休特？」

「他的電話沒人接。」

「他可能在任何地方，」她說，「說不定去參加戒酒聚會了。」

「或者去酒吧，」我說，「或者在自己家裡灌酒，不接電話。」

「說不定去吃早餐，或者去惠特尼美術館看羅斯科回顧展了，如果我沒事做，第一個選擇就是去那裡。你打算怎麼辦？」

「去找他。他知道一些事情，雖然他根本不明白這點。我想在他被殺之前找到他。」

「你等一下，」她說。她掩住聽筒一會兒，然後告訴我，「阿傑在這裡，他想知道你需要不需要有人陪你去。」

∞

我換了衣服下樓時，阿傑已經在大樓門口等我。他穿著那套大學預科生的服裝，但頭上戴的那頂突擊者隊棒球帽讓整體效果稍稍打了折扣。「如果我想讓自己看起來更正經的話，」他說，「可以不戴帽子。管他的。」

「我沒說你的帽子怎麼樣。」

「那大概是我幻聽吧。」

「或者是你懂讀心術。」我走向人行道邊緣，招了一輛計程車，告訴司機到八十二街和第二大道交口。「總之，」我繼續前面的話題。「穿什麼都無所謂，我不想浪費時間。」

「你不期望能發現什麼事情。」

「沒錯。」

「帶著我只是作伴罷了。」

「多多少少吧。」

他眼珠轉了轉。「那我們幹嘛搭計程車？你這種人搭計程車，一定是大事不妙了。」

「這個嘛，」我說，「希望我們是錯的。」

∞

到了八十二街，我叫阿傑在車上等，自己爬上樓去看看戒酒聚會的會議室。我星期五晚上曾帶吉姆．休特來過這裡，後來他提過要再來這裡參加聚會。會議正在進行中，我進去在咖啡壺旁邊找到了一個視野很好的位置，一確定他不在裡面，我就下樓回到車上，請司機開到第五大道，在九十四街的街角下車。

我們的第一站是藍色獨木舟，如果休特沒再喝酒也沒被殺害，總有一天這個酒吧會出現在他的戒酒聚會發言中，「我在這兒遇到了一個傢伙，」他可以說，「本來以為可以拐他請我喝兩杯啤酒的，沒想到不知不覺就來到戒酒無名會的聚會。現在我戒酒成功，從那時開始，我再也沒沾過酒。」

現在他沒在藍色獨木舟，也沒在第五大道的任何一家酒吧或小餐館。阿傑和我一起逛了一圈，如果分頭找會容易點，但就算他看到休特，又怎麼認得出來？

我們走完第五大道的四個街區後，便朝西到九十四街休特的套房公寓去。我按了一個應該是他的門鈴，然後又按了標示管理員的那個電鈴。結果沒人應門，我們就離開，到第二大道，又浪費了一點時間，從九十二到九十六街，查看更多酒吧和餐廳，然後回到我們原來的地方。我找了一個電話，打給休特，還是沒人接。

我開始有不祥的預感。

沒有道理為他地毯式搜遍整個城市，我心想，因為我們並不打算用這個方式找到他。我也沒有道理打電話給他。因為他不會接。

我快步走回那棟套房公寓，阿傑緊跟在我旁邊。我按了管理員的門鈴，還是沒人應門，於是我隨意按了另一個電鈴，看有沒有人會開門讓我進去，一個也沒有。但過了幾分鐘，一個大塊頭女人從一樓出來，搖搖晃晃的走向門口。她透過玻璃門皺眉看著我們，沒有開門，問我們要做什麼。

我說我們要找管理員。

「你們是在浪費時間，」她說，「他沒有空房間可以出租了。」

「他在哪裡？」

「這裡是正派的公寓。」天曉得她把我們當成什麼了。我拿出一張偵探社的名片，貼在玻璃門上。她斜乜了一眼，嘴巴蠕動的讀著上面的字。唸完之後，嘴唇緊緊抿成一道窄線。「他就在對街門廊下，」她不情不願的說，「他姓卡洛斯。」

對街的門廊下有三個人，其中兩個在下棋，另外一個則在旁邊看，隨時插嘴發表意見。那個看下棋的人正在喝一罐美樂啤酒，兩個下棋的人則分著喝一個紙盒的純品康納柳橙汁。我問：「卡洛斯嗎？」三個人都抬起頭來看著我。

我遞出名片，一個下棋的人接過去，他長得矮矮胖胖，有個塌鼻子和清澈的棕色眼珠。我想他就是卡洛斯。「我在找你的一名房客，」我說，「我擔心他可能會發生意外。」

「誰？」
「吉姆．休特。」
「休特。」
「快五十歲了，中等身材，深色頭髮。」
「我認識他，」他說，「你不必形容給我聽。每個房客我都認識，我只是在想今天有沒有看到過他。」他閉上眼睛專心想了一下。「沒有，」最後他說，「我好幾天沒見到他了。你可以留下名片，等我看到他就打電話給你。」
「我覺得應該去看看他是不是沒事。」
「你是說去開他房門？」
「我就這個意思。」
「你按過他的電鈴了？」
「我不知道他的電鈴是哪個。」
「上面不是有他的名字嗎？」
「沒有。」
他嘆了口氣。「好多房客都不願意把名字貼在門鈴上，」他說，「我貼上名字，他們就又撕掉。然後有朋友來，按錯電鈴，吵到其他人，不然就來按我的門鈴。我告訴你，真是煩死了。」
「嗯。」我說。

他站起來。「我們先去按他的門鈴，」他說，「然後看看怎麼樣。」

我們按了他的門鈴，沒有人應門。然後走進去，爬了三層樓，裡面就跟我原先估計的一樣，消毒水的味道混著食物和老鼠和尿騷味。卡洛斯帶著我們到休特房門口，握拳用力擂門。「嘿，開門哪，」他喊著。「有位先生想跟你講話。」

沒有反應。

「不在家，」卡洛斯聳聳肩道。「你可以寫個紙條，塞在門縫裡，等他回家——」

「我覺得應該把門打開。」我說。

「我不知道這樣好不好。」

「我很擔心他，」我說，「我想他可能發生意外了。」

「什麼樣的意外？」

「不太好的意外。開門吧。」

「你只是動動嘴巴而已，」他說，「會惹上麻煩的可是我。」

「有事我負責。」

「那我該怎麼說呢？『這個傢伙要負責的。』老兄，倒楣的還是我啊。」

「如果你不開門，」我告訴他，「我就自己踢開。」

「你說真的？」他看看我，然後相信我是說真的。「你覺得他可能病了，呃？」

「說不定更糟。」

「還有什麼比生病更糟的？」我猜他是想到了，因為他打了個顫。「狗屎，希望不是。」他抽出一把鑰匙，找到主鑰匙，插進鎖孔裡。「反正，」他說，「你根本用不著把門踢開，除非他上了鉸鏈。這些鎖根本沒有用，用一張塑膠卡就可以打開。但如果上了鉸鏈，狗屎，你就還是得用踢的。」

不過門沒有上鉸鏈。他轉開鎖，停下來敲最後一次沒有必要的門，然後把門向裡推開。

房間是空的。

他站在門口。我把他推開，走進那個小房間。裡頭簡單整齊得像個和尚的宿舍，有個鐵床架，一個抽屜櫃，一個床頭几。床鋪得很整齊。

抽屜是空的，衣櫃也是空的，我看看床底下，沒有任何私人物品，只有他搬進來前已有的那些二手家具。

「我猜他搬走了。」卡洛斯說。

電話放在床頭几上。我取出一枝鉛筆放在聽筒下面，把聽筒往上挑起，直到可以聽到撥號音的高度，然後再掛回去。

「他沒跟任何人提起什麼，」卡洛斯說，「他每星期付一次租金，所以房租已經付到星期天了，有趣吧？」

阿傑走到床邊，拿起枕頭，下面有本小冊子。他仔細看了一眼，然後遞給我。

我已經知道那是什麼書了。

「沒道理嘛，」卡洛斯說，「既然要搬走，幹嘛把床鋪得那麼整齊？反正租給別人之前，我得先把這個房間整理過，不是嗎？」

「希望如此。」

「我當然會整理。」他皺起眉頭，困惑的說，「或許他會回來。」

我看著那本戒酒無名會的書，是我買給他的那本，也是他唯一沒帶走的東西。

「不，」我說，「他不會回來了。」

25

馬丁・班札克摘下他的無邊眼鏡，朝鏡片哈氣，然後用手帕輪流擦拭。擦到滿意了之後，他把眼鏡戴上，憂鬱的藍色眼珠望向我。

「你應該了解我們能雇到的是什麼樣的人，」他說，「我們的警衛工作，時薪只比最低工資高個一兩塊錢，這種工作不需要經驗，也不太需要什麼技巧。我們理想中的員工，是那種想賺兩文錢補貼退休金的退休警官，不過那種人通常都有辦法找到更好的工作。

「我們碰到過一些失業想暫時湊合著找個工作，等著看還有沒有更好機會的人。通常都很認真，可是不會做太久。還有些員工待在這裡，只因為他們沒法找到更好的工作。」

「你們會對員工進行怎麼樣的調查？」

「只有最低程度。我盡量不要雇用重罪前科犯。畢竟，這是個保全工作，你總不會雇一隻狐狸去看守雞棚，對不對？可是很難避免，我可以利用電腦進行調查，但是如果姓名太大眾化怎麼辦？『問：威廉・強生在紐約州各監獄服過刑嗎？』喔，說不定隨隨便便就有半打威廉・強生在這個州的監獄坐過牢，那我能查出什麼？如果有個人來應徵，說他名叫威廉・強生，我怎麼好意思開口問這是不是他原來的名字？如果他掏出社會福利卡和駕照，我除了接受，又能怎麼辦？」

「你不會叫他們留下指紋記錄？」

「不會。」

「為什麼？」

「查指紋太花時間，」他說，「等我從華盛頓特區那邊拿到報告，大概都已經過兩三個禮拜，應徵的人早都找到別的工作了。」

「難道你不能暫時雇用他們，如果指紋報告有問題，再請他們走路？」

「可靠偵探社是這麼做的嗎？唔，我相信你們的服務收費比較高。你們是曼哈頓的公司，地址也在高級區。如果顧客負擔得起你所有的開支，那一切都沒問題。」他拿起一枝鉛筆，用橡皮那端在桌上敲了敲。「我可沒法讓我一半的員工去調查另一半員工，」他說，「那樣的話，我馬上就會倒閉。」

我沒吭聲。

「兩年前，」他說，「有人來應徵，我們都會記錄指紋。你知道後來怎樣？」

「來應徵的人變少了。」

「一點也沒錯。沒有人願意接受這些煩瑣又不尊重人的程序。」

「尤其是那些前科累累的人，」我說，「對他們來說，這種事情特別煩瑣，也特別不尊重是吧。」

他盯著我看。「還有那些不付贍養費的，」他說，「或者那些跳票的。還有，沒錯，曾經因為吸點毒品或犯一些小罪而坐過牢的。在某些地方長大，不太可能從來沒被拘捕或是留下指紋記錄什麼的。這類人在我們這邊工作，其實都做得相當好。」

我點點頭。我憑什麼批評他，又憑什麼管他怎麼經營他的公司？他開除喝酒的人，只因為那會對他的顧客造成困擾。但哪個顧客會因為看守他倉庫的警衛曾經沒付小孩的教育費，或者曾經賣一公克古柯鹼給便衣警官而覺得困擾？這些罪是你從警衛身上聞不到、也沒法從他走路的腳步上看得出來的。

「回頭來談休特吧。」我說。

∞

休特的檔案裡有他應徵時的申請表格，還有他工作時間和支領薪資的記錄。我問起為什麼沒有他的照片，不是所有員工都應該有照片嗎？

「當然，」他說，「我們需要一張製作識別證的照片。就在這裡拍照，站在牆壁前面。這個背景很棒。」那照片哪兒去了呢？我得到的答案是，貼在識別證上頭了，休特辭職時應該已經繳回識別證，而且照慣例也已經銷毀了。

「他繳回識別證了嗎？」

「大概吧。」

「銷毀了嗎？」

「應該是。」

「那底片呢？」

他搖搖頭。「我們是用拍立得。每個人都是用拍立得拍照。你總希望馬上做個識別證，免得還要等照片沖洗出來。」

「所以沒有底片？」

「沒有。」

「你們只拍一張？不會多拍一張備用？」

「其實有。」他說，然後翻著檔案。「好像不在這裡。一定是歸檔時放錯了。」

或者可能被休特拿走了，我心想。或者一開始他就拿走了，因為馬丁・班札克管理公司的方式似乎不是太嚴格。

我又看了一眼那份申請表格。休特於一九九二年七月來應徵這個工作時，地址同樣是在九十四街。

一九九二年七月？

我跟班札克確定一下日期，阿倫・瓦森遇害時，休特已經在這裡工作七個月了嗎？

「是的，而且他很穩定，很可靠，」他說，「這就是為什麼他第一次出事時，我願意破例饒過他。」

「喝酒的事情。」

「對。他一定很羞愧，因為他根本沒有找藉口辯解，只是垂著頭，等著我炒他魷魚。可是他的記錄太好了，而且也做了七個月，所以我給了他第二次機會。」他皺皺眉。「第二次他再犯，當然，有客戶打電話來抗議，我就只好請他走路了。」

七個月。靜心等待，等著時機到來。

我拿起那份申請書。「我需要一份影本，」我說，「這附近有影印的地方嗎？」他說他有桌上型影印機，可以替我印。他走進另一個房間，然後拿著影本走出來，可是卻扣在手上一會兒。

他說：「我不太明白這是怎麼一回事。如果休特知道什麼，如果他消失只是為了躲避那個殺害瓦森的人，」——這是我編出來跟他解釋的藉口——「不是可以從警方那邊查到他的照片嗎？」

「照理講是這樣，」我說，「但是休特好像是用化名，這份申請書上的資料可能大部分都是假的。如果我能讓他避免被警方注意——」

「喔，那當然。」他說。「那樣是最好。」

∞

他根本不存在。

他有一張紐約州的駕駛執照，申請書上也登記了號碼。但是監理所沒有他的記錄，他寫的駕照號碼也根本不存在。社會福利卡號碼倒是真的，但卻是屬於堪薩斯州安波瑞鎮一個州立農場的人，名叫班耐特·岡納森，而非吉姆·休特。

如果班札克有給他的員工錄指紋，我的工作就會輕鬆很多，就算他留下指紋只是歸檔、其他啥事不幹都好。稍早我派阿傑留下來監視那個套房公寓，自己去佛拉提大樓跟可靠偵探社的威利·東恩借了一套採指紋的工具。稍早離開休特公寓的時候，我曾經像班札克對他的眼鏡哈氣那樣，朝著休特的電話聽筒哈氣，可是沒看到任何指紋。不過電話聽筒不會是那個房間裡頭唯一會留下指紋的地方。

但回到東九十四街，我朝著電話、窗戶、洗臉槽、床頭板、床邊踏板、屏風，還有各種看起來有可能的地方都噴了採指紋的白粉。結果什麼都沒有，連個斑點都找不到。

「他清乾淨了。」我告訴阿傑，「他故意把這個房間的任何表面都擦得乾乾淨淨。」

「這傢伙有潔癖。」

「這傢伙是個凶手，」我說，「他在二月殺了瓦森，然後幾天前殺了海倫·瓦森，還有——耶穌啊。」

「怎麼了？」

「海倫·瓦森，」我說，「有一回我跟他聊，他問我有沒有聯絡到海倫·瓦森。他怎麼知道她叫海倫？我從沒跟他提過的。耶穌啊，他追蹤他們多久了？」

8

現在我得到答案了。

他追蹤阿倫．瓦森至少有七個月了，從他開始為科羅納保全公司工作，直到他逮到機會，把刀子插進那個農產品批發商的心臟為止。天曉得這段時間他有過多少好機會，但他一點都不急，他從容的靜待時機，只要等著，讓預期成真。

然後，等到他終於發動攻擊，他還有機會藉著發現屍體並報警，取得額外的滿足。就像縱火犯回到現場看消防隊員與他放的火奮戰。然後，了不起的是，他又繼續做原來的工作做了六星期，才設計讓自己被開除。

所以我知道，他喜歡慢慢等待有利的時機，我也知道，如果他願意的話，可以在很短的時間之內行動。星期五晚上我見過他，一天之後瓦森的遺孀就死了。又過了兩天，傑瑞．比林斯在計程車後座被射殺。

噢，他真是太精了。

可是他到底是誰？

∞

我打電話給雷蒙．古魯留，告訴他最新的情況。「我覺得自己真像個該死的笨蛋，」我說，「我發現那個狗娘養的，可是又失去了他的蹤跡。」

「當時你不知道自己發現了些什麼。」

「的確。他知道，而我不知道。他耍我，那個混蛋。他是貓，而我是隻超級笨老鼠。你想知道我幹了什麼蠢事嗎？我帶那個狗娘養的去參加戒酒無名會。」

「不會吧。」

「他因為喝酒被開除，過得很不體面，而且他就像準備跌到谷底的醉鬼四處尋尋覓覓。我找不出任何理由不跟他提起戒酒無名會的事情，而當我跟他談到這個話題，他演得很成功，一副有興趣卻又不免提防的樣子。我必須說，談到匿名的宗旨，他真是渾然天成。他是我碰到過最會匿名的人。到現在我還不知道他究竟是誰。」

「但是你見過他。你曾面對面跟他談過話。」

「沒錯，」我說，「我知道他長什麼樣子。」我仔細描述休特的長相。「現在我們都知道他長什麼樣子了，」我說，「聽起來像是你認識的人嗎？」

「光從描述就要認出是誰，這一點我不在行。」

「他四十八歲，填寫的出生地是奧勒岡州克拉美斯瀑布，可是那裡沒人知道這個名字，也沒有理由假設他曾經待過千里之外的那個小鎮。他在進入科羅納保全公司的一個星期之前搬進了那個套房公寓，我猜想吉姆．休特就是在那時誕生的。我想他弄了些假證件，租下了房子，然後出去找工作。」

「以便伺機殺害阿倫。」

「沒錯，」我說，「我想他是伺機潛伏。只有這樣解釋他的行為，才能讓我感覺說得通。我針對這個假設做過一些調查，有很多元素好像符合這個模式。他構築整個生活，只為了殺害阿倫．瓦森。還有他拖延下手的時間，在科羅納工作的六個月之間，他曾經有過多少機會？二十次？一百次？可是他遲遲沒有動作，而且並不是因為怕被逮。」

「他是故意拖著，好讓那種刺激感愈來愈強。」

「完全正確。」

「但是傑瑞——」

「我想殺害瓦森之後，他開始接近新的目標，可能是比林斯，也可能是任何人。或許他也注意到其他兩三個人。他繼續住在原來的套房公寓，繼續當吉姆．休特，所以我完全沒想到他導演出來的瓦森遇害事件跟他有任何關係。可是接著我出現了，於是他明白，該是讓吉姆．休特消失的時候，不過消失之前，他希望做一些戲劇化的事情。」

「他選擇了一個非常戲劇化的方式殺掉傑瑞。」

「他早就知道比林斯的住處和他平日的作息。我想他有槍，或者知道怎麼弄到。搭巴士到紐華克機場，然後再開著偷來的車子回紐約，對他來說不會太難。然後他只要等著比林斯，挑選他的機會。安排小車禍是個不錯的行動，但他還有其他選擇。他可以安排開著車子路過槍擊，也可以用車子撞死比林斯。」

或者他也可以設法把炸彈投進古魯留高科技的塑膠窗子。這樣他可以一次殺掉在世十四個會員之中的九個。他已經知道那次聚會，因為我太好心告訴他，甚至他追問後，我還告訴他地點是在格林威治村。古魯留是會員中唯一住在格林威治村的，或許星期二下午休特也去過商業街，或許他就坐在街對面的階梯，一邊啜飲著啤酒，一邊看著他們陸續走進去，也看到我。

我說：「他到底是誰？你有什麼想法嗎？」

「一點也沒有。」

「我們知道他不是會員，但我之前不認為我們有人真以為有這個可能。其他還有什麼人知道這個俱樂部。」

「沒有，真的沒有。一點點都沒有。」

「他現在四十八歲，一九六一年他會是幾歲？十六？他有沒有可能是誰的弟弟，把對哥哥的恨意轉為對整個俱樂部？」

「老天，這扯得太遠了。」

「我不期望能找到一個合理的動機，」我說，「對於這種長期的瘋狂行為，又怎麼會有個理智的解釋呢？他只需要一個藉口就夠了。」

「這個藉口恐怕得夠好，才能支撐他這麼久吧？」

「不必，」我說，「這個藉口只要讓他開始就行了。起了頭之後，那種動能就能支撐他，不管一開始的原動力有多麼薄弱。」

「因為他享受自己的所作所為。」

「他愛死了，」我說：「但是我覺得不只是如此。那是他的整個人生。」

∞

我盡可能聯絡到其他會員，和他們有過一番類似和古魯留有過的對話。我形容休特的長相，問他們這樣的長相描述，是否符合任何可能在多年前和這個團體結怨的人。他們的回答基本上都差不多——這樣的描述符合太多人了，而且他們也想不起任何人，無論瘋狂與否，有理由對這個團體懷恨。

「好可惜沒有照片。」他們很多人這麼說。我解釋說，他保全公司的老闆曾經給他拍過兩張拍立得照片，可是現在一張都找不到了。其中一張在他的識別證上，很可能他並沒有繳回；另一張很湊巧的從他的檔案中消失了。

而我很好奇，那些照片是什麼時候消失的？他是在離職前有機會抽走照片的嗎？還是找個週末擅自溜回去替自己滅跡？他去富理森丘把海倫．瓦森淹死在她自家浴缸那天，可以順便辦這件事。

「他難道沒拍別的照片？」伊蓮問，「那他怎麼兌現他的薪水支票？我不相信他會有銀行戶頭。」

「他有兌換現金的門路。不過有了科羅納公司的識別證和駕照，這樣就夠了。」

「而且你曾坐在他對面。」

「還曾帶他去參加戒酒聚會。」

「戒酒無名會並不會拍照蓋指模，不是嗎？不然就違背了匿名的傳統了，對不對？」

「恐怕是如此。」

「如果當時我在場，」她說，「我就可以替他偷拍張照片，就像我們在撞牆客酒吧幹過的那樣。你還記得吧？」

「喔，老天在上。」

「怎麼？我說錯了什麼嗎？」

「不，」我說，「你說對了什麼了。我不懂自己到底怎麼搞的，實在不懂。這麼簡單的事情我怎麼就沒有想到呢？」

「你在說什麼啊？」

我指指牆上一張裱起來的畫，做為我的回答。

26

「跟你說，」雷・蓋林戴斯說，「這太簡單了。你清清楚楚記得這個傢伙的長相，要從你腦袋裡挖出來畫在紙上，得花多少時間？十五分？二十分？」

「差不多吧。」

「比起那些不曉得運用自己眼睛、又不記得自己看到過什麼的目擊證人，這個簡直太容易了。一星期前我碰到過一個證人，一遍又一遍說我把眼睛畫得不對。怎麼個不對法？太大？太小？兩個眼睛分得太開還是貼得太近？有點斜嗎？是杏仁形狀的嗎？眼皮是下垂的嗎？告訴我一些東西吧，因為光說我畫錯是沒用的。我試了這個，又試了那個，這裡改變一點，那裡保留一點，得到的回答只有一個，說我把眼睛畫得不對。你猜結果是什麼？」

「什麼？」

「她從沒看過那對操他媽的眼睛。那個傢伙戴著一副鏡面太陽眼鏡。她花了快一個小時才想起來，而這個傢伙曾經就站在她面前，拿槍指著叫她把手舉起來。『眼睛不對，』她說：『我永遠不會忘記那對眼睛。』是哦，只不過她根本從沒看過，哪有什麼好忘記的？」

「至少她還知道要找你，」我說，「我坐在一個有你畫的素描的房間，一直在懊惱沒有他的照片，卻沒想到可以來找你。」

「有時候我們對眼前的事物就是會很盲目。」

「我想是吧。」

畫完我要付錢給他，他不肯收。「我想我欠你一份情，」他說，「看看伊蓮為我做的一切。我曾帶我媽媽去伊蓮的店裡，現在她嘴巴裡口口聲聲說『我兒子是藝術家』。可是當初我找到這份警局的工作時，她並沒有特別高興。談到工作，現在情況不同了。」

「你是說警局的狀況？」

「噢，警局的狀況是不一樣了，不過我指的是我的工作細節。他們要我改用電腦畫圖。」

「你是說像鑑識工具軟體？」

「不，不是那個，」他說，「比鑑識工具軟體更靈巧，你可以稍微改變嘴的形狀，把頭拉長，讓眼窩更深陷，凡是能用紙筆畫出來的都做得到。」他解釋那種電腦軟體的功能還有用途。「可是那不是畫圖，」他說，「那不是藝術。」

他笑了，我問他笑什麼。

「聽聽我剛剛用的字眼，」他說，「每回伊蓮說我的工作是藝術，我老是糾正她。現在我開始覺得她是對的。跟你說，我幫那位歐洲老太太畫的人像，跟我以前的工作都不同。你知道她嗎？是個伊蓮的顧客，她的家人都死在集中營了。」

「伊蓮跟我提過。我不知道你已經開始替那個老太太畫了。」

「到目前為止碰過兩次面，這是我這輩子碰過最累人的工作了。她不記得任何一個人的長相。」

「那你怎麼可能畫得出來？」

「喔，記憶就在那裡，如何探觸並挖掘是一個問題。我們從她父親開始。他長得什麼樣子？結果問不出什麼來，因為她也沒有答案。她最多只想得起他很高。好吧，那他是個什麼樣的人？他很和善，她說。好，於是我開始畫。他的聲音很低沉，她記得。我又多畫了一些。有時候他會發脾氣。好，現在我就畫了一個有低沉嗓音正在發脾氣的高個子和善男子。到了夜裡，他會坐在廚房餐桌邊記帳。好，太棒了。就畫下這個情景吧。然後我們繼續，偶爾我們得停下來，因為她哭了，或者她看不見紙上的圖像，或者就是累垮了。相信我，等到畫出來，我們兩個都累垮了。」

「於是最後你畫出一張臉來？」

「最後我畫出一張臉來，」他說。「可是是誰的臉？看起來像那個被送進煤氣室的男子嗎？我怎麼知道。我只知道，這幅畫出自她的回憶，而她得到了一張對她有意義的圖畫，所以又有什麼差別呢？那幅畫看起來跟照片一樣好嗎？這個嘛，說不定更好。那是藝術嗎？」他聳聳肩。「我得說，我認為是。」

「那這個呢？」

「你說這傢伙？」他往前傾，吹掉素描上的一些橡皮擦屑。「這個不必是藝術，他長得也不藝術。」

我去影印店把那幅素描複印了兩打。我覺得畫得很像。底稿我交給伊蓮，不過告訴她不必掛起來。我交給阿傑一份副本，他抬抬眉毛跟我說，休特是個難看的痞子。

接下來幾天，我拜訪了大部分俱樂部會員，有的去過古魯留家，有的沒有。沒有人呼應阿傑的意見，但也沒有人認出休特是個失散多年的表親之類的。

「他長得實在很平常。」鮑伯．柏克告訴我，「不是那種在人群中會特別起眼的臉。」

他們有幾個人說他看起來好像很面熟。路易斯．希柏蘭告訴我，他以前可能見過休特，不過也很難說。「這個城市每天會見到的人太多了，」他說，「只要在曼哈頓中城走幾個街口，你眼前經過的人會比一些小城居民一整年看到的還要多。尖峰時間走過大中央車站，你會看見幾千個人，可是卻沒有真正看到任何一個。我們會真正看見幾個人？無論有沒有意識，我們會看見的有幾個人？」

在硬漢雷蒙．古魯留商業街住宅的起居室裡，他斜乜了一眼那張素描，然後搖搖頭。「他看起來有點眼熟，」他說，「可是印象很模糊。」

「我一直聽到這樣的說法。」

「好瘋狂，是吧？他恨我們恨到足以付出一生來殺掉我們。因為他不是那種某天早晨醒來覺得不爽就拿一把槍衝進郵局的人。這是一種花上一輩子的工作。」

「沒錯。」

「而我們看著他，」他說，「唯一能說的只是他看起來有點眼熟。他會是誰？怎麼會認識我們？」

「你可能會從哪裡想起他？」

「不知道，我們唯一會聚在一起是每年一度的晚餐。或許他會是康寧漢餐廳的侍者，我們說過那時他該是幾歲？十六歲嗎？那他不可能是侍者。說不定只是打雜的小弟。」

「說不定你們苛扣了他的小費。」

「不，我們不可能做這種事情。我們這票人很慷慨的。」

∞

紐約當地的「美國一百家餐廳和飯店工作者聯盟」的辦公室是在第八大道，離餐廳街只有兩個街區。我跟那裡一個名叫葛斯．布朗的男子談，他一聽到我想尋找一個二十年前就歇業的餐廳裡的職員，就對這個想法嗤之以鼻。「餐廳工作今非昔比了，」他說，「尤其是侍者工作。以前的侍者都是做一輩子的，他們知道顧客的名字，也知道該如何服務。現在的侍者是哪來的？都是演員。『我名叫史考特，與您共享美妙的用餐經驗。』猜猜看有多少比例的侍者在『演員平權協會』也有檔案資料？」

「我沒概念。」

「比例高得很，」他說，「相信我，你光是去吃頓飯，就能碰上一場試鏡大會。」

「那種老式牛排屋的員工流動比率，應該沒那麼高吧？」

「嗯，你說對了，可是這種餐廳還剩下多少？還剩下加樂凡、老家園，還有金氏小館、路格餐廳、史密斯餐廳，還有華西斯、沃倫斯基，還有——」

我說：「一般侍者傾向於會待在相同類型的餐廳，對不對？」

「我剛剛告訴過你，他們根本不見得會待在這一行呢。」

「但是老式的侍者，比方一個人在康寧漢餐廳做過，餐廳歇業後，他可能就會去你提過的那類地方找工作，你不覺得嗎？」

「除非他嚮往去三一冰淇淋店給顧客挖巧克力加棉花糖口味的冰淇淋。不過沒錯，通常你會傾向於待在你熟悉性質的餐廳。」

「所以如果想找某個曾在康寧漢餐廳工作的人，就該先去找找你剛剛提過的那些地方。」

「應該是。」

「但我自己實在不知道該怎麼開始，」我說，「我得花好幾天跑遍全市，設法去說服人們給我一點時間。反過來說，一個像你這樣大家都熟的人，可能只要打幾個電話就可以搞定。」

「嘿，」他說，「我有活兒得幹，你懂我意思吧？」

「懂。」

「我不能坐在那兒打電話，旁敲側擊，詢問他們二、三十年前在哪兒工作過。」

「你可以替我節省很多時間，」我說，「時間就是金錢。我並不打算白要你這些消息。」

「喔，」他說，「那就另當別論了，不是嗎？」

8

第二天我打電話給古魯留，告訴他我找到兩個一輩子都在端牛排大餐給顧客的人。「他們都曾在康寧漢餐廳工作到那兒關門為止，」我說，「其中一個是四十幾年前在那兒從打雜小弟幹起的。」

「那我們第一次聚會他一定也在，」他說，「天啊，他一定也參加過上一章的幾次聚會。」

「不過他沒認出那張素描。另一個人也沒認出。另外那個其實還要老一點，但他是一九六七年才開始在康寧漢餐廳工作的。後來換到老家園餐廳，做到三年前的九月退休為止。他們兩個的說法都一樣。」

「說了些什麼？」

「說他看起來很眼熟。」

「噢，耶穌啊，」古魯留說，「你知道我們這位朋友怎麼著？他有一張大眾臉。沒有人認得出他來，但每個人都覺得自己以前一定在哪裡見過他。你知道，馬修，我說他可能在康寧漢工作過，那只是隨口說說罷了。」

「我知道。」

「可是你就追了下去。」

「值得一查。」

「你到底從哪兒找到這兩個傢伙的？」

「我沒找到他們，」我說。「而是找到一個可以替我找到他們的人。你知道，如果我把這張素描交給警方，他們可以找出十二個那段期間曾在康寧漢工作的人，而其中之一可能知道這張素描裡的人叫什麼名字。」

「我跟幾個會員談過這件事。」他說。

「結果呢？」

「大家都覺得盡量謹慎點比較好。我們都希望能找出素描裡的那個人，但沒有必要的話，我們寧可不要把整件事情公開。」

「如果再有人被殺害——」

「你說過他接下來六個月可能會躲起來。」

「我是說過，」我同意，「可是我知道個什麼鬼？我無法擅自預測一個瘋子接下來會做些什麼。而且到目前為止，我看不出他會打電話告訴我。」

∞

我和古魯留是在星期三下午通電話，晚上我去參加這個星期頭一次的戒酒聚會，會後我去火焰餐廳喝了杯咖啡。同桌有個新人，其他人都很熱心想幫他，回答他的問題，一再跟他保證戒酒後才是真正的人生。那個新人三十出頭，看起來一點也不像吉姆．休特，但他的態度很像休特以前裝出來的樣子，融合了謹慎的希望和憤世的懷疑。和他同坐一桌讓我覺得很不舒服，他沒做錯什麼，而且我知道他沒在裝，但我就是忍不住覺得自己又要受一次騙。

我回家後告訴伊蓮這件事。她說：「你想殺掉他，對不對？」

「今天晚上那個新人？喔不，你是指休特。」

「當然。」

「我想我是火了，」我說，「我沒真正感覺到，但一定是有一股怒氣存在。我曾試著想幫助他，那個臭娘娘腔，而他就像對待一條上鉤的魚那樣玩弄我。那個狗娘養的。」

「是，」她說，「我想你可能有點氣。」她想說些別的，但電話鈴響，她接了起來。「是的，」她說，「請稍等，我去叫他。」

她掩住話筒。「是他。」她說。

27

「吉姆，」我說，「很高興你打來。我正期待聽到你的消息。」

「噢，我前陣子在忙，馬修。」

「了解，」我說，「我自己也忙昏頭了。有幾次想聯絡你，可是你不在。」

「是啊。」

「我以為會在戒酒聚會碰到你，可是我住的地方在城市的另一頭。」

「完全是另一個世界。」

「是啊。你近來怎麼樣？」

他沉默了片刻，然後說：「我知道你曉得了，馬修。」

「哦？」

「好笑的是，我還以為你那次來找我就曉得了。我還以為，狗屎，他們終於猜出怎麼回事，還雇了一個偵探。但是你其實不知道我的身分，對不對？」

「對。」

「你還帶我去參加戒酒聚會。一開始我以為你是故弄玄虛，想讓我放鬆戒備，然後出其不意把我揪出來。可是你根本沒起疑，對吧？你覺得我需要幫助，而你想幫助我。」

「差不多是這樣吧。」

「你知道，」他說，「你人真好，馬修。我是說真的。」

「你說是就是吧。」

「戒酒聚會也很有趣。我能夠了解，一個有酒癮的人可以在那個會議室裡面找到一種全新的生活。我還有一種感覺，有些人並不是酒鬼，只是想出去尋找一份友誼，想讓自己的生活重新恢復秩序。」

「我想這種人並不多。」我說。

「是嗎？噢，你的判斷比我準，馬修。你知道嗎，我，呃，給你一個錯誤的印象，我其實不是酒鬼。」

「隨你怎麼說。」

他笑了。「自欺欺人，對吧？我敢打賭你常聽到這種話。我不是，你知道，我只是想找個好藉口離開科羅納保全公司，馬丁．班札克那老頭對喝酒的事情特別嚴格。那狗娘養的成天吃鎮靜劑，整個人像行屍走肉似的，可是只要他聞到你身上有酒味，那就非請你走路不可了。」

「可是他給過你第二次機會。」

「是啊，這不是很滑稽嗎？到了第二次，我就覺得要做就做得徹徹底底。」

「你怎麼弄的，假裝客戶打電話去抱怨你自己？」

「你怎麼知道？喔，你是偵探，對吧？猜出事實真相就是你的工作。」

「沒錯，」我說，「可是這次我好像猜得不準。」

「嘿，我覺得你做得不錯，馬修。」

「有太多事情我沒猜出來了，吉姆。」

「比方呢？」

「比方為什麼你要做這一切。」

「哈，你想不透，對吧？」

「我想或許你會幫我。」

「你的意思是，例如給你一點提示？」

「諸如此類的。」

「不了，我不能這麼做。嘿，告訴你，我如何開始這個計畫根本不重要。有人會集郵，一張張貼在集郵冊，住小閣樓吃花生醬三明治過日子，把手頭每一分錢花在集郵上頭。你會去問他們為什麼集郵嗎？因為他是個郵票收集者。這樣的人就是要集郵的。」

「你是個收集者嗎，吉姆？」

「我是不是收集那些會員，這是你的意思嗎？用捕蝶網套住他們？一個也不放過，直到全部逮到為止？」他說，「這個主意不錯，但不是，不是這麼回事。現在我只能告訴你這麼多。反正我有我的原因。」

「可是你不會把原因說出來。」

「沒錯。」

「那我猜想這些原因並不理性。」我說，「否則你不會拒絕坦白。」

「嘿，這招挺不錯的，」他讚賞的說：「這是在逼我證明我沒瘋。問題是，我要是中你的計，那才是瘋了呢。」

「噢，這一點我倒是有點擔心你，吉姆。」

「擔心我瘋了？」

「擔心你已經失控了。」

「你怎麼會這麼想？」

「因為那個計程車司機。」

「計程車司機？喔，那個阿拉伯人。」

「他是孟加拉人吧？」

「他媽的誰鳥他？叫阿里什麼來著。他怎麼樣？」

「你為什麼殺他？他又不是會員。」

「他擋了我的路。」

「那是因為你撞了他的車子。」

「那又怎樣？他們想方設法混進甘迺迪機場，出來後花個十分鐘就弄到一張臨時執照在街上開計程車，卻連賓州車站都找不到，還滿街亂轉，搶走真正美國人的工作。」

「這讓你生氣嗎？」

「開什麼玩笑？我幹嘛鳥這些？阿里死期已到，而且又擋住我的路。莎喲娜啦，寶貝。就這麼回事。」

「看吧，這就是我說的。聽起來你已經失控了。」

「這一點你完完全全錯了，」他說，「我百分之百的控制良好。」

「以前你都只把目標對準俱樂部會員的。」

「那黛安娜・席普登怎麼說？她不是會員。要是只想幹掉波依德一個人，我可有過大把機會。」

「為什麼你不只殺他一個人就好？」

「有時候你想引起轟動。而且那也不是唯一一次。另外——不，算了。」

「你想說什麼？」

「別管了，我已經告訴你太多了。」

「你為什麼殺掉海倫・瓦森？」

「喔，原來你知道這件事。」

「為什麼？」

「你打算跟她聯絡，她可能會記得。」

「記得什麼？」

「基督啊，我幹過她，好嗎？你想她會記得嗎？」

「我想會的。」

「你不曉得這件事，對不對？」

「對。」

「現在你不曉得該不該相信我。」

「我根本連她是不是你殺的都不知道。」我說，「或許她是喝太多酒，自己溺死的。」

「浴室裡的那瓶蘇格蘭威士忌。我想你會喜歡這一招，那是我給你的小小暗示，馬修，跟你打個招呼。」

「就像枕頭下面的那本戒酒小冊子。」

「差不多就是這樣吧。我很感激你給我那本小冊子，你知道的。我很感激你的好心。我不習慣接受別人的好意。」

「有人曾對你很壞嗎，吉姆？」

「這算什麼？瘋狂指數小測驗？『噢，是的，護士小姐，每個人都好壞心、好殘忍。』」

「我只是試著想了解你的動機罷了。」

「試著想破解密碼。」

「應該是吧。」

「有必要嗎？你的客戶們可以平靜下來好好放鬆，因為我打算自願退休了。」

「哦？」

「老實告訴你，我當吉姆・休特當得有點膩了，也厭倦九十四街那個小房間。猜猜我打算怎麼著？我要離開紐約。」

「要去哪裡？」

「嘿，外面的世界大得很。如果我想出去看看，就最好抬起屁股上路去。你知道我幾歲了嗎？」

「四十八。」

他停頓了一下。「是啊，沒錯。噢，我沒多少時間可以浪費了。」

「大部分的人都是如此。」

「不過有些人是根本沒有時間可以浪費了，」他的笑聲粗野又刺耳，然後嘎然而止，好像他自己也知道不好笑。「重點是，」他說，「接下來這一陣子不會再有人死掉了。」

「一陣子是多久？」

「你幹嘛老要打破砂鍋問到底呢？下一次晚餐聚會前都不會有人死了。」

「下一次晚餐是什麼時候？」

「你幹嘛？想探我的底？五月的第一個星期四，沒忘吧？在那之前，我要暫時收山。」

「我能相信你的話嗎？」

「絕對沒問題，」他說，「這是我的紳士諾言。你想價值如何？」

「我不知道。你怎麼會知道這個俱樂部的，吉姆？」

「好問題。」

「你為什麼恨那些會員？」

「誰說我恨他們來著？」

「我希望你能解釋，讓我明白。」

「我希望你別再試了。」

「你才不希望呢。」

「我不希望？」

「沒錯，否則你就不會打電話來了。」

「我打電話，是因為你曾經對我很好，我想回報一下。」

「你打電話，是因為你想繼續玩這個遊戲。」

「你認為這是個遊戲？」

「是你把它當做遊戲。」

「哈！我該馬上掛掉電話。」

「除非你樂在其中。」

「我是樂在其中沒錯，可是我們何必在這上頭打轉？夠了就是夠了，只不過你希望我給你點提示，對吧？」

「那當然。」

「不，沒有提示。你是偵探，你想要的是一點線索，對不對？」

「我不知道，我對追線索不太在行。」

「噢，你在行得很，福爾摩斯先生。」

「這是個線索嗎？」

「不，我指的是你。操他媽的福爾摩斯。胡貝斯提斯金，這才是線索。」〔譯註：Rumpelstilskin，德國童話故事中一名侏儒妖的名字。侏儒妖幫助一名少女完成國王交付的艱鉅任務，三度將整倉庫的稻草紡為金線，少女為報恩以身上的珍貴物品相贈，最後一天無物可贈，侏儒妖遂提議要少女將婚後的第一個小孩送給他。後來少女成為皇后並生下小孩，侏儒妖出現要求皇后履約。在皇后哀求之下，侏儒妖表示，三天之後，若皇后可以猜到他的名字，便可留下嬰兒。皇后派所有的手下四處探訪，無意間在夜晚的森林深處發現侏儒妖邊唱邊跳，甚至得意忘形的唱出自己的名字。結局是皇后猜出侏儒妖的怪異名字，侏儒妖當場羞憤自殺〕

「胡貝斯提斯金？」

「你還有一點希望。」他說，「再見。」

28

我和菲麗霞・卡柏約好四點碰面。我提早十分鐘來到她位於史丹福大道的房子，到了四點二十分我開始擔心。又過了十五分鐘，我跑上門廊，檢查通往她二樓住處那扇門上的鎖，思索著如果我設法進去的話，會惹上什麼麻煩。想到自己可能因非法闖入被逮，我當然有點擔心，卻更害怕我闖進去後可能發現的事情。畢竟她的住處離海倫・瓦森溺斃的浴缸很近，走路只要十五分鐘而已。

我從皮夾裡取出一條可彎鋼絲，轉頭看看，好確定我把門弄開的時候不會有人在看我。對街有個人正開著一部福特Escort想停進一個小車位裡面。我可以在那部車子停好之前打開那道門上樓去，可是我等著，然後菲麗霞・卡柏從車上下來。我收起我的小偷工具，上前跟她碰面。

「真抱歉，」她說，「真的就在最後一刻召集了一個緊急會議，可是我臨時沒法聯絡到你。」她把帆布提袋交給我，空出手來打開門。進門之後，她帶著我到廚房，把兩杯早餐的咖啡放進微波爐中加熱。牆上那隻黑貓一邊搖著它的鐘擺尾巴，一邊朝我轉動眼珠。

我把雷・蓋林戴斯畫的素描拿給她看。她拿起來，問我畫中人是誰。

「你認得他嗎？」

「看起來很面熟。他是誰？」

「他曾在一家保全公司當巡邏警衛，今年二月，他在大陸大道另一頭他負責的那幾個街區巡邏時，發現了阿倫·瓦森的屍體。瓦森是被刺死的，這個人很輕易就成為第一個到達現場的人。」

「你的意思是，就是他殺了瓦森？」

「是的。」

「阿倫也參加我先生每年一度去的那個晚餐聚會？」我說是。「那這個人呢？他殺了我先生嗎？」

「我相信是。」

「老天，」她說，然後盯著那張素描，顫抖著說，「我就知道佛瑞德·卡柏不是自殺的，」她說，「老天哪。」

我說：「你說這個人看起來很面熟。」

「我認識他。」

「哦？」

「我知道我見過他。他之前在哪兒巡邏？這一帶沒有私人警衛，不過大家一直在討論要去找保全公司。你剛剛說是在大陸大道的另一頭？我不可能在那邊見過他。那個區不錯，比起這裡要高級，不過我沒有理由去那邊。總之，我認得這張臉，但不會是從窗口瞥見路過巡邏車看見的。我怎麼會認得他的臉？幫幫我。」

「你最近在附近見過他嗎？」

「沒有。」

「他來過你家嗎？」她搖搖頭。「你在學校見過他嗎？他可能假裝成學生家長。」

「他為什麼要這麼做？我有危險嗎？」

「有可能。」

「看在老天份上，」她說，低頭研究那張素描。「他的長相普通得要命，」她說，「仔細看看，你會覺得他長得太猥瑣，不像個警衛。」

「你能想像他是做什麼的？」

「不知道。比較卑微的，完全平凡、單調的那類工作。」

「閉上眼睛。現在他正在工作，你看到他在做什麼？」

「怎麼，這是新式引導想像的技巧嗎？沒用的，我太理性了，那是我的毛病。」

「無論如何試試看。他在做什麼？」

「我想像不出來。」

「如果你能想像的話，他會是在做什麼？」

「我不——」

「不要分析，回答就是了。他在做什麼？」

「拿著掃帚。老天，我真不敢相信。」

「怎麼了？」

「就是他。他是佛瑞德辦公室所在那棟凱新大樓的工友。他穿著制服，灰綠色成套的褲子和襯衫。我怎麼會記得？」

「我不知道。」

「有時候我會去佛瑞德的辦公室找他，兩人一起吃晚飯或看戲。有一回碰到了這個人。我想──」

「怎麼樣？」

「我記得好像是我去的時候，他正在佛瑞德的辦公室掃地、清垃圾桶。」

「他叫什麼名字？」

「我怎麼會知道？」

「你先生可能向你介紹過。」

「恐怕……約翰。他的名字是約翰！」

「非常好。」

「沒人介紹過他。名字在他的襯衫上頭。」她的眼神在左邊胸部上方水平的移了一小段距離。「在口袋上方，繡著白字。不！不是白色，是黃色。」她搖搖頭。「真不可思議，我居然會記得這些事。」

「他名叫約翰。」

「是的。我不喜歡他。」

「為什麼？」

「他的氣質。我覺得他偷偷摸摸的，事實上我差點跟佛瑞德提起，不過後來還是算了。」

「你本來打算說些什麼？」

「我想警告他。」

「你覺得那個人有危險性？」

她搖頭。「不是身體上的危險。我覺得他會偷東西，他身上有一種鬼鬼祟祟的氣質。你懂我的意思嗎？」

「懂。」

「不過那種事情沒重要到讓我放在心上。我相信那天之後，我根本沒再想起過他。而且我很確定我沒再看過他。」

「如果你再看到他——」

「是的，」她說，「我會立刻打電話給你，放心。」她朝著那幅素描皺眉。「肯定是黃色。我是說他的名字，約翰，是黃色的繡線，就在左邊胸部口袋的上方。」

∞

凱新大樓的管理員不認得那幅素描，結果佛瑞德．卡柏死的時候，這管理員根本不在那兒工作。我到位於西三十七街的大樓管理公司辦公室去，那裡也沒人認得素描上的人，可是一位年輕小姐檢查了個人檔案，查到了一個名叫約翰・席柏特的員工。他在卡柏死前五個月開始工作，卡柏死後三個星期辭職。那位小姐告訴我，「離職原因」那一欄填寫的是「搬到佛羅里達州」。

「我猜想他是決定退休了。」她說。

8

在屆臨生命終點那段日子，海爾・加布里耶過著隱居的生活，很少離開公寓，從中國餐館叫外賣食物，請賣酒的雜貨店送貨。在他位於九十二街和西緣大道交口那棟公寓的附近幾個街區有半打中國餐館。我不知道十二年前加布里耶被發現上吊後，至今哪些店家還沒倒掉，不過我也還沒聽說過哪家中國餐館會雇用白人當送外賣的小弟。

我在百老匯大道往東一個街區那一帶問了兩家賣酒的雜貨店，兩家最近都剛換過老闆。其中一家轉手是因為原來的老闆退休搬到邁阿密，另外一家的老闆死於五年前的一樁搶案。兩家店都沒人認得素描上的吉姆・休特。

我帶著阿傑，兩人分頭負責街道的兩邊，去咖啡店和披薩屋拿素描給人看。海神餐廳的櫃檯職員看了看素描說：「好多好多年沒看過他了。兩個炒蛋炒老一點，英式鬆餅不加奶油。」看到我的表情，他得意的笑了起來。「記憶力很好，嗯？」

簡直太好了。我恭維他之後走出來。阿傑跟我報告說，對街一家乾洗店也同樣認得素描上的休特，而且還記得他名叫史密斯。

「沒錯，史密斯。」我說，「而且他的英式鬆餅上不許加奶油。」

「啊？」

「你說叫史密斯？那個店主記得一個十二年前見過的人？」

「是個女的。」阿傑說，「她會記得，是因為他一直沒回來取當年送洗的西裝外套。老太太替他保管了好多年，去年終於捐給慈善團體。我把素描給她看，她馬上就一副很怕惹上麻煩的樣子。『我保管好久了。』她說。」

海爾·加布里耶那棟公寓裡，沒人認得那張素描裡的人，一九八一年的房客名單也看不出什麼名堂。不過轉角有家單人房旅館，舊的登記資料記錄著，加布里耶死前曾有一個叫喬瑟夫·史密斯的在四樓住過好幾個月。屍體被發現一個星期之後，史密斯先生就搬走，沒有留下轉信地址。

∞

胡貝斯提斯金。

我常常想到這個童話故事裡的侏儒妖怪。我不知道休特給我這個線索代表什麼，或甚至這到底是不是線索。我追查許多古早時代的線索，尋找他曾出現在其他死亡現場附近的蹤跡。

然而這不重要，線索並沒有指引出任何方向。

我從事偵探工作多年，偵察的某種固定過程其實對我來說已經是反射動作。這幾年我偶爾也會試著去做其他工作，但最後都會了解到，我的行業就是偵探，而且我做得不錯，我的經驗和天生的條件都沒法做其他事情。

可是現在我還摸不出頭緒。

有時明確合理極了。你從街道這端往另一端走，敲每一戶門。這是形容，也是事實，每一個資訊的小碎片兜起來，指引你去另外一條街道，敲其他的門。等到你走過許多街道也敲夠了門之後，最後一扇門打開，答案就在那裡。不輕鬆也不簡單，可是要找出真相，這是一個很合邏輯的方法。

但這招不是永遠行得通。

有時候查案子就像拼圖。先把邊緣是直的圖塊找出來，拼出周圍那圈，然後按照顏色分類，試試這塊又試試那塊，試半天才有一點點進展。有時你要找特定的一塊，卻找不到。一定不見了，你想寫信給製造商抱怨，這時候你拿到一片之前試過三四次的小圖塊，你知道這不是你在找的那片，可是這回，居然湊對了。

這招也不是永遠行得通。

吉姆．休特，又名喬瑟夫．史密斯，又名約翰．席柏特。難道又名胡貝斯提斯金？

「或許他偷了幾個貼了姓氏縮寫的行李箱，」伊蓮猜測，「走到哪裡都不願意丟掉那些箱子。」

「他住的那些地方，」我說，「搬進去時都不會帶行李箱的。不過他似乎一直保持用ＪＳ這兩個字首的姓名，為什麼呢？」

「瓊安．雪爾曼。」

「誰是瓊安．雪爾曼？」

「一個攝影家。她昨天來我店裡，想租下那個畢德麥亞風格的古董椅子當雜誌廣告的道具。那張椅子我標價三百五，打算可以用三百塊成交，現在她付一百塊跟我租兩天，很棒吧？」

「問題是椅子還能不能收得回來。」

「噢，她給了我一筆預防損壞或其他狀況的押金。這樣賺錢真好，你不覺得嗎？不過這對你沒幫助。」

「對。」

「JS，JS，JS，Just Shopping。Jonas Salk。Jesus Saves。Jelly Sandwich。抱歉，我大概一點忙也沒幫上。」

「沒關係。」

她故作誇張狀。「我懂了。」她說，「猶太肉彈（Jewish Sexpot），你覺得怎麼樣？」

「我覺得該上床了。」我說。

∞

於是我上床睡覺，忘掉吉姆．休特和他的幾個化名。第二天早上起床，刮鬍子，一瞬間我忽然想明白了。

我穿上西裝，打好領帶，喝了一杯咖啡，搭計程車到賓州車站。

十六個小時之後，我從賓州車站走出來，已經過了午夜。我想打電話找某個人，不過現在打去太晚了，得等到明天早上再說。

天氣變冷了，雖然白天走了很多路，不過過去幾個鐘頭都在火車上，我想讓兩條腿舒展一下。於是我移動兩腿，來到第十大道和第五十街交口。

「我今天想到你，」我告訴米基．巴魯。「那時我在華盛頓特區，而且還去看了越戰紀念碑。」

「真去看了。」

「我看到你弟弟的名字。」

「啊，」他說，「可見沒有人去把名字塗掉。」

「我想不會有人塗掉的，」他說，「可是這種事情很難講。」

「是啊。」

「是啊。」

「真是壯觀，對吧？那個紀念碑，它的形狀，還有那些名字，一個接著一個。」

「那是一長串的死者，」我說，「你說得沒錯。」

「你不可能是為了要看丹尼斯的名字去的。你根本不認得他。」

「那倒是真的。」

「你認識艾迪．達非。艾迪認識丹尼斯。可是除此之外——」

「我知道他是什麼樣的人，不過沒錯，我並不認識他。」

「所以你去華盛頓一定有別的事情，只是順便去看看那個紀念碑罷了。」

「不，」我說，「事實上，我去華盛頓就是專程要看紀念碑的。」

「噢。」

「我利用索引，」我說，「找到了丹尼斯的名字，也找到了幾個死於越戰的熟人。像是我高中時認識一個女孩子的哥哥。那些人二十或二十五年前死於越南，多年來我第一次想到他們，跑去找他們的名字，他們就在那兒。」

「啊。」

「然後不知不覺，我就做著你做過的事情，只是走下去，隨意看著那些名字。真讓人感動。光憑這一點，我就覺得不虛此行了。」

「可是你去不光是為了這樣而已。」

「嗯。」我說，「沒錯，我去那裡，還為了找另外一個名字。」

「找到了嗎？」

「沒有，不在上頭。」

「所以你大老遠跑去，結果沒找到？」

「不，」我說，「我找到自己一直在找的東西了。」

29

我在市政廳隔壁那個街區一家名叫「壞瑪麗」的酒吧和雷蒙．古魯留碰面，那兒有簡便的午餐，進出的都是律師和政府官員，店裡的招牌菜是牧羊人派，上頭撒了巧達起司，下頭烤得焦黃。不過現在吃午餐還太早，店裡空盪盪的，只有吧台坐了幾個疲倦的人，可能是前一夜喝酒喝到現在的。

硬漢雷蒙看起來也好像是前一夜沒睡的樣子。他一臉皺紋，眼睛下頭有黑圈。我到的時候，他正坐在高腳凳上喝咖啡，我告訴侍者我要一杯跟他一樣的。

「不，不一樣。」古魯留說，「他要的是普通咖啡，不要奶精和糖，對吧？」

「黑咖啡。」我附和道。

「我這杯也是個硬漢。」他說。侍者走了之後，他解釋說他那杯是摻了酒的，我告訴他我猜得到。

「嗯，你腦袋轉得很快。」他說，「我很少早上就喝酒，不過昨天一整夜可真難熬。總之，我好久沒睡覺了，九點開庭後，還得過街去。我申請延期了，不過得去正式提出要求。他啜了口那杯加料的咖啡。「我喜歡用咖啡杯喝酒，」他說，「讓你感覺一下禁酒時代會是個什麼樣子。我也喜歡在咖啡裡摻一份酒，免得咖啡因搞得你很焦慮。」

「完全正確。」

「你以前這樣喝過嗎？」

「嗯，偶爾。」我說著，拿出那張素描的副本遞給他。他打開來，看了一眼，搖搖頭，然後又折起來。我伸出一隻手阻止他。

「天哪，」他說，「這張醜臉我看過太多次，現在連做夢都會夢到。而且我發現我到處在找他，你懂我的意思嗎？今天早上來這裡的計程車上，我一直偷看司機，想看看會不會是他。剛剛我還又好好看了侍者一眼。」

「拜託你，再看一眼那張素描，一眼就好。」我建議。

「我能看出什麼之前沒看到的嗎？」

「你以前認識這個人。」我說。

「我告訴過你他看起來很面熟，可是——」

「你三十年沒見過他了。你認識他的時候，他才二十幾歲。」

他計算著，皺起眉頭。「他現在不是四十八歲嗎？三十年前他應該是——」

「他謊報年齡，可能是為了符合假身分證，不然就是因為怕去應徵保全人員的年紀太大。他一定少報了八九歲。反正他撒過更大的謊。」

「老天，我認得他，」他說，「我想起他的臉，想起他講話的樣子，幾乎還能聽到他的聲音，幫幫我好嗎？」

「你知道他的名字。他是你們的會員之一。」

「我們的——」

「多年來，」我說，「你們全都以為他已經死了。」

「我的老天，」他說，「是他，對不對？」

「你告訴我吧，雷蒙。」

「他是，」他說，「賽佛倫斯。」

8

「來這兒之前，我還進行了一些事情。」我告訴他。「我到路易斯·希柏蘭的公寓，趁他離家去上班前跟他碰面，也去過艾佛瑞·戴維斯的辦公室跟他談過。他們都認出素描裡面的人就是吉姆·賽佛倫斯。事實上戴維斯說，他想過凶手跟賽佛倫斯長得很像，本來想說些什麼的，可是他知道賽佛倫斯已經死了。每個人都知道他死了，你更不例外，幾年來你都在聚會上朗讀過他的名字。」

「他沒死？」

「我昨天去了華盛頓一趟，」我說，「去查他的名字，看有沒有刻在越戰紀念碑上。」

「結果沒有？」

「對。」

「我不知道這是否證明了什麼，馬修。那個紀念碑上的名字不是很準確。有些人的名字被遺漏了，還有人沒死，卻發現自己的名字刻在碑上。說不定賽佛倫斯是被列為戰地失蹤人員，他被遺漏有太多可能的原因了。」

「他沒當過兵。」我說。

「他沒去過越南？」

「他沒當過兵，就這樣。我去過後備軍人行政處，找到一個認識五角大廈裡頭的人。他們徹底查過兵役記錄。結果賽佛倫斯從來沒在任何一個單位服役。我不知道他有沒有被徵召過，或他有沒有去報到。這些記錄更難查，而且也不重要。重要的是，他沒死在越南，好像也沒死在別的地方。因為他還活著。」

「有可能。」

「艾佛瑞・戴維斯說，這就好像活到三十歲才知道自己是被收養似的。」

「我了解他的意思。我跟賽佛倫斯一點也不熟，他很少開口。我一年見到他一次，幾年後，他因為服役而沒法出席年度晚餐。第二年還第三年，洪默就唸了他的名字，從此我每年都會聽到他的名字一次。」

「他是怎麼進入俱樂部的？」

「不知道，要不是某人的朋友，就是洪默自己找上他的。路易斯或艾佛瑞——」

我搖搖頭。「他們第一次見到他是在康寧漢餐廳，他們也不知道他是怎麼被挑上的。我不懂他如何假造自己的死亡，你們是怎麼知道他的死訊的？」

「我想想，」他喝了一杯他的硬漢咖啡。「老天，好久以前了。我彷彿記得，洪默讀了一封他寫的信，解釋說雖然身體穿上軍服，但他的心與我們同在。還有，他希望能很快再看到我們，如果出了什麼意外，他已經安排好會盡快通知我們。」

「他騙了你們。」

「我想是。應該是一年之後，洪默就唸了他和菲利普．卡里許的名字，解釋說他幾個月前收到一封電報。」

「誰發的？」

「我不認為他提過。當時我大概以為是陸軍總部或者賽佛倫斯的親戚發的。顯然都不是，不管署名的是誰，那封電報根本是賽佛倫斯自己發的。」

「沒錯。」

「當時他已經計畫要殺掉我們了嗎？」

「很難說。」

「為什麼呢？看在老天份上，我們對他做過些什麼？」

「我不知道，」我說，「你曉得，我見過他幾次，我曾隔著桌子坐在他對面。」

「你提到過。」

「我也見過在世的會員，大部分都見過。總之，很難想像他和你們其他人坐在一起吃晚餐。我想正當你們都在努力工作、開創成功人生的同時，他卻住在便宜旅社、去小餐館吃飯，而且做的工作都只能餬口而已。過去三十年你們走過截然不同的路，也產生了某些差異。可是我想，他一開始就跟你們很不一樣。」

「嗯，要命，」他說，「有件事我很不願意說，因為我曾認為他是我們之中光榮死亡的一位，但我現在可以說了，對不對？結果他是個失敗者。」

「失敗者。」

「他是個無名小卒，沒種，是那種不會奮力求成功的人。你說得沒錯，他跟我們不是同一個世界的，他不是屬於那種跟我們同聚一堂的人。」

「或許他自己也明白了，」我說，「或許這激怒了他。」

8

他想推測賽佛倫斯的動機，以及他心裡可能有的想法。他說，早些時候，他還不知道凶手是誰，也不曉得凶手因何行凶之時，曾突發奇想，認為整個事情可能是某個色情狂的某種收集形式，因此被攻擊的對象會固定集中於某類人，通常都是名人。「比方說那個一直闖到大衛．賴特曼〔譯註：David Letterman，美國知名脫口秀主持人〕家裡的女人，」他說，「或者那個殺了約翰・藍儂的神經病。」

「以後，」我說，「我們會有很多時間去摸清他的動機。」

「以後？」

「他被抓到以後，」我說，「我想現在愈早確定這件事愈好。雷蒙，恐怕我已經做了所有能做的了。現在我準備把這個案子交給專業人士去辦。」

「我從沒把你當做業餘人士。」

「如果要全面追捕逃犯，那我就是業餘人士了。而只有全面通緝，才能盡快抓到他。在警網、小報炒作，加上通緝令之下，他無路可逃。」

他盯著我。「那我們呢？」

「俱樂部的故事會曝光，」我說，「如果你指的是這個的話。但這是無法避免的。」

「是嗎？」

「我看不出有什麼避免的方法。」

他雙手托著下巴。「假設他在紐約的話，」他說，「你想有辦法找到他嗎？」

「不動用警方？」

「不動用警方和新聞媒體。」

「我沒有他們的資源。」

「對，可是你有自己可以支配的資源。我們願意給你一大筆可以動用的預算，你還可以提供賞金。」

「不是不可能。」我說，「但你們只是在拖延去面對無法避免的事情。等到上了法庭，俱樂部的事情照樣會曝光，而且會煽情得活像一齣連續劇。」

「那要等到上了法庭。」

「沒錯。」

「你認為審判中、還有後來，會發生些什麼？」

「我不太懂你的意思。」

「會發生什麼？審判的結果會是什麼？」

「我想他的謀殺會被定罪，」我說，「除非硬漢雷蒙當他的律師。」

他笑了。「不，恐怕他得自求多福，得不到我的服務。不過你那麼確定他會被判有罪嗎？你認為他會因為哪一樁謀殺案被起訴？」

「最近的一樁是比林斯。」

「證據是什麼？你能證明他在場嗎？你能把他跟那輛贓車連在一起嗎？你能找出他的凶器嗎？更別說要證明他用過了。」

「只要警方認真去查——」

「他們可能會找到一兩個目擊證人，能從一排嫌犯中指認出他來，」他說，「但是我不會寄望，而且也用不著我告訴你，法庭上目擊證人的證詞有多沒價值。他還殺過哪些人？瓦森的遺孀？瓦森本人？你能證明任何一樁嗎？你知道他在現場，他發現了瓦森的屍體，可是有什麼證據？」

「你的重點是什麼？」

「我的重點是，對於既定的結論來說，定罪與否根本沒意義。你可以提出所有早期的案子，他殺了波依德．席普登夫婦，他跑去亞特蘭大射殺了納吉克．貝理斯，他用海爾．加布里耶的皮帶吊死了他，天曉得他還殺了哪些人。但是你可以全部忘掉，因為沒有任何辦法能證明是他幹的。而且我也很懷疑你能說服陪審團相信他殺了任何人。」

我想起喬．德肯說過一句話。「沒有人會因為罪有應得去坐牢的。」我說。

「我沒聽說過這句話，」他說，「我想這個系統一般來說相當好，很善於把人關進牢裡，有時候好得太過頭了。但這不表示你就有辦法弄出一個夠強的案子起訴賽佛倫斯，把他關進牢裡。要命，就算你有足夠的證據，他或許還可以用精神錯亂抗辯成功。他花了一輩子的時間去進行一串愚蠢的系統性連續謀殺，你能說服陪審團說他是個神智健全的楷模嗎？」

「我連自己都沒法說服。」

「我也沒辦法。我覺得這混蛋瘋了，同時也覺得他這輩子傷天害理的事情做得夠多了。」

我略略感覺到這個討論會得出什麼結果，我不想朝那個方向走。我喊了侍者，要他替我的咖啡續杯。

古魯留說：「就算我錯了。他被起訴，被判有罪，然後去坐牢。」

「我覺得挺好的。」

「是嗎？顯然，這會讓俱樂部和所有會員受到不情願的公開關注，不過這是無法避免的，不是嗎？也許我們這個團體還能繼續下去。就我個人來說，我無法想像每年五月的聚會從此結束。我實在不願去想新聞界的注意，會把整件事改變成什麼樣。」

「那是很不幸的，可是——」

「但現在談的是生死交關的大事，比較起來，我們不願成為新聞焦點的問題就無關緊要了。這一點我沒話說。但我們再多追究一點好了，賽佛倫斯會怎麼樣？」

「他的餘生會待在上紐約某個戒備森嚴的監獄裡。」

「你這麼認為嗎？」

「我認為我們應該假設他會被判有罪，我不認為法庭只會打他兩下手心，讓他免除牢獄之災，只判個五年緩刑。」

「假設他被判終身監禁好了。這樣會讓他坐幾年牢？」

「看情況。」

「七年？」

「可能會久得多。」

「你不認為他在牢裡會表現良好嗎？你不認為他能說服假釋委員會他已經改邪歸正了嗎？馬修，這傢伙是全世界最有耐心的龜兒子，他花了三十年殺害我們，現在只幹掉一半多一點而已。」

你以為他不會繼續等待時機嗎？監獄會安排他去鍍車牌，那只不過是另外一個卑微的工作，就跟在科羅納保全公司工作沒兩樣。他會被關在一個小牢房裡，而那也只是另外一個附家具的小房間罷了。他已經耐心等了三十年，早晚他會被放出來。難道你真覺得他有那麼一丁點兒的可能，會奇蹟似的改邪歸正？」

我盯著他看。

「怎麼樣，有可能嗎？」

「不，當然不可能。」

「他會回到老路上。等到他出獄，天生的本能會召喚他。我們又有一些會員會死掉，可是有一些會活下來。你想賭看他會怎麼對付我們嗎？你想賭賭看他會不會一個個幹掉我們嗎？」

我張開嘴巴，然後半句話都沒說，又閉上了。

「你知道我說對了。」他說。

「我知道你一向反對死刑。」

「當然，」他說，「絕不讓步。」

「可是你今天早上說的話可不是這麼回事。」

「我覺得把賽佛倫斯這種人釋放出來，是一件很令人遺憾的事，但這不表示我認為州政府應該進行官方謀殺。」

「我不認為你談的是州政府。」

「哦？」

「你想逮捕他，但是不想動用警方或媒體。我有個感覺，你非常希望看到他被判刑，而且被確實執行。」

「所以呢？」

「你希望我替你找到他，而且替你斃了他。」我說，「我不想這麼做。」

「我又沒要求你做。」

「我也不想替你找到他，好讓你自己斃了他。你會怎麼做？抽籤決定誰該下手？還是大家一起拉繩子吊死他？」

「你會怎麼做？」

「我？」

「站在我的立場。」

「我曾經站在你的立場，」我說，「有個人名叫……噢，別管他叫什麼名字了。重點是他曾經發誓要殺了我，他已經殺了其他很多人，我不知道自己能不能逮到他，把他關進牢裡，可是我知道反正他不可能坐牢坐一輩子，早晚監獄得放他出來。」

「那你做了些什麼？」

「做我該做的事情。」

「殺了他？」

「做我該做的事情。」

「你後悔嗎？」

「不。」

「你有罪惡感嗎？」

「不。」

「重來一次你還會這麼做嗎？」

「我想我會，」我說，「如果必要的話。」

「我也是，」他說，「如果必要的話。但我心裡不是在想這個，我不相信死刑，不管是官方還是私人行刑。」

「這我就不懂了，」我說，「你得解釋一下。」

「我的打算是。」他喝了口咖啡。「我想了很久，」他說，「而且也跟其他幾個會員商量過。你覺得怎麼樣？」

我聽他講完，提了很多問題，也有許多不同意的地方，不過他準備得很充足。最後別無選擇，只能服從他的判決。

「聽起來很瘋狂，」最後我說，「而且成本——」

「那不是問題。」

「噢，道德上我完全不反對，」我說，「而且可能行得通。」

30

八月第一個星期，我在某天下午一點左右接到了一通電話。喬．德肯說：「馬修，我想跟你聊聊。要不要過來警局轉轉？」

「樂意之至，」我說，「什麼時候比較好？」

「現在就很好。」他說。我直接過去，途中停下來買了兩杯咖啡。一杯給了喬，他打開蓋子，嗅嗅蒸汽。「這會把我慣壞，」他說，「我已經慢慢習慣局裡的爛咖啡了。這是哪種咖啡？法式烘焙？」

「不知道。」

「聞起來好香，管他是什麼。」

他坐下來，打開抽屜，拿出一張在市內流傳了幾個星期的手掌大卡片。大小和質料都和標準明信片差不多，一面是空白的，另外一面是雷．蓋林戴斯畫的那張吉姆．賽佛倫斯的素描。素描下方有一行七個數字的電話號碼。

「這是什麼？」他說，把那張卡片丟給我。

「看起來像是明信片，」我說，把卡片翻面。「背面是空的，我猜你可以把訊息寫在這兒，然後右邊這裡寫上地址，郵票就貼在角落。」
「圖片下面是你的電話。」
「真的耶，」我說，「可是如果這張圖片是要畫我，我必須說實在很不像。」
他伸手過來從我手上拿走那張卡片，看看我，看看卡片，又看看我。「總之，」他說，「我不認為這是你。」
「我也不認為。」
「不管是誰，」他說，「我接到線報，說街上到處都是這個傢伙的圖片，沒有人知道他是誰，也不曉得為什麼有人要找他。所以我想，我就打個電話去問問吧。」
「然後呢？」
「然後我現在就在問啦。」
「噢，」我說，「這跟我在進行的一個案子有關。」
「是喔。」
「這張素描裡頭的人，是個很重要的目擊證人。」
「目擊到什麼？」
「我不能講。」
「你怎麼回事，擔任聖職啦？不能洩漏信徒的告解內容？」
「有個律師雇用了我，」我說，「這就表示我受到『律師與當事人特權』的義務限制。」

「誰雇用你？」
「雷蒙・古魯留。」
「雷蒙・古魯留。」
「正是。」
「硬漢雷蒙。」
「我聽說過有人這麼稱呼他。」
他又看了一眼那張素描。「這傢伙看起來很面熟。」他說。
「人人都這麼說。」
「他叫什麼名字？這不是機密吧？」
「如果知道他的名字，」我說，「我們要找他就容易多了。」
「有個見過他的人跟素描專家合作，於是畫出了這幅素描。」
「差不多。」
「我知道有賞金。」
我看看那張卡片。「好玩，」我說，「上頭沒提到有賞金。」
「聽說是一萬元。」
「好大的數目。」
「想到我曾為一頂帽子的價錢做過些什麼，」他說，「這筆錢似乎很多。好玩的是，你從沒拿這張素描來找過我。」

「我不認為你認得他。你認得嗎？」

「不。」

「所以拿素描給你看也沒什麼大用。」

他好好看了我一眼，說：「有這麼一大筆賞金要找某個人，通常就表示這個人不願意被找到。」

「噢，我不知道，」我說，「那個在蘇活區失蹤的小男孩怎麼說？那兒到處都是尋找他的海報。」

「這就是重點，沒有任何尋找這傢伙的海報。不是嗎？」

「我沒見到過。」

「只有這種避人耳目的卡片，沒貼在路燈柱子或信箱上的海報，也沒有釘在公共布告欄上。只有一大堆卡片在那附近到處散發。」

「這樣省錢嘛，喬。」

「倒是有五位數字的賞金。」

「隨你怎麼說，」我說，「不過我在這卡片上頭還是沒看到有提起賞金。」

「嗯，我也沒看到。這咖啡真好。」

「很高興你喜歡。」

「上回我們聊的時候，」他說，「你在查一堆老案子。畫家和他老婆，釣錯了露水情人的同性戀者，還有個載錯了客人的計程車司機。記得嗎？」

「恍如昨日，歷歷在目。」

「當然囉。這個傢伙和那些案子有關？」

「怎麼會？」

「你為什麼老是用問句回答問句？」

「憑什麼非要有理由不可？」

「操他媽的自作聰明。總之，那些老案子進行得如何了？」

「就我所能透露的，」我說，「依舊石沉大海。」

∞

等待真是難熬。

我們到處散發消息，截至喬・德肯打電話給我那時，過了整整十天。一開始我找了些人，比方「丹尼男孩」，他是個放消息和收集消息的專業高手，然後我給他們每人一疊上面印了賽佛倫斯照片和我電話的小卡片。阿傑跑去四十二街，把消息散發給丟斯附近的熟人，還有那一帶在廉價旅社和單人房出租公寓工作的人。古魯留打了幾個電話，讓我去見幾個他過去多年曾辯護過的罪犯和政治邊緣人。他說其中一個是，「審判後這傢伙擁抱我，還說如果我想幹掉哪個人，只管打電話找他。相信我，有幾次我還真有這種衝動。幸好我不贊成死刑，即使是前妻也不例外。」

我很確定他還住在曼哈頓。但如果他住在別的區，我也不會知道。他曾花上好幾個月跟蹤住在皇后區的阿倫·瓦森，穿著科羅納保全公司的制服，在瓦森家附近的街道巡邏，甚至（如果他說的是實話）還跟瓦森的老婆有婚外情，可是那段期間他都一直住在曼哈頓。在科羅納保全公司幾個街區外，或者在瓦森的富理森丘住家附近，他就可以找到更便宜也更舒服的房子，可是他不要，偏偏住到曼哈頓的東九十四街。這麼一來，他得換兩趟地鐵去上班，下班回家再加上兩趟。

所以我的尋人行動以曼哈頓為中心，而且集中在賽佛倫斯那種人容易去的地方。我尋訪那些廉價旅社和套房公寓，跑去人們午餐常去的便宜小館子和藥房，詢問哪兒有房間出租，因為每個區都有一些沒掛招牌的單人房旅社。

我們也在熟食店、雜貨店、擦鞋攤、酒館，還有一大堆信箱放了卡片。然後就只能坐著等待了，我得回家以防有電話打來，這是最難捱的。

因為有事做會容易點，坐在西北旅館的房間裡，看電視轉播球賽或新聞，閱讀報紙或書，凝視窗外，我就不免會想到自己的努力都搞錯方向了，這一切都只是浪費時間而已。

他不見得要待在曼哈頓。他可以躺在加州海灘上，等待紐約的風頭過去。他可以去紐澤西或康乃狄克州，等著暗算某個住在郊區的俱樂部會員。正當我呆坐在這裡，等著電話鈴響的時候，他已經瞄準目標，要執行殺人任務了。

見過德肯的次日，我打給麗莎．郝士蒙。

我甚至沒思考，拿起電話就撥了她的電話號碼，毫不遲疑。電話響了四聲，轉成了答錄機。我沒有留話就掛斷了。

隔天下午我又打給她。「我正想到你，」我告訴她，但我自己也不知道這是不是實話。她叫我過去，我就過去了。

兩天後，我去聖保羅教堂參加八點半的聚會，中場休息時我離開了，從街角的打電話給她。不，她說，她沒在忙。是的，她想找人作伴。

∞

那天晚上在她床上，她和我並肩躺著，告訴我她還在跟那個飛機雜誌的藝術指導交往。「我跟他上過床了。」她說。

「他很幸運。」

「我不懂自己幹嘛還費神想著要怎麼跟你說。我期望你說的話，你從沒說過。你真覺得他幸運嗎？因為我不覺得。」

「為什麼？」

「因為我根本是個賤貨。我前天晚上見他的。你那天下午來過以後，晚上我就跟他出去吃晚餐。然後我帶他回家，跟他搞。其實那天下午和你見過面後，我心情還是不太好，可是我照樣不顧一切跟他搞。」

我沒說話，她也沒有。透過她的窗子，我可以看見紐澤西那兒一片燈光燦爛，宛如一棵聖誕樹。過了好一會兒，我伸出手去撫摸她，一開始我可以感覺到她試著壓抑自己，但接著她放棄了，讓自己回應著我。於是我繼續撫摸她，直到她呻吟起來，緊緊抱住我。

事後我說：「我毀掉你的生活了嗎，麗莎？告訴我實話，我會停手。」

「哈。」

「我是說真的。」

「我知道你是說真的。答案是，沒有。就像其他人一樣，毀掉我生活的是我自己。」

「我想是吧。」

「總有一天你不會再打電話給我，或者總有一天你打電話來，我會拒絕你，跟你說我不希望你過來。」她抱住我的頭，放在她的胸部。「不過時候未到。」她說。

∞

日復一日，夏天悄悄溜走。伊蓮和我出去看了幾部電影，聽了幾次爵士樂。我繼續去參加聚會，而且一次戒一天，我沒再回頭去喝酒。

威利打過電話給我，但我說眼前沒法接他的零工，要先把手上這個案子辦完才行。

星期天我都和我的輔導員吃晚餐。偶爾我會去葛洛根開放屋一趟，通常都在午夜的戒酒聚會之後。我會陪米基坐一兩個小時，我們也總有話題可以聊。不過我們從不會聊到太晚，我從不會拖到快天亮才回家。

一個伊蓮的朋友邀我們到東漢普頓度週末，我覺得自己沒法離開紐約幾個小時，就叫她自己去，她考慮後決定去了。那個週末，我反常的沒打電話給麗莎。我出了門，和古魯留去一家他喜歡的海鮮餐廳吃晚餐。那兒沒有他想喝的那個牌子的愛爾蘭威士忌，不過他換了另一個沒那麼異國情調的牌子照喝，而且一整晚喝了很多。

結果我把麗莎的事情告訴他，也搞不懂為什麼自己會說。他說：「呃，誰曉得呢，男人也是人。」

「難道有疑問嗎？」

「那倒沒有，」他說，「我只是以為，一旦加入戒酒無名會的人，就不會做那類事情。」

「我也以為。」

「所以我們都錯了。能承認也不錯，還有你也不錯，我的朋友。你知道人類維生的四樣東西，對吧？」我不知道。「食物、住處，還有女人屁股。」我說那只有三樣。「還有奇怪的女人屁股，」他說，「這不就是四樣了。」

他是個好同伴，只不過酒意漸漸讓他失控。接著他開始告訴我同樣的故事，一遍又一遍。那個故事相當不錯，不過我只想聽一遍。我送他上了計程車，然後回家。

洋基隊在美國聯盟東區相當有意思，贏了一大堆比賽，可是碰到多倫多藍鳥隊就討不了便宜。至於國家聯盟，大都會隊的戰績已經很確定會墊底了。九月第一個星期一的勞動節，我們沒出城，伊蓮整個週末都在店裡。

九月中的一個星期四下午，我坐在旅館的房間裡，望著窗外的雨景，電話響了。

一個女人說：「你是找素描上男子的那個人嗎？」

這類電話我已經接過太多了。畫裡那個人是誰？我找他做什麼？賞金的事情是真的嗎？

「是的，」我說，「就是我。」

「你真的會付我那些錢嗎？」

我屏住呼吸。

「因為我看到他了，」她說：「我知道他在哪裡。」

31

兩個小時後，我來到曼哈頓大道和一一七街交口的一家自助洗衣店。隔壁是一家海地教堂。我找來阿傑，他穿了一件淡綠色馬球衫和卡其褲，手上拿著他的寫字板。洗衣店的經理是個矮墩墩的六十來歲老太太，一頭雜色的黃髮，講話有濃重的歐洲口音。打電話給我的就是她，我好不容易才讓她相信，只要我們逮到卡片上的那個人，她就真的可以拿到一萬元，可是如果他溜掉一切就免談了。她要我們給她一些實質承諾才肯透露情報，我先給兩百元，而且要她寫個收據給我。我想收據讓她相信了，因為如果我打算拐她的話，幹嘛跟她要收據？她收下了四張五十元鈔票，折起來，塞進圍裙口袋，又用安全別針夾好袋口免得掉出來。然後她帶我走到窗邊，指著街道對角線的方向。

她指的那棟建築是一棟七層樓公寓，大概是一次大戰前蓋的。建築表面修葺得很好，有些窗戶上還垂著植物。看起來不像我見過的那些單人房出租公寓。

她很確定他就住在那兒。他之前來過這裡，然後她想起有人給過她那張卡片，從抽屜裡頭找了出來，非常確定那就是他。她差點打了上頭的電話，可是她要說什麼？她不知道他的名字，也不曉得他住哪裡。而且她也不敢告訴別人，因為怕說出去的話，拿到賞金的就不是自己了。

所以她什麼也沒說，選擇等待他回來。畢竟，洗衣服這種事情不是只洗一次的，早晚你還得再去洗。她每天盯著那張卡片上的素描看，好確定如果他再出現的話，她能一眼認出。她開始想著或許那並不真是他，然後今天，他提著洗衣袋和一盒洗衣粉進來，沒錯，就是他，毫無疑問。他看起來就是素描上那個樣子。

他的衣服在機器裡翻攪，一開始是洗衣機，然後是烘乾機。這段時間裡，她差點打了那個電話。可是她怎能確定自己會領到賞金？所以她就讓他坐在那兒用報紙遮著臉，直到衣服洗好。他離開後，她溜出店門跟蹤他，冒著洗衣店沒人照顧會丟工作的危險。如果她出去的時候老闆剛好來了怎麼辦？如果她不在的時候出了事怎麼辦？

可是她沒出去太久。往城北跟蹤了一個半街區，他走進對街熟食店買東西。一會兒他出來了，手上提著購物袋，還有那袋乾淨衣服，然後往回走。最後進入她那家自助洗衣店隔街對角線的公寓裡。

她在公寓的門口看到他進了電梯，看到門在他身後關上。電梯上方有一排數字板，只有電梯運行時才會顯示數字，她站在門口沒法看到。可是電梯停了之後，她走進那個沒人看守的門廳，按了電梯好確定停在哪一樓。結果燈號立刻亮出「5」。

「所以他住在五樓，」她說，「但我不知道是哪一戶。」

而且她覺得他現在人就在裡面。不敢絕對確定，因為她得一面工作，替人換零錢，替那些額外付費先把衣服丟給她稍後才會來取的顧客洗衣、烘乾、折好。所以她沒法時時刻刻盯著他那棟建築的出口。可是她盡可能監視著，並沒有看到他離開。

∞

我不想冒著在門廳撞見他、或者讓他從五樓窗戶看到的危險，便自己待在那個洗衣店，讓阿傑去檢查門鈴和信箱。他拿著一份五樓的房客名單回來，總共有十三戶，每個門鈴和信箱口上方都有名牌。沒有任何一個姓是S開頭的。

我低著頭溜出門，走到一一六街的街角，過街到賽佛倫斯出沒的那棟公寓。我按了管理員的門鈴，一個聲音從對講機裡冒出來，夾著雜音。我說：「住戶調查，想跟你談幾句話。」他叫我去地下室，同時按了遙控鈕讓我進門。

我搭電梯下樓，經過一個上面標示著「洗衣房」和另外一個標示著「儲藏室」的掛鎖門。走廊盡頭是一道打開的門，裡頭有個白髮老人喝著咖啡在看電視。他的手有關節炎，手背有一塊塊暗色的肝斑。我把素描拿給他看，一開始他沒認出來。我說我相信這位先生住在五樓。「噢，」他說，然後拿出一副閱讀用的眼鏡再仔細看看。

「我一開始沒看清，」他說：「是西佛曼。」

「西佛曼？」

「住在五樓K室。是提爾尼夫婦轉租給他的。」

凱文．提爾尼是哥倫比亞大學的教師，他太太在西八十幾街的一家私立學校教書。兩人去希臘和土耳其度暑假，臨走前不久，他們介紹說喬爾．西佛曼是他們的朋友，將暫時住進他們公寓裡。

「不過他不真是提爾尼夫婦的朋友，」他說，「那個月他們不斷找人來，參觀自己的房子。他們不想通知房東正式轉租，所以只要租下那個地方的，就自動變成他們的朋友，你懂我意思吧。提爾尼給了我幾塊錢讓我別多話，他們人真好，沒問題。不過這樣你就了解那個人是怎麼出現的吧？」

「西佛曼是個怎麼樣的房客？」

「我沒見過他。所以剛剛才沒能馬上認出他來，你說五樓我才想起。他沒來跟我抱怨過什麼，也沒人來跟我抱怨過他。如果所有的房客都像他就好了。」

∞

如果我是警察，帶著搜索令加上幾個幫手，再穿件防彈背心，我就會馬上去找他。我會派一個人守在防火逃生口，另外幾個人守在幾個出口，然後自己拿著槍闖進去。然而，我們只是守在對面的自助洗衣店。這兒的位置很好，阿傑和我輪流監視對街的入口，同時也順便盯著五樓K室的窗子。阿傑一直出點子，想進那戶公寓，他可以假裝送外賣的小弟，或者是提爾尼教授的學生，或者乾脆假扮噴殺蟲劑的清潔公司人員。我告訴他，只管靜心等就是了。

天快黑的時候，賽佛倫斯的窗口亮起一盞燈。此時我正在打電話，阿傑指給我看。現在我們知道他人在裡面了，並未在我們來之前或趁我們不注意時溜掉。

阿傑去街角帶回來披薩和兩瓶可樂。我又打了一通電話，對街的那盞燈熄了。

阿傑說：「這什麼意思？他要睡覺了嗎？」

「太早了。」

五分鐘之後，他站在公寓門口，穿了一件T恤和連身工作服。比起上次我見到他，他的頭髮剪短了，不過就是他，錯不了。

「上。」我告訴阿傑。

「呼叫器準備好了？」

「一切都準備好了。設法一直盯著他，不過寧可跟丟了也不要讓他發現。如果真的跟丟了，呼叫我讓我知道，暗號你曉得。」

「都記住了。」

「呼叫我之後，回到這兒來盯著門口。等看到他回家，再呼叫我一次。跟丟了沒什麼大不了，別讓他發現你就是了。」

他笑了，說：「嘿，別緊張，老兄，沒人能看見幻影的。」〔譯註：Shadow，美國三〇年代廣播劇中著名人物，打擊犯罪、具有隱身術。好萊塢曾改拍為電影〕

8

我早先跟管理員要了一組鑰匙，還用鈔票好讓他安心點。其中一把鑰匙讓我進入大樓，另外兩把則用來打開五樓K室的門。我進入黑暗的公寓，關上門，重新上了鎖。我沒開燈，在公寓裡轉了轉，熟悉一下。裡面有個很大的起居室，一個小臥室，一個靠窗的廚房，還有一個原來大概是客房的書房。

我坐下來等。

如果能從提爾尼豐富的藏書中取一本來讀，時間會過得快點，但是我不願冒險讓燈光透出窗外。我沒打開電視也是基於同樣的理由。無聊原是預料之中，但疲倦就是另一個問題了。我的心思遊蕩，眼睛老要閉上。我走進廚房，尋找能讓我清醒的東西，在冰箱裡發現了半袋沒磨的咖啡豆。我抓了一把放在口袋裡，不時取出一顆放進嘴裡嚼。我不知道到底是咖啡因還是苦味比較有效，但總之它們讓我眼睛沒閉上。

我進門大約四十五分鐘之後，阿傑的呼叫器響了。我們講好了一整套兩位數字的暗號，不過他留下了一組七位數字的號碼，我拿起電話撥了那個號碼。

電話一響他就接起，聲音壓得很低，「我們在看電影，我跟著他穿過百老匯大道往下走。你知道那些怕被跟蹤的人，都會扭頭一直看著肩膀後面嗎？他不來這一套。」

「這樣或許是好事。」

「可是我覺得說不定他很精，或許他是故意跑進電影院，等會兒偷偷從側門溜走把我甩掉。結果他買了一大包爆玉米花，我就知道我不必擔心了。老兄，會這麼做的人，是打算在電影院裡頭長期抗戰的。」

「你現在在電影院裡？」

「就在大廳裡打電話。我跟進來，看到他坐在哪兒，等會兒掛了電話我就要回到能盯著他的地方去。跟你說，我不想分心看電影，你知道他挑的片子是什麼？」

「什麼？」

「《侏羅紀公園》。」

「你不是看過了嗎？」

「看過兩次了，老兄，我對恐龍煩死了。要是牠們沒絕種，我會親自去把牠們全宰光。」

電影預定放映到十點十五分，我們又增加了一個新暗號。十點二十分呼叫器響了，我看到上面顯示了「516」的號碼，表示他們已經離開戲院了。接下來一個小時，他呼叫了我三次，每次都顯示出「214」，表示他還跟著賽佛倫斯。十一點五十分呼叫器又響了，顯示「111」，表示賽佛倫斯已經進入這棟大樓。

我把呼叫器關掉，免得發出聲響。然後移到門口左邊一張椅子上。

我拿出槍，從下午接到第一通電話，我就把槍帶在身上。我把槍在手上轉了轉，讓手熟悉握槍的感覺。

我把槍放在膝蓋上，靜靜坐著等待。

我仔細的聽著，可是沒聽到腳步聲。我猜是門廊的地毯把腳步聲都吸掉了，因為我首先警覺到他出現的聲音，是他把鑰匙插入鎖孔。他打開鎖，停了好久，久到我都疑心他是不是察覺到有什麼不對勁。然後我看到門把旋轉，接著往內打開。

他走進來，很自然的伸手去開燈，又習慣性的把身後的門再鎖上。

我說：「賽佛倫斯！」

他轉向我聲音的方向，我舉起槍，當他轉過來面對我時，我瞄準他的肚子扣下扳機，發出小樹枝斷裂的聲音。

他瞪著我，然後胸膛一垮。一枝三吋長的鏢掛在他的T恤上。他的手慢慢摸索著，可是手指根本碰不到那支鏢。他試了，天曉得他試過了，可是他就是沒摸到。

然後他眼睛一亮，倒了下去。

我從盒子裡又拿出一支鏢，安裝在槍上，站起來看了他幾秒鐘，然後彎腰檢查他的脈搏和呼吸。我帶了兩副手銬，兩副都用上了，先把他的雙手反扣銬上，然後把他的腳銬在一起，手銬上的鏈子繞住桌腳。

然後我走過去打電話。

32

他醒來看到的第一個人就是我。我坐在一張金屬的折疊椅上。他躺在一張下面墊了三夾板的床墊上。他的雙手和一隻腳都可以自由活動，不過另一隻腳踝扣著粗腳鐐，上面連著一條鏈子，另一端扣在地板上的一個金屬盤上。

「馬修，」他說，「你怎麼發現我的？」

「你沒那麼難找。」

「我花了兩小時看恐龍，走進房門，然後嘩啦！你用什麼擺平我的？麻醉飛鏢？」

「沒錯。」

「耶穌啊，我昏過去多久了？一定有兩個小時。」

「更久，吉姆。」

「『吉姆』，你射我之前可不是這麼叫我的。」

「對。」

「你喊的是另一個名字。」

「我叫你賽佛倫斯。」

「我該假裝不知道你在說什麼嗎？」
「沒必要。」
「當然如果有竊聽錄音——」
「沒有。」
「因為我沒聽到任何人宣讀我的權利。」
「對。」
「也許你應該宣讀給我聽。」
「為什麼？你又沒被逮捕。你不會被以任何罪名起訴。」
「是嗎？你在等什麼？」
「沒有人要打官司。」
「我懂了，你這狗娘養的，幹嘛不用真槍？為什麼不一了百了？」他坐了起來，或者該說是試著想坐起來，然後注意到他腳上的鏈子。於是他明白，自己現在並不是躺在晨邊高地提爾尼那戶公寓的東方地毯上。
他說，「這是什麼？操他媽的腳鐐嗎？我到底在哪兒？」
「紅鷹島。」
「紅鉤不是個島，是紐約一個治安不好的區。」
「紅鷹，不是紅鉤。它是喬治亞灣裡的一個小島。」

「操他媽喬治亞灣在哪兒？」

「加拿大，」我說，「是休倫湖裡的一個狹長灣口，我們現在是在克利夫蘭北邊幾百哩的地方。」

「你是編的吧，對不對？」

「坐起來，吉姆，看看窗外。」

他兩腳盪到床邊，坐好，兩腳撐著站起來。「吁，」他說，又坐回去，「有點頭暈。」

「是鎮靜劑的關係。」

他又站起來，這回站穩了。拖著腳鏈，他走到房間裡唯一的一扇窗邊。「好多松樹，」他說。「那兒有個操他媽的森林。」

「嗯，那可不是中央公園。」

他的臉轉過來看著我。「這是怎麼回事？我們怎麼來的？」

「兩個人把你放在擔架上，抬出提爾尼的公寓，放進加長型轎車後座，然後載到威徹斯特郡的一個私人機場，搭上一架私人飛機。紅鷹島上有個小跑道，我們就在那兒降落。我們是在中午到這兒的，離你看完電影回家大約十二個小時。現在是下午快五點了，我們替你準備一切的時候，你都因為鎮靜劑而保持昏迷狀態。」

「那這裡是什麼？打獵小屋？」

我點點頭。「島上有一棟主屋，幾個附屬外屋。這裡就是外屋之一。地板鋪了水泥，告訴你是以防萬一你好奇。你腳上鏈子連著的金屬盤，是埋在水泥地裡的，告訴你也是以防萬一你好奇。」

「意思就是：我哪兒都別想去。」

「差不多。」

他回到床上坐著。「要殺人可費了不少工夫。」他說。

「看誰在說話。」

「呃？」

「看看你費了多少工夫。」我說，「殺掉了這些人。為什麼，吉姆？」

他沉默了片刻，然後說，「你一直叫我吉姆，那是你遇見我時我用的名字，吉姆·休特。真好笑，因為以前我一直沒用這個名字。多年來，我一直用不同的化名，縮寫都一樣，但從沒用過吉姆或詹姆士。我用過幾次喬、約翰、傑克。當過一次傑若米，還有傑佛瑞，我殺掉卡爾·烏爾時就叫傑佛瑞。『噢，老天，傑夫，你在幹什麼！』他還求我饒他一命，那個吹喇叭的。」他惡意的笑容一閃。「都是不同的名字，可是我從沒用過自己的本名。最後我想，為什麼不用，用了有什麼不好嗎？於是你遇到我時，我就叫吉姆，是我的真名，我意思是，我的名，不是姓。」

「你是怎麼開始殺人的？」

「操他媽我為什麼要告訴你？」

「很多年了，」我說，「現在不也到了該說出來的時候嗎？」

「很多年了，我幹掉了他們好些人，不是嗎？」

「是的，沒錯。」

「我應該消失就對了。你知道嗎？我遇到你的時候，就已經租下這裡了。」

「這裡？」

「你能相信嗎？我以為自己現在還在曼哈頓街呢。我已經安排好轉租提爾尼的公寓，只等他們上飛機。一旦他們離開美國，再見吉姆．休特，哈囉喬爾．西佛曼。他是個猶太好男子，我是說喬爾。你知道你可以信得過他，他會幫你的植物澆水，不會在你的地毯上撒尿。」他笑了。「然後你出現了，我沒法立刻消失，至少不能按照我原來計畫的方式。我得等著你對我失去興趣。可是我沒整你、擺脫你，反而讓你帶我去參加操他媽的戒酒無名會。你能相信嗎？」

「參加一次聚會改變了你的一生。」

「是啊，沒錯，就像那些蠢貨講的私密故事一樣。忽然間，你打打電話給我，我也打打電話給你。我要怎麼做才能擺脫你，不必再當吉姆．休特？首先我去富理森丘解決了海倫，因為跟她那筆風流帳根本不值一坨大便。寡婦很容易釣，你知道。她不是第一個被我幹掉丈夫後再搞的人。有個叫貝理斯的，你根本不曉得他也是——」

「死在亞特蘭大的飯店裡。」

「對，噢，事後我去探望他老婆。就跟搞海倫一樣，發現你丈夫的屍體真是嚇一跳，等等等。接下來你所知道的，就是她抬起膝蓋讓我的香腸滑進去。我不知道自己有沒有辦法解釋那有多爽，就好像再殺她們的先生一次似的。」

「然後你殺了海倫。」

「我想我有辦法不讓你發現。你一直在說要去看她，所以我想我最好先去。之後我想，狗屎，就算再像意外，看起來也還是很可疑。你要知道，我很善於製造意外的。我知道該結束掉吉姆·休特的任務，趕快消失。你能不能猜到什麼，管他去死。所以我想，就用槍聲結束吧，戲劇化一點，然後跑去宰了那個操他媽的氣象播報小丑。」

「傑瑞·比林斯。」

「屁眼一個。吱吱喳喳的小操蛋，繫著他的領結，臉上掛著那個價值百萬的笑容。我射殺他的時候，他臉上就那表情。他被嚇傻了，你知道。以為是個小車禍，他只是無緣無故被射殺的無辜旁觀者。我一直祈禱他會認出我，然後明白這一切，可是我不想浪費時間，所以就開了槍，操他媽的趕快走人。」

「為什麼要殺他們，吉姆？」

「你以為我需要理由嗎？」

「我想你總有個理由。」

「為什麼我應該告訴你？」

「不知道，」我說，「不過我想，或許你會樂意告訴我。」

∞

他從一開始就恨他們。

一群自滿的混蛋。聚在一起吃吃喝喝講個不停，他坐在中間，想不透自己去幹嘛。誰想到要邀他加入的？誰會認為他適合這個團體？

而且好瘋狂。一群成年人圍坐在一起等待死亡。整個死亡的念頭讓他反感得想吐。人人都會死，死亡就在那兒等著每個人，但這就表示他得去想嗎？

早在一九六一年第一次聚會的晚上，他離開康寧漢餐廳的時候，就想退出了。至少有一件事情他想得很清楚，那就是他受夠了這群神經病。他們明年還是可以碰面，他可不奉陪。他受夠了。讓他們朗誦他的名字或者燒掉他的名單，隨便他們怎麼搞，因為他跟這一切一刀兩斷了。幸好他們沒叫他用血寫下自己的名字，或者以母親的性命發毒誓。不必告訴我出口在哪兒，非常謝謝你，我找得到出去的路。

可是次年他又回去了。不是出於本意，但時間一到，不知怎的他就去了。

情況還是一樣糟，話題更集中在去年晚餐至今他們的進展——升官、加薪，全是天殺的成功。隔年更是變本加厲。他決定就這樣，到此為止了。

然後菲利普．卡里許過世，他就像充了電似的全身興奮。我擊敗你了，他想。你比我聰明，比我高，長得也比我好看。你比我會賺錢，你有老婆有家庭，可是又帶給你什麼呢？因為你死了而我活著，你這狗娘養的。

活著，這不就是重點嗎？他們共聚一堂慶祝的不就是這個嗎？他們不就是在慶祝自己還活著，而那些缺席的人死了嗎？

所以他去參加了一九六四年的晚餐，聽到了菲利普·卡里許的名字被朗誦。然後他環視房間，好奇著誰會是下一個。

他就是從此時開始計畫的。他還不確定自己要做些什麼，但他可以開始布置舞台了。第一件要做的事情就是讓自己死掉。他想過很多方法，大部分都是殺掉某個人，然後把自己的身分證放在那屍體身上。但越戰打得愈來愈激烈，事情變得很簡單。他打電話給洪默·向普尼，解釋他的後備單位徵召他去參戰，因此他可能沒法回紐約參加晚餐聚會。他根本不是後備軍人，從沒加入過陸軍或國民警衛隊，體檢不合格被刷掉了，這表示那些體檢單位根本什麼都不懂，一群白癡，因為到頭來他成為比那些被錄取的人還要好太多的殺手。晚餐聚會前他又打了電話，報告說他要被派到海外去了。

次年晚餐之前，他就戰死了。晚餐那夜，他去四十二街看了一場電影，想著他們會如何在卡里許的名字後面唸出他的名字，他們都會很好心的哀悼一些他的事情，而且每個小操蛋都會很高興死的是他而不是自己。

他們知道得可真多。

第一次下手他花了很多時間準備。好整以暇的慢慢幹掉那些人，好奇著在他們起疑之前，他能幹掉多少人。噢，到剩下十四個人才開始有人覺得不對勁，超過一半的人死掉了，雖然不全是他幹的。

但大部分是。而且每一次，經過了所有策畫和準備的階段，他都感到生龍活虎，覺得生命真的好像充了電一般。然後當他去做了，噢，其實執行的時候會非常非常刺激，因為很危險，你得非常小心，不能出任何錯。

不過，一旦完成了，就會有某種哀傷湧起。

他不是為他們難過。操他們的，他們被宰掉是活該。而且他滿足得不得了，因為每次都多一個人倒下了，而他還挺著，他又擊敗另一個混蛋了。

不，他哀傷的是這件事結束了。當一隻貓玩弄的老鼠到最後終於放棄掙扎而死掉時，那隻貓的感覺也會一樣的。你可以吃下晚餐了，可是遊戲也結束了。你可以說，那是一種苦樂參半的感覺。

這就是為什麼他拉長時間，為什麼他花了那麼多年，而不是一個月幹掉一個。他讓他們很長一段時間都沒發現。現在他們知道了，可是換個方式想，這樣一來反而更好，因為他們能怎麼樣？傑瑞．比林斯已經知道了，他又得到什麼好處呢？

他們穿的是最好的衣服，去最好的餐廳吃飯，名字常常上報。昂貴的牙醫讓他們的牙齒保持潔白，昂貴的醫生讓他們保持健康，而且他們還去昂貴的海灘把皮膚曬黑。這是他們的遊戲，不是他的，可是他擊敗他們了，因為有一天他們全都會死掉，可是他會活著。

∞

「只不過我想我輸了，」他說，「你會殺了我。」

「不。」

「那麼會有人替你動手。怎麼回事？你不想把手弄髒？這就是為什麼他們要雇你，因為我知道那些操蛋不想弄髒他們的手。可是你怎麼搞的，竟想逃避責任？我真替你覺得丟臉，馬修。我還以為你能耐多大呢。」

「沒有人要殺你，吉姆。」

「你指望我相信？」

「信不信由你，」我說，「大概再過一個小時，我就要跟其他人搭飛機回去了。」

「然後呢？」

「然後你會待在這兒。」

「你想說的是什麼？」

「你沒被逮捕，」我說，「而且你沒被起訴，也不會有審判。可是判決已經出來了，而且是不可能假釋的終身監禁。希望你喜歡這個房間，吉姆。你將在裡面度過餘生。」

「你就打算把我留在這裡？」

「沒錯。」

「像這樣給我扣上腳鐐？我會他媽的餓死。」

我搖頭。「你會有食物和水，紅鷹島是艾佛瑞．戴維斯的產業，他每年會來一次，釣小嘴鱸。

其餘時間，島上除了一戶克里族印第安人之外，就再也沒別的人了。那家人會替你送食物的。」

「那我要怎麼保持清潔？看在老天份上，上廁所怎麼辦？」

「你身後，」我說，「有個馬桶和洗臉盆。恐怕你只能用海棉洗澡，而且沒法常常換衣服。有一套像你身上現在穿的連身工作服，那就是你僅有的換洗衣物了。穿這種衣服不必鬆開腳鐐。」

「好極了。」

我看著他的雙眼，說：「我不認為那行得通，吉姆。」

「你在講什麼？」

「你以為你可以脫身，我不認為你有辦法。」

「隨你怎麼說，馬修。」

「那戶克里族人替戴維斯工作二十年了，我不認為你有辦法賄賂他們或騙他們上當。你也沒法逃脫或打開那個腳鐐，而且也不可能把那塊金屬盤從水泥地板上挖起來。」

「那我猜我是被困在這裡了。」

「我想是。你可以破壞天花板，可是對你不會有任何好處。如果你打破窗玻璃，也不會有人替你補新的——這兒冬天可冷得很。如果你砸壞馬桶，就只好聞自己的屎尿味。如果你設法縱火，噢，戴維斯已經告訴他所雇用的那家人，就讓這裡燒毀算了。不會有人費事去救你一命的。」

「為什麼不乾脆殺了我？」

「你的俱樂部會員們手上不想沾你的血，可是他們也不希望再有任何會員的血沾在你手上。這個判決無法上訴，吉姆。行為良好也不會減刑。你會一直待在這兒直到死亡。然後你會埋在一個沒有墓碑的墳墓下，之後他們每年晚餐聚會開場時，會再度朗誦你的名字。」

「你這狗娘養的。」他說。

我沒說話。

「你不能把我像個野獸似的關著，」他說，「我會出去的。」

「或許吧。」

「不然我就自殺。要找出辦法不會太難。」

「一點也不難。」我說，從口袋掏出一個火柴盒，扔給他。他從床上拾起來，看了看，滿臉疑惑。我叫他打開，他取出裡面的東西，用大拇指和食指夾著。

「這是什麼？」

「一個膠囊，」我說，「肯多．馬加瑞大夫好意贈送的，是他特別為你精心調製的氰化物。」

「我該拿這玩意幹嘛？」

「只要吞下去，你的麻煩就結束了。或者如果你不願意的話——」

我指指房間的角落。一開始他沒看到。「高一點，」我說。然後他眼睛往上看，看到了從天花板垂下來的一個繩套。

「只要拖張椅子到那底下，站上去，」我說。「高度應該剛剛好，然後踢掉椅子。接下來應該就會像衣櫃上的皮帶對海爾．加布里耶所造成的效果一樣。」

「你這混蛋。」

我站了起來。「你無路可逃，」我說，「這是結論，也是你唯一真正需要知道的事情。遲早你可能會試圖去拐克里特族守衛，我猜你可能會敲昏或制伏他。可是這對你一點好處也沒有。你不能強迫他放了你，因為就算他的命在你手上，他也沒辦法。他沒有鑰匙。鑰匙根本不存在。腳鐐不是鎖在你腳踝，而是焊上去的。你得用噴火器或雷射槍才能打開，而島上根本沒有這些玩意兒。」

「總有辦法的。」

「噢，你可以把自己的腳啃掉，」我說，「狐狸或狼獾就會這樣，不過我不知道牠們有多厲害，也不知道牠們在流血過多致死之前能逃多遠。我不認為你會用自己的牙齒去做這種事，萬一失敗了，你可以試試那根繩子或那顆膠囊。」

「我不會讓你稱心的。」

「我很懷疑。我個人認為，你會選擇自殺，手邊就有迅速結束一切的選擇，我不認為你在這種狀況下能活多久。但也許我錯了，該死，也許你一向可以得到你想要的。或許你會比每個人都活得久，或許你會是最後一個活下來的。」

回到主屋時，戴維斯和古魯留在喝酒。我看著酒瓶和裝著琥珀色威士忌的玻璃杯，覺得來上一杯似乎是個絕妙的主意。但又覺得還是不要放縱。飛機駕駛員正在喝咖啡，我也給自己倒了一杯。

我們搭上飛機時，離日落還早得很。我閉上眼睛休息一會兒，下一件我知道的事情，就是雷蒙．古魯留搖醒我，我們已經再度回到威徹斯特的地面了。

33

塵埃落定後，我帶伊蓮到喬爾西第九大道的一家高級素食餐廳去。用餐室很舒服，而且服務也很細心，還有，夠驚人的是，我們兩個人這頓晚餐不吃任何爬過游過或飛過的東西，卻能花掉一百元。

飯後我們走到格林威治村，在一家人行道咖啡攤喝義大利式濃縮咖啡。「我想通了幾件事。我已經五十五歲了，不必為了想當下一個艾倫・平克頓（譯註：Allen Pinkerton，美國第一個私家偵探社的創辦人）把自己累個半死。我會去拿一張私家偵探執照，但是我不打算租辦公室，雇一堆人來替我工作。我過去二十年都一直照自己的方式做，我不想改變。」

「如果這樣不會破產的話──」

「噢，已經破產了，」我說，「我破產好幾次了。不過有些事情總是有轉機的。」

「遲早會的。」

「希望如此。我還決定了一件事，真正想做的事情就不要拖延。你去過歐洲幾次，三次嗎？」

「四次。」

「噢，我從沒去過，我想在我得用步行輔助器之前去那兒一趟。我想去倫敦和巴黎。」

「太棒了。」

「他們給了我很不錯的獎金，」我說，「所以只要支票兌現，我就去找旅行社訂機票。最好馬上把錢花掉。」

「否則你就會拿去買生活必需品。」

「我就是這麼想。一個星期後我們的飛機就會離開甘迺迪機場。我們要出門十五天，這樣每個城市我們可以待一個星期。你的店得暫停營業，但是——」

「噢，去他的那個店。那是我開的，我應該有權決定什麼時候要關門。老天，太棒了！我答應不帶太多行李，我們會輕裝上路。」

「嗯，沒錯。」

「你以前聽過那首歌嗎？我會試著輕裝上路，怎麼樣？」

「隨你愛帶多少行李都沒關係，」我說，「這是你的蜜月旅行，所以憑什麼不能把所有你想帶的東西都帶著呢？」

她瞪著我。

「我們一直說我們打算結婚，」我說，「可是也一直沒真的去辦。光是空想該在哪兒舉行婚禮、該邀請哪些人，還有其他該死的東西。如果你可以的話，現在我想就這麼辦。我們星期一早上去市政廳，來個標準的三分鐘婚禮。二十四小時後，我們就降落在倫敦的希斯洛國際機場了。」

「你真是充滿了驚奇，不是嗎？」

「你說什麼？」

她把手放在我的手上。「套一句蓋瑞・吉爾摩的話，」她說，「去做吧。」

∞

在巴黎塞納河左岸同類的咖啡館，喝著同樣的咖啡，我發現自己一直在跟吉姆・賽佛倫斯說話。「我老是看到他坐在那裡，」我說，「坐在他那張床的邊緣，腳上套著腳鐐，還可以看到他的肩膀上方，從天花板橫樑上的一個鉤子垂下來的繩套。」

「胡貝斯提斯金，」她說，「那個侏儒怪。總之，那是什麼意思？他告訴過你嗎？」

「如果我記得問的話，他或許會說，可是我忘了。但我想我知道他的意思。那個故事裡，侏儒告訴少女，假如她能猜出他的名字，就會放過她。也就是說，如果你知道我的名字，那麼你就擁有權力。只要我查出他過去多年使用的所有名字，就能看出他都用同樣的字首，然後就猜得出他是誰了。」

「不過你是反其道而行，對吧？一開始你知道他是誰，然後你猜出那個線索是什麼意思，好個線索。」

「我不認為那個線索能指引出什麼來。」

「你想，他為什麼要給你這個線索？」

「這樣他會覺得自己有權力。他控制局面，施捨我一點線索，好像站在伸手乞討的乞丐群中，覺得自己高高在上。」

「我想是，」她說，「依你看，他打算怎麼辦？」

「不知道。我想是自殺吧。在那種地方，你能撐得了多久才會把脖子伸進繩套裡踢翻椅子？」

「好像很殘忍。」她說。

「我知道，可是如果有更符合人性的做法，我會替他爭取的。那個繩套和膠囊是我的點子，如果你打算把一個人關一輩子，對我來說，他應該有縮短自己生命的權利。我始終不明白為什麼要防止死刑犯自殺，為什麼要阻止一個被宣告有罪的人殺掉自己呢？他沒有權利嗎？」

「我想是這樣。」

「古魯留完全反對死刑。我沒法說我贊同他，但這也不代表我會上街頭去遊行主張些什麼。」

「這就跟我對墮胎的觀點一樣，」她說，「嚴格來說，我不認為墮胎應該列為非法。但我也不認為應該完全開放。」

「你是個溫和派。」

「答對了。」她橫了我一眼。我不知道法國人怎麼稱呼，但我確定一定有一個字來形容。「談了這麼多死亡，」她說，「你不想回到飯店，好好體驗一下生命嗎？」

過了一會兒她說：「哇，你真的，噢，讓我看到les etoiles。意思是星星。」

「如假包換。」

「你這老骨頭，老天，你太貼心了。」

「噢，到了法國——」

「沒錯，這是他們發明的特殊活動，對不對？至少享有盛名。你要不要聽一件荒謬的事？」

「反正又不是第一次了。」

「我以前曾擔心我們結婚後就不會那麼美好了。」

「現在我們結婚了。表現得就像一對新婚夫妻一樣。」

「新婚夫妻，我們這把年紀了。誰會這樣以為？」她的手指移過來，撫弄著我的胸毛。她說：「結婚真好。」

「我也這麼覺得。」

「不過那的確不過是一張紙罷了，不會改變任何事情的。」

「你指的是什麼？」

「我指的是我們的生活方式。我們不必只因為自己戴了結婚戒指就硬要改變。戒指在我們手指上，不在我們的鼻子上，我們可以像以前，擁有同樣多的空間。我想你應該留著你在對街旅館的那個房間。」

「你真這麼想？」

「當然。就算你只是過去看看棒球賽或瞪著窗外也好。沒有必要改變。」她的手找到我的，緊緊握住。「沒有什麼會改變，我們偶爾還是可以去瑪麗蓮小房，我還是可以穿我的皮衣，讓自己看起來充滿危險性。」

「而我可以穿我的瓜亞貝拉衫，讓自己看起來很可笑。」

「沒有什麼會改變，」她說，「你聽到我說的嗎？」

「聽到了。」

「你的私人生活是你的事，只要別停止愛我就行了。」

「永遠不會停止的，」我說，「永遠不會。」

「你這老骨頭，我愛你。」她說，「沒有什麼會改變。」

∞

十二月初，我和路易斯．希柏蘭在艾迪森俱樂部共進午餐。我們一邊吃飯，一邊漫無邊際的聊天。喝過咖啡後，他說：「有件事情想拜託你，真不曉得該怎麼開口。你也知道，我們那個小俱樂部有個會員沒法再來參加聚會了，事實上，他多年前就已經放棄了會員資格，但我們都以為他已經死了。他還是會員嗎？他如果真去世的話，我們還應該再朗誦他的名字嗎？」

「這些問題很有趣。」

「反正現在沒有必要回答，但此外，有個人不是我們的會員，我們也有史以來第一次有一個非會員非常熟悉這個俱樂部。你已經見過我們大部分會員了，也了解我們的歷史。事實上，你已經是我們歷史的一部分了。我們有些人討論過要讓你享有更特殊的地位，有人提議，也許你應該成為我們的會員。」

我不知道該說什麼才好。

「我們以前從沒添過新會員，」他說，「也從沒有找人取代過世的會員，因為這樣就違反了俱樂部創立的本意。但這回，我們是要找一個人取代還沒死的會員，而這似乎相當適合。當然這樣的事情，需要我們全體會員無異議通過才行。」

「我想也是，沒錯。」

「結果大家都同意了，馬修。我被授權來邀請你成為三十一俱樂部的會員。」

我吸了一口氣。「這是我的榮幸。」我說。

「然後呢？」

「然後，我接受。」

∞

今年五月的第一個星期四是五號。我和其他十三個在世的會員坐在金氏小館樓上的貴賓室。我聽著我們這一章最年長的會員雷蒙・古魯留朗讀過世會員的名字，從菲利普・卡里許開始，最後是傑瑞・比林斯。他沒唸吉姆・賽佛倫斯的名字，不過這個省略並非出自政策性決定，賽佛倫斯還活著，還用鏈子拴在紅鷹島那個小屋的地板上。

也許他會比我們其他人都長壽。

∞

年度晚餐後的三星期又一天之後，雷蒙・古魯留打電話給我。「有件事你應該知道，」他說，「戒酒無名會在派瑞街那個小店面現在還有辦聚會嗎？」

「還有，」我說，「每天六次還是七次。」

「以前我去，房間裡都是菸霧，從這頭望不到盡頭。」

「現在禁菸了。」我說。

「噢，真不得了，」他說，「我在想，我最近應該找個時間去看看那兒變成什麼樣。你願意陪我一道去嗎？」

我去他家跟他碰面，和他一起走到那兒。他說：「我覺得有點滑稽，我是那種有點爭議性的人物。多年來知名度始終很高，媒體老是在報導我。」

「甚至有種三明治都用你當名字。」

「我告訴過你，對吧？」

「嘿，如果有個熟食店老闆把他的某種三明治命名為馬修・史卡德，我會到處宣傳。但你最恐懼的是什麼？你是怕派瑞街的人認出你來？還是怕他們認不出你來？」

他走到一半停住了，瞪著我，然後爆出一聲大笑。「老天啊，」他說，「都是自我意識作祟，不是嗎？」

「好像是。」

「我太太離開了，三次婚姻沖下馬桶去。上星期我在選擇陪審團員時宿醉，選得很爛。我的肝腫大，而且前天醒來的時候，我不記得自己是怎麼回家的。打電話給你之前，我正想著賽佛倫斯，還想到把脖子伸進那個繩套再踢翻椅子或許也不賴。你知道嗎？我才不在乎誰認出我誰又認不出我。只要我還認得出自己，就得做點改變。」

「聽起來你好像準備好了。」

「老天啊，」他說，「希望你是對的。」

「我也希望，」我說，「上回我帶一個傢伙去參加聚會，結果不怎麼行得通哩。」